# Ilya Duvent

## Der Sturm in Dir

**Ich möchte Danke sagen:**

Herzlichsten Dank an meine Familie, die wie immer die Entstehung meiner Geschichte mit Spannung und voller Emotionen verfolgte und mich mit lebhaften Diskussionen in die richtigen Bahnen lenkte. Meinem Mann und meinen Kindern vielen Dank dafür, dass sie mich ertragen, wenn ich Tag für Tag von nichts anderem rede. Danke für euer großes Verständnis, wenn ich in meine eigene Welt abtauche. Danke für Eure Geduld.

Ebenfalls ein großes Dankeschön an Margot und Reinhold, die mich während des Schreibens ständig begleiteten und mich unmittelbar in herzerfrischender Weise auf Unebenheiten in der Story aufmerksam gemacht haben. Vielen Dank an den Historischen Verein Rastatt e. V., in dem ich einen Ansprechpartner hatte, der mich bei meinen Recherchen unterstützte (www.hist-ver-rastatt.de).

Danke den Betalesern, Ulla, Hannelore, Elli, Simone und Kristina, die in schweißtreibender Kleinarbeit meine Geschichte einmal auseinandergenommen und wieder zusammengesetzt haben. In einigen Punkten stellten sie mich danach vor vollendete Tatsachen. Ohne Eure Meinung und den darauffolgenden Gedankenaustausch würde ich wahrscheinlich »den Wald vor lauter Bäumen nicht mehr sehen«, oder besser gesagt, ich sähe die Geschichte nicht mehr vor lauter Buchstaben. Dank Eurer aller Hilfe wurde diese Geschichte zu einem Roman.

Bibliografische Information der Deutschen Nationalbibliothek: Die Deutsche Nationalbibliothek verzeichnet diese Publikation in der Deutschen Nationalbibliografie; detaillierte bibliografische Daten sind im Internet über dnb.dnb.de abrufbar.

**4. Auflage, Sommer 2026**
Claudia Mutschler, Kirchstraße 29, 76596 Forbach
© 2026 Claudia Mutschler, Alle Rechte vorbehalten.
**Text:** ©Manuela Maer, Autorin
**Coverbild:** Reinhold Bauer, Forbach
**Umschlaggestaltung:** Mutschler Consulting
**Buchsatz, Lektorat:** Mutschler Consulting
**Verlag:** BoD · Books on Demand GmbH, Überseering 33, 22297 Hamburg, bod@bod.de
**Druck:** Libri Plureos GmbH, Friedensallee 273, 22763 Hamburg

**ISBN: 978-3-7568-2230-0**

1. Auflage 2016  Waldhardt Verlag, Ebsdorfergrund
2. Auflage 2020 Tribus Verlag, Georgsmarienhütte
3. Auflage 2022 Vosanta Media GbR, Forbach

**Die Idee**

Ich werde oft gefragt, woher ich meine Ideen nehme. Nun, das ist sehr unterschiedlich. Die Idee zu dieser Geschichte wurde zum Beispiel am Frühstückstisch geboren, an einem Samstag, als ich mit meiner Familie entspannt das Wochenende begann. Ein lustiger Umstand sorgte wieder einmal dafür, dass meine Fantasie Flügel bekam. Die Sprüche lagen uns quasi auf der Zunge und wurden natürlich unter großem Gelächter kundgetan und dann passierte das Unglaubliche. Ich mutmaßte, dass ich einen Dämon heraufbeschwören könnte, und meiner Tochter fiel nichts Besseres ein, als diesen Umstand in ihrem kürzlich erlernten Französisch halbwegs zu formulieren. Sie meinte: »Il y a du vent«. Was, so klärte sie uns auf, so viel wie »es ist windig« heißt. Das war die Geburtsstunde des Dämons, der aus diesem Wortspiel heraus den Namen Ilya Duvent bekam. Natürlich war er ein Dämon, der Macht über den Wind hatte. Als mein Sohn später meinte, dass er einen Zauberspruch in einem Buch suchen könnte, mit dem Ilya Duvent die Seiten von selbst umblättern lassen kann, weil er ja des Windes mächtig ist, wurde in meinem Kopf der Seelentrog geboren. Wir frühstückten zu Ende. Danach setzte ich mich für eine halbe Stunde an den Rechner und schrieb meine Idee, die aus diesem lustigen Gespräch entstanden war, in zwei Seiten auf. Erst nach über einem Jahr schaffte ich es, mir die Zeit zu nehmen, den Figuren Leben einzuhauchen.

Viel Spaß beim Lesen! Eure Manuela Maer

# Ilya Duvent

## Der Sturm in Dir

von Manuela Maer

info@manuela-maer.de

www.manuela-maer.de

## Hauptpersonen:

Isabelle 1848          Julias Vorfahrin/Ururgroßmutter
Gustave 1848          junger Arzt, Geliebter von Isabelle
Julia 2004               Rastatt heute, Bibliothekarin, Nach-
fahrin von Isabelle
Steven 2004,                               Julias Freund
Günter Gronauer 2004,          Julias Chef und Buch-
ladenbesitzer, ehemals Laufbursche von Akabott
Algäsius Akabott 1848-2004,          Ehemann von Isa-
belle, Antiquitätenhändler
Irina Yourigca 1848,                    Kräuterfrau (Hexe)
Sheila Yourigca 2004,        Nachfahrin der Hexe Irina,
Lebensberaterin
Magdalena 1848,          Isabelles Kindheitsfreundin

## Bedeutungen:

Kontor                                                      Büro
Gilet                                      alter Ausdruck für Weste
Dörfel                                        Stadtteil von Rastatt

# Wer Wind sät, wird Sturm ernten.

*Altes Testament, Hosea, Kapitel 8, Vers 7*

**Rastatt, Februar 1848**

Behutsam öffnete Isabelle ihre Augen, die geschwollen und gerötet waren vom Weinen bis spät in die Nacht. Grell schien die Sonne in ihr Schlafgemach. Immer noch müde, stellte sie fest, dass sie weder die Läden geschlossen noch die Vorhänge zugezogen hatte. Schwerfällig setzte sie sich auf und hielt vorsichtig mit der rechten Hand den linken Unterarm fest. Er war über und über mit blauen Flecken und Blutergüssen bedeckt, ebenso wie ihr restlicher Körper. Mit schmerzverzerrtem Gesicht tastete sie sich ab, versuchte, die Finger der linken Hand zu bewegen, was nur unter großen Qualen möglich schien. Sehr langsam schlug sie die schwere Bettdecke zurück und legte ein Bein nach dem anderen behutsam zur Bettkante. Selbst sie offenbarten deutlich alte und neue Abdrücke, welche auf die andauernden Misshandlungen ihres Gatten hinwiesen. Auf wackeligen Beinen stakste sie hinüber zur Waschschüssel, goss mühsam mit einer Hand Wasser hinein und tauchte Baumwolltücher in das kühle Nass. Mit diesen Wickeln verband sie ihren linken geschundenen Arm. Der Blick in den übergroßen und reich verzierten Bodenspiegel gefiel ihr ganz und gar nicht, sie zwang sich dennoch hineinzusehen. Drei oder auch vier rötliche Striemen prangten auf der linken Gesichtshälfte. Eine Stelle neben der Augenbraue war besonders geschwollen und machte den Eindruck, als würde sie gleich aufplatzen wollen. An der rechten Hand ihres Mannes befanden sich jeweils an Mittel- und Ringfinger breite goldene Herrenringe. Einer der Schläge mit dieser Hand, die sie wie Sandsteine im Gesicht trafen, war vermutlich der gewesen, durch den sie ihr Bewusstsein verloren hatte. Die bittere Erinnerung holte sie ein und sie begann zu zittern, so sehr, dass sie zurück zum Bett humpelte und sich schnell auf der Kante niederließ. Zu ihrem 23. Geburtstag, den sie vor ein paar Wochen feierte, hatte er ihr Besserung versprochen. Leider hoffte sie bisher vergeblich auf die Einlösung des Versprechens. Ihr Bewusstsein drehte sich im Kreis. Wieder und wieder suchte sie in Gedanken nach Möglichkeiten, ihrem jähzornigen Mann zu entfliehen, der immer und immer wieder seinen Unmut und seine Unzufriedenheit an ihr auslebte. Mühselig schleppte sie sich zum Fenster, erhaschte einen Blick auf die Kirchenuhr und erschrak. Wenn sie nicht erneut den Unmut ihres deutlich älteren Mannes auf sich ziehen wollte, musste sie sich beeilen und zum Wochenmarkt gehen. Pünktlich um 12 Uhr schloss er seinen Antiquitätenladen, den er mitten in der Stadt in vorteilhaftester Lage besaß. Er bestand darauf, dass das Essen genau 15 Minuten nach Ladenschluss auf dem Tisch stand. Die aufkommende Angst begrub die schmerzlichen Bewegungen und sie schaffte es, sich schnell anzuziehen und zurechtzumachen. Abgesehen von den blauen Flecken im Gesicht und dem deutlich geschwollenen Auge war sie eine wunderschöne junge Frau mit goldbraunen lockigen Haaren, raffiniert nach oben gesteckt. So wirkte sie wie eine Adelige. Zu Recht, denn ihr Vater, hoch angesehen im Regiment, war ein direkter Nachfahre von Carl Ferdinand Freiherr von Plittersdorf. Dieser war damals, zu Zeiten von Augusta Sybilla, eng mit dem Herrschaftshaus verbunden. Genau das war der Grund, weshalb sie nicht mit ihren Eltern über ihr eheliches Desaster reden wollte. Einzig und allein ihrer Freundin Magdalena hatte sie sich anvertraut und ihr damit gleichzeitig das Versprechen der allergrößten Verschwiegenheit abverlangt. Sei es drum, sie musste zum Markt. Kam sie zu spät, würde sie nichts mehr bekommen. Hurtig überquerte sie das Kopfsteinpflaster, um an der Stadtkirche vorbei zum Marktplatz zu gelangen. Die anhaltenden revolutionären Unruhen gestalteten das Leben in dieser Zeit nicht einfach. Aufmerksam äugte sie in die Seitenstraßen und konnte gerade noch einen Blick auf eine patrouillierende Soldatenriege erhaschen. Tief zog sie die Haube ihres Umhanges ins Gesicht. »Isabelle!«, rief es auf einmal zart von der Seite. »Isabelle, warte!« Schon spürte sie eine Hand am Arm. Die Berührung ließ sie empfindlich zusammenzucken. Sie hob kaum den Kopf an. »Oh mein Gott, Isabelle! Was hat er dir nur wieder angetan? Wann willst du endlich etwas dagegen unternehmen?« Isabelles Augen füllten sich mit Tränen. Sie wunderte sich, dass überhaupt noch welche herausdringen wollten, wo sie gerade letzte Nacht ein Meer davon vergossen hatte. Wegen dem Kloß im Hals war es ihr gerade nicht möglich, ein vernünftiges Wort zu sagen. Ihre Freundin schob besorgt den Stoff des linken Armes beiseite, den Isabelle schützend an ihren Körper presste. Magdalena erschrak bei diesem Anblick und bedeckte schnell die sich mittlerweile violettfärbenden Stellen. »Du musst von ihm fort. Ich werde mit meinen Eltern reden. Vielleicht finden wir ja eine Möglichkeit.« Verängstigt schaute sich Isabelle um, räusperte sich und klagte heiser: »Geh! Wenn er uns zusammen sieht, bekommst du vielleicht auch noch Ärger. Das möchte ich auf keinen Fall riskieren. Ich komme schon klar. Mach dir wegen mir keine Sorgen.« Ohne weitere Worte zu verlieren, marschierte sie los, um an den wenigen Wochenmarktständen für die nächsten paar Tage einzukaufen. Kaum war sie außer Sichtweite ihrer Freundin, lehnte sie sich erschöpft und emotional am Boden zerstört an den Bernhardusbrunnen. Es überkam sie derart, dass sie sogar in die Knie sackte und heftig zu weinen begann. Ein junger Mann, wenige Jahre älter als sie, hatte das Dilemma beobachtet. Fälschlicherweise nahm er an, die junge Frau habe etwas Schicksalhaftes erfahren. Geschwind eilte er zu ihr hin, um sie zu trösten. In dem Moment, als er Isabelle ausgerechnet am linken Arm berührte, um ihr aufzuhelfen, zuckte sie zusammen und schrie kurz auf. Seelenruhig sah er sich um, fasste sich ein Herz und zog sie dennoch auf die Füße. Große dunkelbraune verweinte Augen blickten ihm erschrocken entgegen. Besorgt stellte er fest, dass ihre linke Gesichtshälfte teilweise angeschwollen war und bedenkliche Striemen zeigte. Ohne zu fragen, streifte er ihren Überhang ein klein wenig nach oben. Sein Gesicht zeigte deutlich die Sorge über das, was er erblicken musste. Ihm war sofort klar, was das bedeutete. Als Arzt hatte er schon so einiges gesehen, vor allem, wenn es um Misshandlungen ging. Isabelle wich verschüchtert zurück. Jetzt erkannte er sie. Einige Male schon war er bei ihren Eltern zu Hause gewesen, weil der Vater wegen eines Herzleidens regelmäßig seine Hilfe benötigte. »Sie sind doch Isabelle, die Tochter von ...?« Rasch legte sie ihm einen Zeigefinger auf den Mund. Auch sie hatte ihn erkannt. »Pst, seien Sie still!«, raunte sie. »Wenn uns einer hört, geschweige denn sieht.« »Aber das ...«, er deutete auf ihren Arm, »... habe ICH gesehen. Das kann ich nicht so hinnehmen. Sie müssen das melden. War das Ihr Mann?« Sie schüttelte energisch den Kopf. Hob abwehrend eine Hand und wollte sich schon herumdrehen, als er nach ihr fasste und sie gerade noch am Henkel des Einkaufkorbes erwischte. »Sie sollten von ihm weggehen. Ich verstehe Ihre Bedenken und respektiere das, dennoch werde ich Sie jetzt mit zu mir nehmen. Ich will mir das genauer anschauen. Es ist ja nicht weit, dort drüben in der Seitenstraße befinden sich meine Behandlungsräume.« Sein sorgenvoller Blick löste eine emotionale Explosion in ihr aus und ein Schwall von Tränen rann ihr abermals über das Gesicht. Um zu seiner Wohnung zu gelangen, mussten sie den Marktplatz überqueren. Isabelle nutze die Gelegenheit und kaufte die wenigen Dinge, die sie brauchte. Dort angelangt, führte sie der junge Arzt in das Zimmer, welches er als Behandlungsraum nutzte. Einige leere Hocker standen an der Flurwand entlang. Isabelle sah verwundert umher. »Heute habe ich keine Sprechstunde. Ich war gerade auf dem Weg ins Dörfel. An Dienstagen mache ich meistens Hausbesuche und schaue im Hospital vorbei, um dort zu helfen, sollte Bedarf bestehen.« In seiner kleinen Versorgungsküche suchte er Verbandmaterial zusammen, Salben und eine Schüssel, in die er Wasser und Eis tat. Isabelle stand währenddessen verloren mitten in dem kleinen Zimmer, festgeklammert an ihrem Einkaufskorb. Sie fing an zu zittern, schon allein der Tatsache wegen, was Algäsius sagen würde, wenn er erführe, dass sie hier gewesen war. Nach wenigen Minuten hatte er alles auf einen kleinen Tisch in der Ecke gerichtet und bat sie höflich, ihren Korb abzustellen und den Umhang abzulegen. Sie zögerte, sodass er ihr, ohne zu fragen, den Korb abnahm und sie behutsam auf das einfache Bettgestell drückte, welches ein Drittel des Raumes einnahm. Sachte hob er ihren linken Arm, streifte den Stoff nach hinten und besah sich das lilagrünblaue Dilemma. »Jetzt wird es wehtun.« Mahnte er an und begann, den Arm Zentimeter für Zentimeter abzutasten. Isabelle zuckte zusammen, ertrug den Schmerz aber still und leidend. Nach eingehender Untersuchung befand er, dass nichts gebrochen sei, und wickelte einige, mittlerweile eisgekühlte Tücher, um den Arm. Danach sah er sich ihre linke Gesichtshälfte an, vor allem das Auge. Immer wieder schüttelte er den Kopf, sagte jedoch nichts weiter, wofür sie ihm sichtlich dankbar war. Endlich, nachdem er ihren Arm in einen Salbenverband gelegt und die Schwellung im Gesicht gekühlt hatte, stand er vor ihr und reichte ihr seine Hand. »Ich bin Gustave«, und nach einer nachdenklichen Pause, » ich möchte Ihnen gern helfen. So kann das nicht weitergehen.« Isabelle nahm seine Hand. Er umschloss die ihre liebevoll und erneut drangen Tränen aus ihren Augen. Diesmal nicht vor Schmerzen, Schmach und Erschöpfung, sondern weil sie so viel Glück und zuvorkommende Behandlung erfuhr. Das bereitete ihr ein Gefühl, als wäre sie etwas Besonderes. »Ich kann nichts gegen ihn unternehmen. Er würde mich lieber ermorden, als mich gehen zu lassen. Es scheint mein Schicksal zu sein, ein Leben im Wohlstand zu führen und gleichzeitig dafür bestraft zu werden.

Wo doch in diesen revolutionären Zeiten so viel Armut und Hunger um uns herum herrschen.« »Schicksal, ach, woher! Er ist ein notorisch jähzorniger Choleriker.« »Die Zeiten sind hart. Er hat es nicht leicht mit seinem Laden.« »Nehmen Sie ihn nicht in Schutz! Ein jeder hier im Viertel weiß, dass er an sämtlichen Ecken Mätressen hat, die ihm das Geld aus der Tasche ziehen und an Ihnen lässt er seine Übellaunigkeit aus. Reden Sie mit Ihrem Vater, oder soll ich das für Sie tun? Ihr Vater ist doch einflussreich, er kennt sicher einen guten Advokaten.« »Neiiin, bitte nicht! Algäsius bringt mich um, wenn auch nur einer davon erfährt, was er mir antut. Das hat er mir immer wieder angedroht und mein Vater ist zu krank. Ich kann nicht verantworten, dass er sich aufregt.« Gustave reichte ihr sein Taschentuch, weil die dicken Tränen weiterhin aus ihr herausliefen. Stille umhüllte die beiden und er betrachtete Isabelle genauer. Eine auffallend hübsche Frau saß da vor ihm, gutherzig und treu, die ohne Zweifel solch ein Leben nicht verdient hatte. Schon sehr lange hegte er im Geheimen starke Gefühle für Isabelle. Sie so erleben zu müssen, schmerzte ihn. Im Innersten musste er sich eingestehen, dass sie auf beeindruckende Weise sein Herz berührte. Ohne darüber nachzudenken, was er tat, strich er ihr über das Haar. Isabelle senkte bei seiner zärtlichen Berührung dankbar die Augenlider. In ihren Gedanken brodelte es, die Gefühle purzelten umher. Bisher hatte sie den höflichen und dennoch liebevollen Flirts, wenn sie sich trafen, nicht wirklich Gewicht beigemessen. Jedoch tat ihr diese zuvorkommende Behandlung in der Seele gut und auf einmal wünschte sie sich nichts sehnlicher, als in seinen

Armen zu liegen. Plötzlich stand sie, erschrocken über sich selbst, auf. Die Zeit drängte, sie musste gehen, das Essen vorbereiten, bevor ihr Mann nach Hause kam. Die beiden jungen Leute sahen sich an. Sekunden wurden zu Minuten, die Zeit verstrich und sie konnten kaum den Blick voneinander abwenden. Gustave ergriff zuerst das Wort und unterbrach die prickelnde Stille. »Wann sehe ich Sie wieder?« »Samstag ist Markt.« Mit diesen Worten berührte sie ihn zart am Arm, nahm ihren Korb und verließ den jungen Doktor. Mit klopfendem Herz eilte sie den Weg zurück, die Wangen rot vor Aufregung und mit zaghaft wahrnehmbaren Glücksgefühlen. Je näher sie allerdings ihrem Zuhause kam, desto trauriger wurden ihre Gedanken.

Algäsius Akabott kam wie immer pünktlich, zur gewohnten Mittagszeit, nach Hause. Eine Zeitung unter dem Arm setzte er sich an den Tisch und erwartete wie jeden Tag, dass seine Isabelle ihm den Teller mit dem Mittagessen vorsetzte. Aus den Augenwinkeln heraus bemerkte er wohl, dass sie den linken Arm verbunden hatte, sagte jedoch nichts dazu. Nach dem Essen legte er, wie schon so oft, ein Geschenk vor ihr auf den Tisch. Diesmal eine kleine längliche Schatulle. »Es tut mir leid, dass ich mich gestern Abend so gehen ließ. Ich hoffe, ich kann dich mit diesem Geschenk ein wenig milde stimmen. Ach ... heute Abend wird es sicherlich wieder spät, bis ich heimkomme. Du brauchst nicht auf mich zu warten.« Isabelle zwang sich zu lächeln und nahm die Schatulle an sich. Wie gewohnt blieb er so lange bei ihr stehen, bis sie das Geschenk geöffnet hatte, ihre Freude darüber zeigte und sich bedankte. Anschließend verließ er mit sich zufrieden das Haus, um wieder in seinen Laden zu gehen. Wut, Zorn und Hass stiegen gleichzeitig in ihr auf, als sie das brillantbesetzte goldene Armband betrachtete. Sie war es leid und wollte gar nicht wissen, wen er bestochen hatte, um an so ein Kleinod heranzukommen.

Am Donnerstag darauf zog sie, kaum hatte ihr Ehemann das Haus verlassen, die Betten ab. Sie war mit ihrer Mutter verabredet und hatte vor, mit ihr gemeinsam einen Waschtag einzulegen. Trotz der schweren Arbeit genoss sie es, denn dann brauchte sie am Mittag nichts für ihren Mann zu kochen. Sie verbrachte fast den ganzen Tag bei ihren Eltern. Es fiel ihr nicht leicht, denn ihr Arm schmerzte bei dieser Belastung. Obwohl die Matratzen dreigeteilt waren, bewerkstelligte sie es heute kaum, diese von den unhandlichen Leinentüchern zu befreien. Geschafft und völlig entkräftet von dem Gewicht der Bettwäsche, welche sie bis zum Haus der Eltern getragen hatte, saß sie dort im Hof. Die Zugehfrau Bernadette, die ihrer Mutter im Haushalt half, nahm ihr das schwere Bündel gleich ab. »Das sollte Ihre Mutter aber nicht sehen«, flüsterte diese Isabelle zu. »Wenn ich warten würde, bis mir die einer hierher trägt, wäre ich in vier Wochen noch nicht da.« »Weshalb nehmen Sie nicht ein Mädchen in Stellung? Ihr Mann verdient sicherlich genug.« »Er will das nicht. Er meint, dass ich dafür da bin diese Arbeiten ausführen.« »Fragen Sie Ihren Vater, dass er ein paar Soldaten zu Ihnen

schickt, wenn sie Unterstützung benötigen.« Kopfschüttelnd und lachend wehrte Isabelle die Worte ab.
Sie wusste, dass ihr Vater es nicht gern sah, dass sie
solche Arbeit selbst verrichtete. Er wusste so manches
nicht und das war gut so. Ihre Mutter gesellte sich
dazu. Gemeinsam kochten sie in großen Bottichen Isabelles Bettwäsche und die Wäsche der Eltern aus und
hängten diese dann über die eigens dafür im Hof
gespannte Leine. Immer wieder streiften die Blicke
der drei Frauen den Himmel, der sich zusehends
bedeckte. Der Wind legte ein wenig zu, doch dies war
im Moment von Vorteil.

Isabelle kam nicht umhin, sich den Fragen
ihrer Mutter stellen zu müssen, weil sie solche
bedenklichen blauen Flecken im Gesicht hatte, vor
allem am Auge. Sie tat es geflissentlich ab als eigene
Dummheit. Gestürzt sei sie und habe sich dabei das
Gesicht gestoßen. Damit gab sich die Mutter zufrieden
und hakte, zu Isabelles Erleichterung, nicht weiter
nach. Nachdem endlich das letzte Laken auf der Leine
hing, schickte die Mutter Bernadette ins Haus. Sie
solle das Essen richten, was sie sich alle jetzt redlich
verdient hätten. »Die Zuber kannst du später sauber-
machen. Und wir, meine liebe Isabelle, wir verscheu-
chen die Tauben und Spatzen. Die hinterlassen sonst
ihre Spuren auf unserer Wäsche«, lachte sie und
wedelte schon mit einem Teppichklopfer durch die
Luft. Kurz darauf kam Bernadette aufgeregt zurück in
den Hof geeilt. »Frau Ventus, kommen Sie schnell!
Ihrem Mann geht es nicht gut. Ich glaube, er hat

wieder einen Anfall.« »Geh und hol den Arzt!«, rief ihr die Mutter zu. »Komm du mit nach oben, Isabelle! Hilf mir!« Sie preschte los, die Tochter im Schlepptau. Während Isabelle gleich eine Schüssel mit kaltem Wasser und ein Tuch richtete, versuchte die Mutter ihrem Mann Medizin für das Herz einzuflößen. Schwer atmend lag er auf dem Bett. Im Grunde ein stattlicher Mann, der allerdings in diesem Zustand ein eher jämmerliches Bild bot. Es tat Isabelle weh, ihn so zu sehen. Und jedes Mal hatten sie mehr Angst, er könnte einen Anfall nicht überstehen. Die Minuten verstrichen. Langsam entspannte sich sein schmerzverzerrtes Gesicht und auch der Atem ging wieder gleichmäßiger. Unten polterte es und eine Tür fiel hart ins Schloss. Hastige Schritte waren auf der Treppe zu hören. Der Arzt kam herein. Hinterher Bernadette, die sich dafür entschuldigte, dass es so lange gedauert hatte. Sofort beugte sich Gustave über den Patienten und untersuchte ihn genau. Plötzlich begann Bernadette zu schimpfen. »Verflucht und zugenäht, so ein Mist aber auch«, und während sie weiter zeterte, verschwand sie in die Küche. Etwas überrascht und erstaunt schauten sich Isabelle und ihre Mutter an, doch schnell bemerkten sie den Grund, weshalb sich die Haushälterin so erboste. Es roch sehr verbrannt. In der Aufregung hatte natürlich keiner nach dem Essen in der Küche geschaut. Isabelles Mutter nahm alle Schuld auf sich, da sie ja schließlich Bernadette fortgeschickt hatte, den Arzt zu holen. Und nachdem dieser dann auch noch Entwarnung bezüglich des Vaters gab, hob sich die Stimmung recht schnell wieder an. »Ich glaube«, meinte die Mutter verhalten, »ich schaue mal eben in die Küche. Bitte Isabelle, biete dem Herrn Doktor etwas zu trinken an!« Der wiederum nahm Isabelles Hand und hauchte einen Kuss darauf. »Es freut mich, Sie hier wiederzusehen, wenn auch unter nicht so erfreulichen Umständen.« Mit einem Blick auf ihren Vater, »er muss seine Medizin regelmäßig nehmen, wenn er das nicht tut, kann ich für nichts garantieren.« Immer noch hielt er Isabelles Hand, der man nach wie vor anmerkte, dass ein schweißtreibender Waschtag hinter ihr lag. Ohne Vorwarnung schob er den Ärmel des Kleides nach hinten und legte den verbundenen Arm frei. »Wenn ich gerade da bin, kann ich mir das auch gleich ansehen.« »Nein«, rief Isabelle erschrocken und zog mit der anderen Hand den Ärmel hastig wieder hinunter. »Es tut schon gar nicht mehr weh und sieht auch nicht mehr so schlimm aus.« Die Mutter betrat den Raum und hatte gerade noch einen Blick auf den Verband werfen können. »Kind, ist das etwa auch von deinem Sturz?«

Gustave sah Isabelle erstaunt an. Die versuchte, ihm ohne Worte zu verstehen zu geben, dass die Eltern nichts von der wahren Herkunft der Verletzung erfahren sollten. »Ja, Mama! Das auch.« »Na dann bin ich aber froh, dass Sie, lieber Gustave, sich das angeschaut haben, wenn man aber auch so schusselig ist. Es ist ja nicht das erste Mal, dass du solche Blessuren hast. Als ob man dich nicht allein lassen dürfte. So warst du doch früher nicht, Kind. Algäsius sollte weniger arbeiten und mehr auf dich aufpassen.« Sie saß jetzt am Bett ihres Mannes und versuchte, ihm etwas Suppe einzuflößen, die er mit halb geschlossenen Augen dankbar zu sich nahm. Die Anstrengung des Anfalls war ihm deutlich anzusehen. »Er sollte ein wenig schlafen und bitte denken Sie an die Medizin. Ich empfehle mich, habe noch einiges zu tun.« Noch immer hielt er Isabelles Hand. »Aber lieber Doktor, Sie haben ja gar nichts zu trinken bekommen«, und zu Isabelle gewandt, »Kind, ich bat dich doch ...!« »Lassen Sie es gut sein, Frau Ventus! Ich danke herzlich, aber ich muss wirklich zurück. Isabelle würde ich am liebsten mitnehmen und mir den Arm noch mal anschauen. Der Sturz«, wobei er das Wort stark betonte, »war nicht so harmlos, wie es den Anschein hatte.« Sie stellte die Suppe zur Seite und drückte ihre Isabelle. »Natürlich geht sie mit. Nicht wahr, mein Kind?«

Streng schaute sie ihre Tochter an. »Komm gleich wieder zurück, dann können wir zusammen essen und wenn das Wetter noch hält, ist die Wäsche auch bald trocken.« Es blieb Isabelle also nichts anderes übrig, wie Gustave zu begleiten. Galant, wie er nun mal war, schob er sie sachte, mit seiner Hand an ihrem Rücken, mit sich.

In der Sekunde, als sie seine Räumlichkeiten betraten, kam die Helferin aus einem kleinen Zimmer heraus, sich gerade einen Mantel umbindend. »Fertig für heute, Herr Doktor. Ich habe die anderen beiden nach Hause geschickt, die sollen Morgen kommen. Ich ahnte ja nicht, dass sie so schnell wieder zurück sind. Ich gehe jetzt auch, muss noch hinüber ins Lazarett.« Sie lächelte Isabelle freundlich an und verließ eiligst das Haus. Unheimliche Ruhe umhüllte Isabelle, die mit Herzklopfen in dem kleinen Flur stand. Gustave bat sie in das kleine Behandlungszimmer, in welchem sie schon zwei Tage zuvor einmal gewesen war. Wieder musste er sie auf das Bettgestell drücken, da sie sich nicht freiwillig setzte. Er löste den Verband, reinigte die betroffenen Wunden, trug frische Salbe auf und umwickelte den Unterarm mit neuem Verbandmaterial. Isabelles Wangen hatten sich zartrosa gefärbt, so sehr schlug ihr Herz. Gustave bemerkte es und fühlte den Puls. »Ist alles in Ordnung? Geht es Ihnen gut?« Er strich zärtlich über ihre Wange und zuletzt über ihr Haar. Verlegen blickte Isabelle zu Boden. »Ihr Haar fühlt sich an wie die seidenen Flügel eines Schmetterlings.« Er beugte sich für einen Augenblick zu ihr und roch an ihren Haaren. »Und jetzt weiß ich, nach was Sie duften, nach Flieder. Habe ich recht?« Er hob sachte, mit seiner Hand unter ihrem Kinn, ihren Kopf an, bis sie ihm in die Augen schauen musste. Ihre Brust bebte und sie fürchtete schon, ohnmächtig zu werden, weil sie die Aufregung beinahe übermannte. Schließlich nahm Gustave sie an beiden Händen und zog sie auf die Füße. Er behielt allerdings ihre Hände fest in den seinen und führte sie an den Mund, um ihr einen innigen Kuss auf die Finger zu geben. »Gibt es denn eine Chance für uns? Ich glaube, mehr zu spüren als nur Bekanntschaft. Irre ich mich?« Eindringlich schaute er sie an. Isabelle hatte das Gefühl, als gäben jeden Moment ihre Beine nach. Ihr Herz schlug jetzt so wild, dass sie glaubte, es würde gleich zerspringen. Ihr war heiß, dann wieder kalt, dann wieder heiß und so sehr sie auch antworten wollte, sie bekam keinen Laut über die Lippen. Ihre Gesichter trennten nur noch wenige Zentimeter. Die Luft zwischen ihnen war so aufgeladen, dass ein Funke genügen würde, um eine Feuersbrunst zu entfachen. »Ich kann nicht!«, hauchte sie, legte kurz eine Hand an seine Wange, gab sich einen Ruck und drängte hinaus.

Sie konnte nicht mehr klar denken und der Rückweg zu ihren Eltern war ihr eher lästig als nützlich. Lieber wäre sie jetzt allein mit ihren Empfindungen. Ja, sie hatte es gespürt. Sie war sich darüber im Klaren, dass sie sich sehr zu Gustave hingezogen fühlte. Es blieben ihr allerdings nicht viele Möglichkeiten, sollte sie Ärger vermeiden wollen. Deshalb durfte sie Gustave nicht mehr sehen. Ihr Herz allerdings sprach etwas Anderes. Es schrie förmlich danach, sich dem Gefühl hinzugeben. Zurück bei den Eltern fiel es Isabelle schwer, nicht ständig das Bild von Gustave und ihr selbst vor Augen zu haben. Mehrmals mahnte sie die Mutter an, wo sie denn mit ihren Gedanken sei.

Die Tage bis zum nächsten Wochenmarkt am Samstag zogen sich hin. Algäsius bemerkte die Veränderung von Isabelle nicht, da er entweder nicht anwesend war oder sich hinter den Zeitungen vergrub und seine Ehefrau ohnehin ignorierte. In der Zwischenzeit hatte Isabelle ihre Freundin Magdalena ins Vertrauen gezogen und ihr von den aufkeimenden Gefühlen für den Arzt berichtet. Wie eine verschworene Gemeinschaft, die die zwei sicherlich waren, mutmaßten sie, wie es wohl sein könnte, mit dem jungen Arzt zusammen zu sein. Je mehr die Freundinnen ihrer Fantasie freien Lauf ließen, desto mehr hegte Isabelle den innigen Wunsch, in Gustaves Armen zu liegen.

Der Samstag brach an und die gepeinigte junge Ehefrau konnte es kaum erwarten, dass ihr Mann das Haus verließ. Hurtig zog sie eines ihrer besten Kleider an und frisierte sich, wie sie es sonst nur an Sonntagen zu tun pflegte. Rouge benötigte sie keines, da ihre Wangen sich von allein rosa färbten. Ihr Herz schlug in freudiger Erwartung, Gustave zu treffen. Ihr war durchaus bewusst, dass sie in der Öffentlichkeit die Etikette wahren musste, dennoch lenkte sie diese Schwärmerei von ihrem leidvollen ehelichen Schicksal ab. War es wirklich nur Schwärmerei? Was, wenn er heute nicht auf den Markt kommen konnte? Sofort stimmte sie dieser Gedanke traurig und aufgrund ihrer Reaktion musste sie sich eingestehen, dass sie drauf und dran war, sich in den jungen Arzt zu verlieben. Sie wurde sich bewusst, dass es keine Schwärmerei war, sondern dass er ihr Herz berührt hatte.

Der Himmel zeigte sich heute trüb und der Nebel hing tief über den Dächern der Stadt. Nach und nach besorgte Isabelle an den unterschiedlichen Ständen ihre benötigten Waren. Ständig schweifte ihr Blick umher, in der Hoffnung Gustave zu sehen. Dadurch fiel ihr auf, dass heute mehr Soldaten als sonst um den Markt herum patrouillierten. »Guten Tag, Isabelle! Heute so hübsch? Haben Sie noch etwas vor?« Die Stimme von Bernadette riss sie aus ihren Gedanken. »Guten Tag, Bernadette! Ja ... ich treff mich nachher noch mit Magdalena«, flunkerte sie. »Wie geht es meinem Vater?« »Oh, dem geht es wieder bestens. Er kann einen zumindest wieder hervorragend herumkommandieren. Da wird es einem nicht langweilig.« Beide kicherten gelassen. »Das kenne ich. Meine arme Mutter wird sich da wohl kaum gegen ihn erwehren können.« »Ach, liebe Isabelle. Ihre Eltern sind so gut zueinander. Ihre Mutter kümmert sich so aufopfernd um ihn und er, sobald er kann, würde er sie im wahrsten Sinne des Wortes auf Händen tragen. Es ist schön, das auch bei Paaren in diesem Alter zu sehen.« Sie schaute Isabelle abschätzend an. »Ihre Mutter hat Ihnen das wirklich geglaubt, das mit dem Sturz?« »Nun, es war ja auch einer«, versuchte Isabelle, ihrer Aussage Nachdruck zu verleihen, obwohl sie schnell erfasste, dass Bernadette wohl ahnte, wie es um sie stand. Die nachfolgende Aussage der Haushälterin bestätigte Isabelles Eindruck. »Ich weiß, dass es mich nichts angeht. Nun kenne ich Sie aber schon, seit Sie ein kleines Kind sind und es betrübt mich, zu sehen, wie unglücklich Sie in Ihrer Ehe mit Herrn Akabott sind. Reden Sie mit Ihren

Eltern. Bitte tun Sie sich selbst den Gefallen.« Isabelles Blick trübte sich. Für den Moment verschwand ihre Euphorie wegen Gustave und das bedrückende Gefühl, das sich in ihrem Magen ausbreitete, die Schwermut, mit der sie versuchte jeden Tag zu überstehen, wollte die Herrschaft in ihrem Körper übernehmen. »So einer, wie der junge Doktor, so einen hätten Sie heiraten sollen. Das würde Ihnen besser zustehen. Ich weiß, aber Ihr Vater meinte es nur gut mit Ihnen. Jetzt muss ich los. Da stehe ich und plappere mit Ihnen und Ihre Mutter wartet sicherlich schon auf mich.« Bernadette spürte Isabelles innere Zerrissenheit und schon tat es ihr unendlich leid, überhaupt etwas gesagt zu haben. Isabelles Miene dagegen erhellte sich, als sie die letzte Aussage der Haushälterin über den Arzt vernahm. Gleichzeitig fühlte sie sich in diesem Moment ihrer Gefühle bestätigt, die sie zwischenzeitlich im Geheimen für den jungen Mann hegte. Sie verabschiedeten sich und Isabelle machte sich auf, ihre Einkäufe zu erledigen. Gerade als sie in der Hocke saß und einen Kohlkopf in ihrem Korb verstauen wollte, vernahm sie mit Freuden eine ihr inzwischen wohlbekannte Stimme. Ihr Herz hüpfte und vergessen waren die mahnenden Worte von Bernadette. »Einen wunderschönen guten Tag wünsche ich. Ich hatte gehofft, Sie hier zu treffen. Umso schöner, dass mein Wunsch in Erfüllung geht.« Schon nahm er ihre Hände, half ihr auf und berührte ihre Finger zur Begrüßung zart mit den Lippen. Isabelle strahlte ihn an und mit überschwänglicher

Stimme, verursacht durch die unmittelbar einsetzende Aufregung, plapperte sie drauflos. »Oh wie schön! Es stimmt mich auch sehr glücklich Sie hier zu sehen. Wenigstens ein kleiner Lichtblick, der mein Leben erträglicher macht. Sie müssen wissen, dass selbst an strahlenden Sonnentagen mein Herz einen kalten Mantel trägt. An solch trübem Tag wie heute ...« Gustave hielt ihre Hände immer noch fest und presste sie an seine Brust » ... wird es mir warm, wenn ich Sie treffe.« Isabelle hauchte diese Worte mit frohlockender Leichtigkeit. Fühlte sie sich doch von einem Moment zum anderen in einen heiteren Glückszustand versetzt. Die Blicke der beiden versanken ineinander und die beängstigende Welt um sie herum verblasste und geriet für wenige Momente in Vergessenheit. Wieder wallten feurige Gefühle in Isabelle auf und hinterließen deutliche Spuren in ihrem Antlitz. Sie bemühte sich, flach zu atmen, dennoch bebte ihr Busen und ihr Puls stieg weiter an. Gustave lächelte sein charmantestes Lächeln und schwelgte seinerseits in den Gefühlen, die er für Isabelle hegte. Sein innigster Wunsch, sie zu umarmen und zu küssen, drängte sich immer mehr in den Vordergrund. »Gnädige Frau, hallo? Sie bekommen noch Geld zurück. Gnädige Frau?«

Erschrocken blickte Isabelle zu der Marktfrau, die ihr soeben das Münzgeld entgegenstreckte. Dankend nahm sie es an sich. Noch bevor sie sich nach ihrem Korb bückte, hatte Gustave ihn schon genommen, fasste Isabelle bei der Hand und zog sie mit sich. Zwei Straßen weiter, in einer Seitengasse, blieben sie etwas außer Puste stehen. Die Marktfrau schaute ihnen schmunzelnd hinterher: »Junge Liebe!«, stöhnte sie und wandte sich ihrem nächsten Kunden zu. Für wenige Momente standen Isabelle und Gustave einfach nur da. Obwohl sie froh waren über diesen heimlichen Augenblick, den sie sich stahlen, drehten sie sich nur zögerlich und schüchtern wieder zueinander hin. In ihren Augen konnte man lesen, wie sehr sich ein jeder nach dem anderen verzehrte. Selbst Isabelle dachte in dieser Sekunde an nichts anderes, wie dem innigsten Wunsch nachzugeben, seine Lippen auf den ihren zu spüren. Urplötzlich lagen sie sich endlich in den Armen. Gustave küsste sie auf die Stirn, Isabelle schloss die Augen und genoss die Berührungen. Gustave konnte sie gar nicht nah genug an sich drücken. »Wie sehr habe ich diesen Moment herbeigesehnt. Schon so oft träumte ich davon, dich so nah bei mir zu haben, in der Hoffnung, dass du meine Zuneigung erwiderst.« »Still Gustave, sprich es nicht aus! Du weißt, wir dürften das nicht. Ich bin verheiratet.« Er hielt sie jedoch immer fester in seinen Armen. Sie schmiegte ihr Gesicht an seine Brust und sog tief seinen Duft in sich ein. Unvermittelt nahm er ihr Gesicht zwischen seine Hände. »Du hast etwas Besseres verdient. Du bist eine Frau, die man auf Händen tragen sollte und nicht so ...« »Bitte, sag es nicht! Es gibt doch keinen Ausweg.« »Es gibt immer eine Möglichkeit. Melde es, verlasse ihn!« »Eher würde er mich umbringen, als mich gehen zu lassen.« Isabelle schloss die Augen und ihr Ausdruck verzerrte sich wie unter Schmerzen bei diesen Worten. Es stach Gustave mitten ins Herz und voller Inbrunst wollte er ihr mitteilen, welche Gedanken er sich um die verfahrene Situation schon gemacht hatte. »Ich kann ihn ...!« »Nein ...«, fuhr Isabelle dazwischen. Sie ahnte schon was er sagen wollte und versuchte ihn mit beschwichtigenden Worten zu zügeln. »... dann wird er dir auch etwas antun. Halte Abstand zu ihm! Bitte! Du darfst ihm auf keinen Fall zu nahekommen.« Sekunden der Stille puschten die spannungsgeladenen Gefühle zwischen den beiden hoch. Gustave drohte, im dunklen Braun ihrer Augen zu versinken. Endlich hielt ihn nichts mehr zurück. Gefühlvoll und fordernd berührten seine Lippen die von Isabelle und seine letzten Befürchtungen verflogen in dem Augenblick, als er feststellen durfte, dass sie ihm erwartungsvoll entgegendrängte. Nach endlos erscheinenden Minuten lösten sie sich für eine kurze Atempause voneinander. Sie hatte ihre Hände in seinen Haaren vergraben und verlangte nach mehr, was zu erfüllen Gustave nur allzu bereit war. Wieder verstrichen Minuten, in denen sich kein Abstand zwischen ihren Mündern anbahnte. Wider Erwarten löste sie sich abrupt von ihm. Im Nu nahm sie ihren Einkaufskorb und klammerte sich an ihm fest. »Ich muss nach Hause. Wenn uns jemand hier sieht, ist alles aus. Wir müssen vorsichtig sein. Sehr vorsichtig.« Mit diesen Worten drehte sich Isabelle, von einem Augenblick zum anderen, herum und eilte durch die Gassen zurück zum

Marktplatz. Sie ließ Gustave einfach zurück, der die Finger der einen Hand an seine Lippen presste, als wolle er ihre Küsse festhalten und die andere Hand verlangend nach ihr ausstreckte, ihr aber nicht hinterherlief. Er respektierte ihre letzten Worte. Aufgeregt, der Puls einem schnellen Läufer gleichend, lehnte er sich an die Hauswand, kurz die Augen schließend und dem wohligen Gefühl von eben nachspürend.

Isabelle zwang sich, nicht zu rennen. Der Weg bis nach Hause kam ihr so lang vor und endlich, als die Tür hinter ihr ins Schloss fiel, lehnte auch sie sich mit geschlossenen Augen an die Flurwand. Die Wangen rosig, der Atem bebend, mit beiden Händen bemüht, die zarten Küsse ihres Geliebten festzuhalten. Nicht auszudenken, wenn Algäsius davon erführe.

Die folgenden zwei Wochen verliefen zwischen den Eheleuten etwas ruhiger, doch der Schein trügte. Isabelle konnte es kaum erwarten, das Haus wieder zu verlassen.

Als der nächste Wochenmarkt stattfand, machte sie sich voller Erwartung auf den Weg zum Einkauf. Es war die einzige Möglichkeit, Gustave wieder zu begegnen. Inzwischen hatten sich die jungen Leute auf das Heftigste ineinander verliebt. Voller Vorfreude frisierte sie sich heute besonders sorgfältig und zog eines ihrer schönsten Kleider an. Allerdings sorgten die andauernden Unruhen in der Stadt dafür, dass ungewöhnlich viele Soldaten auf dem Marktplatz und den Seitenstraßen patrouillierten. Isabelle kaufte alles Notwendige ein und hielt nebenbei vehement Ausschau nach Gustave. Schließlich sah sie Fräulein Karius. Die resolute nette Dame mittleren Alters war Krankenschwester und half Gustave während seiner Sprechstunden. Isabelle winkte ihr freundlich zu und so trafen sich die beiden Frauen mitten auf dem Marktplatz. Fräulein Karius steckte Isabelle einen Brief zu. Hastig ließ sie die Nachricht unter ihrem Mantel verschwinden. »Der Herr Doktor ist im Hospital. Es gab Angriffe auf Soldaten und einige Verwundete. Der Gute hilft, wo er kann. Geben Sie auf sich Acht!« »Danke, das werde ich ganz bestimmt.« Kaum hatte Isabelle das ausgesprochen, eilte Fräulein Karius schon in Richtung Hospital weiter. Am liebsten hätte Isabelle den Brief gleich mitten auf dem Markt gelesen, beherrschte sich jedoch und hielt es bis nach Hause aus. Dort stellte sie den Korb in der Küche ab und eilte in ihr Schlafgemach.

*Meine herzallerliebste Isabelle, mich dauert es sehr, dass ich dich heute nicht sehen kann. Meine verantwortungsvolle Arbeit drängt mich, den armen verwundeten Soldaten zu helfen. Ich hoffe, du kannst das verstehen und mir verzeihen. So harre ich sehnsüchtig der Zeit bis zu unserem nächsten Aufeinandertreffen und vermisse dich sehr.*
*Bis bald, Dein dich liebender*
*Gustave*

Tränen der Freude weinte Isabelle und presste die wenigen und doch so vielsagenden Zeilen an ihr Herz. Ihr Entschluss stand fest. Sollte Gustave eine Möglichkeit finden, zu fliehen, würde sie mit ihm bis ans Ende der Welt gehen. Schnell versteckte sie den Brief und eilte in die Küche, um ihren Aufgaben gerecht zu werden und nicht unnötigerweise den Unmut ihres jähzornigen Gatten auf sich zu ziehen. Er kam wie immer, verspeiste sein Mittagessen, beachtete seine Frau kaum und las in seiner Zeitung. Es war wieder mal Dienstag und wie üblich rechnete Isabelle damit, dass er am Abend spät nach Hause kommen würde. Sie behielt recht. Jedoch war dies einer der Abende, welchen sie am liebsten aus ihrem Gedächtnis streichen würde.

Isabelle lag schon im Bett, als sie vernahm, wie die Haustür ins Schloss fiel. An seinem Gemurmel erkannte sie, dass er, wie immer dienstags, spürbar angetrunken war. Sie war ahnungslos, mit wem er sich eigentlich traf, doch im Grunde ihres Herzens war ihr das schon gleichgültig. Sie wollte es gar nicht mehr wissen. Hauptsache war, dass er sie in Ruhe ließ. Leider war ihr das heute nicht vergönnt. Er stürmte ins Schlafzimmer, warf sich mit Gewalt auf sie, hielt sie an den Handgelenken fest und presste sie so heftig auf das Bett, dass die Schmerzen fast unerträglich wurden und sie kaum mehr atmen konnte. Mit seinem nach Alkohol riechenden Atem zwang er ihr Küsse auf, sodass sie sich vor Ekel fast übergeben musste. Zumal er nicht nur nach Alkohol roch, sondern auch nach anderen Frauen und deren Parfum.

Plötzlich war alles anders.

In Isabelle bäumte sich etwas auf.

Von diesem Moment an wollte sie die Gewalttätigkeiten ihres Mannes nicht mehr über sich ergehen lassen, nie mehr. Lieber wäre sie tot, als weiterhin von diesem Tyrannen misshandelt zu werden. Isabelle nahm alle Kraft zusammen, zog ihre Beine an und trat so wutentbrannt nach ihrem Mann, dass der in seiner Trunkenheit aus dem Bett stürzte. Ihre Gegenwehr heizte sein ohnehin schon aggressives Verhalten noch mehr an. Der Übergriff endete, wie schon häufig zuvor, damit, dass er besinnungslos auf sie einschlug, sie mit Füßen trat und ihr zum wiederholten Male unter dem rechten Auge mit der Faust eine Platzwunde verpasste. Beim Anblick des austretenden Blutes besann er sich und beendete seinen jähzornigen Ausbruch. Das war Isabelles Glück im Unglück, wer weiß, was sich sonst noch zutragen hätte. Wohin er danach verschwand, war ihr egal, sie war einfach froh, als sie die Haustür laut ins Schloss knallen hörte. Sie konnte sich kaum rühren, alles an ihr schien zu schmerzen. Einzig und allein ein Gedanke beherrschte sie, nämlich der, dass Gustave so bald wie möglich einen Weg zur Flucht fand, bevor ihr Mann sie zu Tode prügelte. Am nächsten Morgen erhielt sie Besuch von Magdalena. Die Freundin war eingeweiht in die Gefühle, welche Isabelle für den Arzt Gustave empfand. Magdalena tröstete Isabelle und half ihr, die blauen Flecken und Blutergüsse zu kühlen. »Er hat sich mal wieder selbst übertroffen. Ich verstehe wirklich nicht, dass du auch nur noch eine Minute länger unter diesem Dach verweilst.« »Ach, Magdalena, versteh mich doch. Er wird es nie und nimmer zulassen, dass ich fortgehe, vorher bringt er mich um. Glaub mir, bevor ich Gustave begegnet bin, habe ich mir das sogar in meiner Not schon oft gewünscht, dann hätte das Leid endlich ein Ende.« »Sag nicht so etwas. Ich mag das nicht hören. Du sagtest, dass Gustave mit dir fliehen will. Worauf wartet ihr noch? Kann sich dein Liebster denn nicht beeilen?« »So einfach geht das nicht. Da gibt es viel vorzubereiten und ich kann ihm doch nicht dabei helfen. Glaube mir, ich wünsche mir nichts sehnlicher, dennoch muss ich noch ausharren. Es kann hoffentlich nicht mehr lange dauern.« »Ich wünsche euch von Herzen, dass ihr bald eine Lösung findet. Trotz alldem brauchst du jetzt unbedingt ein wenig Ablenkung. Meine Mutter hat Kuchen gebacken und würde sich sehr freuen, wenn du heute Nachmittag zum Kaffee kommst. Sie hat dich schon lange nicht mehr gesehen.« »Gern, Magdalena. Ein paar Stunden mit euch werden mir guttun.«

Zu Mittag eröffnete Algäsius, dass er für drei Tage verreisen würde. Er müsse Waren besorgen für den Laden, bemerkte er. Gleichzeitig legte er ein kleines viereckiges Schächtelchen auf den Tisch und versicherte oberflächlich, dass ihm sein Verhalten leidtäte. Diesmal wartete er nicht einmal mehr, bis sie sein

Geschenk ausgepackt hatte, sondern er begann, seine Tasche zu packen. Isabelle beachtete sein Geschenk nicht, es widerte sie an. Sie saß still und ergeben auf dem Barock-Stuhl am Esstisch und erwartete sehnsüchtig den Moment, in dem ihr Mann, mit der Reisetasche in der Hand, das Haus verließ. Wortlos begleitete sie ihn zur Treppe und atmete erleichtert auf, als er endlich fort war. Erschöpft und zugleich froh saß sie in Gedanken versunken fast eine Stunde lang auf der Treppe und starrte verloren auf die Haustür.

Den Nachmittag verbrachte sie bei der Familie ihrer Freundin Magdalena. Von dort ließ sie durch deren kleinen Bruder eine Nachricht zu Gustave bringen. Er sollte wissen, dass sie für die kommenden drei Tage allein zu Hause war. Sie wusste von seiner aufopferungsvollen Arbeit, von den Unruhen, die in und um Rastatt herrschten und wagte nicht zu hoffen, dass er für sie Zeit finden würde. So war sie trotz allem sehr überrascht, als es spät am Abend leise an der Haustür klopfte. Es war Gustave. Sie sanken sich erleichtert in die Arme und als er sah, wie sie erneut zugerichtet war, versprach er, seinen Bemühungen zu ihrer Flucht noch mehr Nachdruck zu verleihen. Die Vorbereitungen hatte er schon getroffen, es durfte nicht mehr lange dauern.

Die folgenden zwei Tage waren die glücklichsten in Isabelles Leben. Gustave verwöhnte sie in jeder Hinsicht. Zum ersten Mal erfuhr sie, zu welchen Zärtlichkeiten ein Mann aus Liebe fähig sein konnte. Sie durchlebte ein Meer der Gefühle, sowohl geistig als auch körperlich. In diesen berauschenden Stunden wurde ihr bewusst, dass sie die richtige Entscheidung getroffen hatte, Algäsius zu verlassen.

In der Frühe des zweiten Tages verließ Gustave, von ihr unbemerkt, das Haus. Er wollte sie nicht aus ihren Träumen wecken. Gern wäre er noch bei ihr geblieben, doch im Hospital wartete viel Arbeit auf ihn. Außerdem hatte er für später ein Treffen mit einem Freund vereinbart, der ihm bei der Flucht mit Isabelle helfen wollte. Erst spät wachte sie auf und stellte bekümmert fest, dass ihr Geliebter schon gegangen war. Sie wusste, aus welchem Grund. Lächelnd legte sie ihre Finger an die Lippen, so als wollte sie seine Küsse für immer festhalten.

Erst als sie das Bett verließ, bemerkte sie auf ihrem Schreibtisch seine Nachricht.

*Meine herzallerliebste Isabelle, schon der Gedanke daran, dich jetzt zu verlassen, verzehrt mich. In der Hoffnung, bald wieder in deinen Armen liegen zu können, gehe ich meiner Pflicht nach. Die letzten Stunden mit dir waren die Unvergesslichsten und Schönsten für mich. Deine Haut zu spüren, deine Küsse zu fühlen, tief in dein Innerstes vorzudringen und mich mit dir zu vereinen – das ist der Himmel auf Erden. Den Rest meines Lebens möchte ich mit dir verbringen und diese wundervollen Stunden immer und immer wieder erleben. Bald werden wir fliehen und du wirst für alle Zeiten deinem Martyrium*

*entkommen. Mögest du meine Küsse noch immer auf*
*dir spüren.*
*Dein Dich aus tiefstem Herzen liebender Gustave.*

     Da Isabelle nicht wissen konnte, wann Algä-
sius zurückkommen würde, vermieden sie ein weiteres Aufeinandertreffen in ihrem Hause. Sie erledigte
ihre häuslichen Pflichten und traf sich am Nachmittag
mit Magdalena im Schlosspark. Die Freundin staunte
nicht schlecht, als sie von den Ereignissen der letzten
Nacht erfuhr und freute sich sichtlich darüber. Was
Isabelle leider nicht ahnte, während sie bei Magdalena
war, kam ihr Ehemann früher zurück, als ihr lieb war.
Er stand im Schlafgemach und alles schien so wie
immer. Was ihn dazu trieb, wusste er wohl selbst
nicht. Unvermutet begann er, in den Sachen seiner
Frau nach den Geschenken zu suchen, mit denen er
glaubte, Isabelle für seine Untaten besänftigt zu
haben. Alles lag an seinem Platz. Leider entdeckte er
die letzte Nachricht, die Gustave erst am Morgen für
Isabelle hinterlassen hatte. In der Annahme, in ihrer
Schmuckschatulle sei sie sicher, hatte Isabelle sie dort
hineingetan. Algäsius nahm voller Neugier den Zettel
heraus, faltete ihn auseinander und war nicht schlecht
erstaunt über das, was er da las. Seine Welt schien sich
plötzlich schneller zu drehen. Er fühlte sich in diesem
Moment betrogen, in seinem Stolz verletzt und seine
Wut steigerte sich binnen Minuten ins Unermessliche.
Seine Hände ballten sich zu Fäusten und eines war
ihm klar, niemals würde er zulassen, dass sie von ihm

fortgeht. In seiner Ehre zutiefst gekränkt, hätte er am liebsten das ganze Zimmer zu Kleinholz verarbeitet. Nein, er wollte alles so belassen, wie er es angetroffen hatte. Selbst den Schmuck ließ er unberührt an seinem Platz. Seine Gedanken drehten sich im Kreis, auf der Suche nach einer Möglichkeit Isabelle zu bestrafen. Er erinnerte sich dunkel daran, dass eine seiner Mätressen ihm von einer seltsamen Kräuterfrau erzählt hatte. Die wohnte angeblich neben der Hexengasse. Zu ihr wollte er jetzt gehen und sich die Hilfe holen, die er bei seinem teuflischen Plan benötigte. Geld spielte für ihn dabei keine Rolle. Seine Ehre musste wieder hergestellt werden und dafür würde er keine Kosten und Mühen scheuen. Isabelle wirkte nicht überrascht, als sie zurückkam und ihn vorfand. Ihre Gespräche liefen ab wie immer, kurz und knapp. Sie zog sich früh zurück. Der Zorn in Algäsius Akabott trieb hässliche Blüten, vor allem jetzt, als er sie sah und sich vorstellte, wie sie in den Armen von diesem Gustave lag. Voller Zorn warf er das Glas Cognac, welches er in der Hand hielt, in den Kamin. Tagelang umkreiste er sie wie ein lauernder Tiger, jedoch gab Isabelle ihm keinerlei Anlass zur Beanstandung. Eine Woche nach diesem Dienstagvormittag konnte er mit seinen eigenen Augen sehen, was er in Gustaves Brief gelesen hatte. Auf dem Wochenmarkt trafen Isabelle und Gustave wie zufällig aufeinander. Die beiden Liebenden wähnten sich unbeobachtet und tauschten immer wieder kleine Zärtlichkeiten aus. Mal strich er ihr sanft über die Wange, mal streichelte er liebevoll ihre Hand. Immer wieder lachten sie herzlichst miteinander und das auf eine Weise, wie sie mit ihm Algäsius noch nie gelacht hatte. Obendrein gesellte sich jetzt auch noch Magdalena zu den beiden, ebenfalls mit einem Einkaufskorb bestückt und stimmte in die Fröhlichkeit der Zweisamkeit ein. Schließlich, es stach Algäsius ins Herz, küsste sie dieser Fremde zum Abschied auch noch auf die Stirn, mitten auf dem Markt. Isabelle machte ihn zum Gespött vor allen, die ihn kannten. Es stach ihn nicht deswegen ins Herz, weil er ihre Liebe verloren glaubte, oh, nein, weit gefehlt. Dafür hätte er sie selbst lieben müssen und das tat er nicht. Nein, sein Stolz und seine Ehre waren zutiefst verletzt. Sein Entschluss stand fest, den Beweis hatte er gesehen, er wollte die Kräuterfrau aufsuchen. Jetzt war ihm jedes Mittel recht, um mehr über die Künste dieser Hexe zu erfahren. Beim üblichen abendlichen Gelage erkaufte er sich von seiner Mätresse gegen ein stattliches Preisgeld genügend Informationen. Am darauffolgenden Morgen verließ er früher als gewöhnlich das Haus. Diesmal jedoch nicht, um seinen Laden zu öffnen. Er marschierte bis hinaus kurz vor den Stadtrand. Dort standen mehrere uralte Häuser. Der Eingang der alten Kate, direkt neben der Hexengasse, war bestückt mit seltsamen, fremdartigen Figuren. Hier musste die Kräuterhexe wohnen. Er blieb stehen und klopfte wie wild an die verwitterte Tür. Einen Moment später drehte sich der Schlüssel im Schloss. »Was gibt es denn so früh am Morgen? Wer um alles in der Welt hat es so eilig?« Der Blick der seltsam anmutenden Frau weitete sich überrascht. Ein solch feiner Herr stand nicht oft vor ihrem Haus. Sogleich zog sie die Tür weiter auf, stumm auf eine Antwort von ihm wartend. »Ich benötige Ihre Hilfe in einer, sagen wir, delikaten Angelegenheit, die ich selbst nicht regeln kann, ohne in Misskredit zu fallen.« »Ach so! Jetzt kommen Sie zu mir, um mich in Misskredit zu bringen? Wer sagt, dass ich Ihnen helfen kann?« »Ich sprach mit einer Dame, die mich zu Ihnen schickte. Sie bat mich auch, Ihnen das hier ...«, er hielt ihr einen Beutel mit einigen Lebensmitteln entgegen » ... mitzubringen. Daran würden Sie wohl meine Ernsthaftigkeit erkennen, meinte unsere gemeinsame Bekannte.« »So, so, meinte sie das.« Ruppig nahm sie ihm den Beutel ab und schaute hinein. Brot, Salz, Eier und Fleisch befanden sich darin. Kaum erblickte sie dies, zog sich ein Lächeln über ihr Gesicht. Endlich trat sie zur Seite und bat den Herrn hinein. Akabott zögerte einen Moment, dennoch, getrieben von Rachegelüsten, drängte es ihn letztendlich nach vorn. Er folgte ihr durch den schmalen Korridor, bis ganz nach hinten in ein sechseckiges Zimmer. Grellbunte Tücher hingen im ganzen Raum, unzählige, halb heruntergebrannte Kerzen verbreiteten geheimnisvolles Licht. Ein seltsamer Duft, der wahrscheinlich den Räucherstäbchen entströmte, die überall aufgestellt waren, nahm ihm fast die Luft zum Atmen. »Wie kann ich Ihnen helfen?« »Es ist so ... meine einzig geliebte Ehefrau betrügt mich. Leider musste ich das mit eigenen

Augen ansehen und ich befinde mich nicht in der Position, dass ich einer offiziellen Trennung zustimmen könnte. Dies würde mich gesellschaftlich ruinieren. So ersuche ich Sie, nein, ich bitte Sie, mir zu helfen. Ich muss eine Möglichkeit finden, wie ich an den beiden Ehebrechern Rache nehmen und dem Ganzen ein Ende bereiten kann, ohne dass etwas davon auf mich zurückfällt. Es versteht sich von selbst, dass ich mich für Ihre Hilfe in dem Maße erkenntlich zeigen werde, wie Sie es wünschen.« »Oh, das ist natürlich eine schlimme Sache. Und ich kann zweifellos nachvollziehen, wie es Ihnen ergehen muss. Dennoch muss ich fragen, ob Sie sich Ihrer Entscheidung absolut sicher sind?« Akabotts Gesicht verdunkelte sich und seine Augen verengten sich zu Schlitzen. »Ich bin mir dessen so sicher, dass ich dafür so einiges auf mich nehmen würde.« »Was haben Sie sich denn gedacht? Soll ich Ihnen ein Gift bereiten, welches eine starke Übelkeit hervorruft?« »Nein, kein Gift. Das ist des Schreckens zu gering. Es gibt zu viele Faktoren, die ein Misslingen herbeiführen könnten. Ich möchte, dass beide eine mächtige Lektion bekommen, ohne Umweg und ohne den Zufall, der das verhindern könnte.«

Ein Funkeln durchzog die Augen der feurigen Dame mit deutlich südländischem Einschlag, deren Frisur ein rauschendes Meer an rotem Haar wirr zusammengesteckt einem rotblühenden Busch glich. Einer Zauberkünstlerin gleich ließ sie die Hände geheimnisvoll durch die Luft gleiten, wie durch

Geisterhand vernebelte sich der Raum und wirkte noch unheimlicher. Einzig und allein das Kerzenlicht ließ noch Umrisse erkennen. Akabott zeigte keinerlei Furcht, war ihm doch durchaus bewusst, mit welchen Tricks solche Menschen zu arbeiten pflegten. Ebenso war ihm klar, dass es Kräfte gab, deren man sich bemächtigen konnte und so war es wohl schwer, zu unterscheiden, was Hokuspokus und was Magie waren. »Mein Name ist Irina Yourigca und wenn wir uns jetzt die Hand reichen, so kommt das einem Vertrag gleich, den zu brechen Sie nicht gewillt sein werden.« »Was würde mich erwarten, sollte ich ihn brechen?« Sie sah ihn an und er glaubte in der Tat, ein loderndes Feuer in ihren Augen zu erkennen. Entschieden hielt sie ihm ohne Worte ihre Hand entgegen. Keine Regung, kein Zucken der Wimpern, nur ihr eiskalter starrer Blick ruhte auf ihm. Für einen kurzen Moment spürte Akabott deutlich die beklemmende Situation. Eine Sekunde später trieb, wie selbstständig, seine Hand in die ihre und der Pakt war geschlossen.

»Zu gegebener Zeit werden Sie erfahren, was ich von Ihnen als Bezahlung möchte. Und jetzt stehen Sie nicht nur da, kommen Sie herüber und helfen Sie mir, diese Kiste auf den Hocker zu stellen.« Die Hand der verrückten Dame zu halten hatte sich seltsam angefühlt. In etwa so, als fließe kaltes Blut durch seine Adern. Die Haare auf seinem Arm stellten sich auf und ein leichtes Schaudern breitete sich über seinem Körper aus. So schnell dieses Gefühl auch über ihn wallte, so schnell verdrängte er es und half ihr, die mittelgroße Kiste auf den Hocker zu hiefen. Schwarz, mit unzähligen fremdartigen Goldbeschlägen, und verriegelt mit drei großen ebenfalls goldenen Schlössern. Irina reichte ihm einen Schlüssel und bat ihn, die Schlösser zu öffnen, den Inhalt herauszuholen und auf den Tisch zu legen, was er, ohne zu zögern, tat. Sie unterdessen holte Kerzen, die sie sternförmig auf dem Tisch anordnete. Abbott fand ein großes, in altem abgenutzten Leder gebundenes Buch, auf welchem in goldenen Lettern der Name **Ilya Duvent** geschrieben stand. Das Buch war, wie die Kiste, eingefasst mit goldenen Beschlägen. Für die raffinierten Verriegelungen benötigte man keinen Schlüssel.

Wie sie gesagt hatte, legte er das Buch auf den Tisch inmitten des Kerzenhexagons. »Was ist das? Wozu benötigen wir das?« »Pst! Reden Sie einzig und allein dann, wenn ich es Ihnen sage, und tun Sie ausschließlich das, was ich Ihnen deute.« Sie gab ihm lange Streichhölzer in die Hand. Befahl ihm, sich vor das Buch zu stellen und platzierte sich ihm gegenüber. Sein Blick richtete sich fragend in ihre braunschwarzen Augen. »Dies ist ein Seelentrog. Seelentröge sind Herbergen von Dämonen. In diesem Seelentrog wohnt der Dämon eines unserer irdischen Elemente, des Windes. Er beherrscht den Wind, kann aus ihm Orkane und Wirbelstürme wachsen lassen. Er wird in Ihrem Namen und auf Ihren Befehl hin all diejenigen bestrafen und zerstören, deren Vernichtung Sie wünschen. SIE müssen ihn aus diesem Buch, aus seinem Seelentrog befreien. Erst wenn Sie das Befreiungsritual vollzogen haben, erhalten Sie die Herrschaft über ihn. Kein anderer kann sich dann seiner bemächtigen, solange Sie das Buch in den Händen halten. Ich gebe Ihnen mit diesem Dämon eine Waffe in die Hand, die, richtig eingesetzt, sowohl böse als auch gute Taten vollbringen kann.« »Könnte denn jedermann ihn aus seinem ... Seelentrog befreien?«, hakte er sichtlich beeindruckt nach. »In seinem Fall ja. Soviel ich weiß, wurde er das letzte Mal im Januar 1632 verbannt. Einfach so, auf die Schnelle, ohne jeglichen Schutzzauber. Daher ist es Ihnen überhaupt möglich, ihn zu benutzen.« »Was meinen Sie mit Schutzzauber? Und was ist das für ein seltsames Datum?« »Das Datum?«, sie hielt kurz inne und überlegte. »Das Datum tut jetzt nichts zur Sache. Der Schutzzauber, hm ...«, sie sah ihn eindringlich an, zögerte, gab sich dann doch einen Ruck. »Nun gut, wenn wir Dämonen verbannen, können wir eine Bedingung an deren Befreiung knüpfen. Ich kann einen Dämon zum Beispiel an bestimmte Personen binden. So können nur die betreffenden Personen den Bann lösen«, wieder stockte sie. Etwas verunsichert durch seine Fragen, winkte sie ab. »Wir sollten hier weitermachen und uns darauf konzentrieren, was wir hier vorhaben.«

Akabott traute seinen Ohren kaum. Sie gab ihm ein Werkzeug in die Hand, das ihm eine so große Macht verlieh, von der ein jeder nur träumen konnte. Ein hinterlistiges Grinsen zog sich über sein Gesicht und der Leberfleck auf seiner linken Stirnhälfte begann, zu glänzen. Unter Umständen könnte er sogar die bestehenden Unruhen in und um Rastatt in die richtigen Bahnen lenken. Vieles durchzog in Sekundenschnelle seine Gedanken, doch sein vorderster und wichtigster Gedanke war, seine Isabelle und ihren Geliebten tot zu wissen. Er spürte wohl, dass er dies die Hexe nicht wissen lassen sollte. »Benutzen Sie diese Kraft mit Bedacht. Bedenken Sie der uneingeschränkten Macht, die Sie damit in Ihren Händen halten. Berücksichtigen Sie, dass ich um die Erfüllung meiner Forderung ersuchen werde.« Er nickte verschwörerisch und abwartend. »Nun zünden Sie die Kerzen an, dann öffnen Sie die Beschläge und schlagen das Buch auf, ganz gleich auf welcher Seite. Sprechen Sie weiterhin kein Wort.« Akabott gehorchte und folgte ihren Ansagen. Er war nicht wenig erstaunt, als er nur leere Seiten in dem Buch vorfand. Verständnislos schaute er zu Irina und wollte etwas sagen, doch sie hielt einen Finger an ihre Lippen. »Jetzt nehmen Sie das Messer, das neben Ihnen liegt, stechen Sie sich damit in den Finger und lassen zwei oder drei Tropfen Blut auf die Seiten tropfen. Dann warten Sie ...!« »Weshalb jetzt die Blutstropfen?«, flüsterte er, merklich ungeduldig. »Still!«, herrschte Irina ihn an. Sie schnaubte verärgert wegen der Unterbrechung, funkelte ihn böse an und Akabott hätte schwören können, dass ihre wilde Haarpracht über ein Eigenleben verfügte. »Nun gut, so ist gewährleistet, dass dieser Dämon niemals gegen Sie verwendet werden kann.

Ganz gleich, wer dieses Buch jemals in den Händen halten sollte.« Ihre Stimme klang beschwörend. Der Duft der Räucherstäbchen vernebelte ihm die Sinne und die immer wieder aufsteigenden Rauchschwaden ließen alles in einem unwirklichen Bild erscheinen. Und da, seine Blutstropfen verwischten schemenhaft. Wie dünnflüssiges Wasser zogen sie in feinen Schlieren über das Papier. Akabott blinzelte, war das möglich? Er rieb sich die Augen. Kein Zweifel, der rote Lebenssaft zog durch die Poren der steifen alten Blätter ins Buch hinein. Wie von Geisterhand geschrieben, traten plötzlich Buchstaben hervor. Auf den Seiten schwimmend, immer deutlicher werdend, formten sich die Lettern langsam zu Sätzen.

»Wenn sich alles beruhigt hat, lesen Sie die Zeilen, laut und deutlich. Bewahren Sie Ruhe und erschrecken Sie nicht vor dem, was geschieht. Es wird uns nichts passieren, haben Sie also keine Furcht und nun lesen Sie!« Fasziniert beobachtete Akabott, wie sich Zeile um Zeile aus den Buchstaben bildete. Dann, als sich nichts mehr regte, las er vor.

*Gib dem Wind Freiheit, gib ihm Macht.*
*Gib ihm dein Herz, in aller Pracht.*
*Lass ihn wirken, lass ihn schreien.*
*Befreie seine Seele, lass ihn gedeihen.*
*Lies diese Worte, sei voller Mut.*
*Sei dir gewiss, dass er dir nichts tut.*

Kaum hatte er die letzte Silbe ausgesprochen, brach in dem sechseckigen Raum die Hölle los. Eine Sturmböe brauste tosend durch den Raum, alle Kerzen erloschen und die Tücher flogen wild umher. Aus den Tiefen des Raumes hallte das Wort »DANKE!«, von einer unsichtbaren Stimme gesprochen und brach sich wie ein Echo an den Wänden. So schnell, wie er gekommen war, verflog dieser Moment. »Was war das? Wo ist er hin? Haben Sie mich etwa betrogen? Für welchen schändlichen Zauber haben Sie mich da benutzt?« Akabott hatte den Kopf zwischen seine Schultern gezogen. »HALTE EIN!«, kreischte Irina ihn an. »Er ist ein Dämon, vergessen Sie das nicht. Er wird sich schon bei Ihnen zeigen, DANN, wenn die Zeit dafür gekommen ist. Haben Sie Geduld und vor allem, bewahren Sie Stillschweigen über das, was hier geschehen ist. Und jetzt verlassen Sie mein Haus.« »Und die Bezahlung?« »Ich werde es Sie bei Gelegenheit wissen lassen. Gehen Sie jetzt!« Akabott, beeindruckt und irritiert zugleich, schwankte durch den langen Korridor zurück zur Haustür. Wenige Sekunden danach stand er auf dem feuchten Kopfsteinpflaster, welches der Frühnebel hinterlassen hatte. Ohne rechts oder links zu schauen, eilte er zu seinem Laden. Erst dort gelang es ihm, ein wenig zur Ruhe zu kommen. Er schien sichtlich durcheinander, sodass selbst seine Kundschaft dies belustigt bemerkte. In seiner Verwirrung vergaß er sogar, zur Mittagsstunde den Laden zu schließen und nach Hause zu gehen. Isabelle wartete über zwei Stunden vergeblich mit dem Mittagessen. ´Sicher´, dachte sie, ´wird er später noch essen wollen´, dann verstaute sie das Mahl im Schrank.

Am nächsten Tag, einem Samstag, besuchte Isabelle nach dem Einkauf auf dem Markt ihre Eltern. Sie war überrascht, dass sie dort auf Gustave traf, der gerade dabei war, ihren Vater zu untersuchen. »Sie sollten sich mehr schonen und vor allem achten Sie mehr auf das, was Sie essen.« »Ach was, schonen. Sehen Sie denn nicht, was um uns herum geschieht? Jeden Tag neue Meldungen über diese Revolutionäre.« Leicht brüskiert schlug er mit seiner Hand auf die Zeitung, die auf dem Tisch neben ihnen lag. »Mag sein, aber wenn Sie nicht besser auf sich achtgeben, dann werden Sie das Ende dieser Zeiten nicht mehr erleben.« Verstohlen tauschten Gustave und Isabelle Blicke aus, während er mit ihrem Vater diese immer gleichen Diskussionen führte. »Ich habe in meinen Behandlungsräumen ein Medikament. Das wäre das Richtige für Sie. Ich werde es Ihnen von einem Boten bringen lassen. Bitte nehmen Sie dies zu jeder Mahlzeit.« »Ich könnte doch schnell mitgehen. Bitte! Sie können es mir geben und ich bringe es meinem Vater dann auf dem Heimweg vorbei.« Isabelle hatte spontan diesen Einwurf gebracht, in der Hoffnung, sich damit einige Minuten mit Gustave zu stehlen. »Aber Kind! Ich möchte nicht, dass du allein in der Stadt umherläufst.« »Papa, wenn ich zum Markt gehe, bin ich auch allein und es passiert mir nichts.« Gustave hielt sich höflich zurück und wartete ab. »Na meinetwegen. Herr Doktor, geben Sie ja Acht auf meine Isabelle. Ihre Mutter redet nie wieder ein Wort mit mir, wenn unserem Kind etwas zustoßen würde.« »Haben Sie keine Sorge. Ihre Tochter ist bei mir in den besten Händen.« Gesagt, getan. Damit machten sich die beiden auf den Weg, ohne sich gegenüber Isabelles Eltern etwas anmerken zu lassen. Ihr Herz schlug bis zum Hals. Kaum hatten sie seine Räume betreten, lagen sie sich in den Armen und ihre Lippen zogen sich wie Magnete zueinander hin. »Isabelle, allerliebste Isabelle, es ist so weit. In der Nacht zum kommenden Mittwoch können wir fliehen. Willst du denn noch?« »Nichts will ich lieber, Gustave. Nichts ersehne ich mehr herbei als das. Lieber will ich schon heute als erst Morgen dem jähzornigen Treiben meines Mannes entfliehen.« »Dann richte dir ein kleines Bündel, komm zur zweiten Stunde hierher zu mir. Ich habe bei einem Wachmann etwas gut, dem habe ich auch schon mal bei einer privaten Angelegenheit geholfen. Wir werden durch die Hexengasse fliehen. Dort draußen wird ein Strohwagen stehen, der uns von hier fortbringen wird.« Isabelles Freude über diese Nachricht war so groß, dass sie beinahe zu weinen anfing. Mehr wollte sie in dem Moment gar nicht wissen. Deshalb verschloss sie Gustaves Mund mit Küssen. Trotz aller Vorfreude durfte sie nicht allzu lange bei ihm verweilen. Er gab ihr das Medikament, einen letzten Kuss und schon eilte sie zurück zu ihrem elterlichen Haus, übergab der Mutter die Medizin für den Vater und machte sich alsbald auf den

Heimweg. Ihre hoffnungsvollen Gedanken und Tagträume konzentrierten sich unterwegs auf eine Zukunft ohne Demütigungen und Schmerzen. Dabei bemerkte sie nicht, dass der aufkommende Wind sich nur um sie zu drehen schien.

Algäsius Akabott hingegen war immer noch benommen von dem Erlebten. Fast schon glaubte er, dass ihn diese Irina Yourigca auf den Arm genommen hatte, weil er noch immer nichts von diesem Dämon hörte. Gleichwohl besann er sich wieder auf ihre Worte und zwang sich zur Geduld. Gerade in dem Moment, als er spät am Abend den Laden schließen wollte, betrat ein gut aussehender großgewachsener Mann den Raum. Dunkel gekleidet, darüber ein langer schwarzer Mantel, schulterlanges schwarzes Haar, der Fremde erweckte einen vornehmen Eindruck. »Was kann ich für Sie tun?« Akabotts Frage klang leicht genervt, weil er ja schließen wollte. »Ist es nicht eher so, dass Ihr um meine Dienste anhieltet?« Jetzt stockte Akabott der Atem. So hatte er sich einen Dämon nicht vorgestellt. Eher mit einer schrecklichen furchteinflößenden Fratze. Beharrlich näherte sich der große stattliche Mann, die tiefschwarzen Augen fest auf Akabott gerichtet. Jetzt reichte dieser Fremde ihm sogar die Hand. Ohne zu zögern, erwiderte er den Händedruck. »Mein Name ist Ilya Duvent. Ihr habt mich aus meiner Herberge befreit. Daher schulde ich Euch meine Dienste. Ich ahne allerdings schon, dass die Aufgabe, die Ihr mir übertragen wollt, unehrenhaft sein wird.« Die Schweißperlen auf Akabotts Stirn deuteten darauf hin, dass die heraufbeschworene Situation enorme Aufregung mit sich brachte. »Ja, ich ... ich habe da einen Auftrag sehr delikater Art.« »Das weiß ich längst und ich habe bereits einige Erkundigungen eingeholt. Ich bin mir ehrlich gesagt nicht so sicher, ob Ihr das Recht habt, über diesen Fall zu richten, wenn ich so in Erfahrung bringe, was der Anlass zu Eurer Verärgerung sein soll. Ihr selbst seid kein unbeschriebenes Blatt und maßt Euch anderen gegenüber an, Richter zu spielen?« Erschrocken zog Akabott seine Hand zurück. Die offenen und schneidenden Worte des Dämons verärgerten ihn, hielten sie ihm schließlich vor, selbst nicht unfehlbar zu sein. »Mir wurde gesagt, dass du tun musst, was ich von dir verlange und darüber hinaus will ich keine Belehrungen hören. Das ist schlichtweg meine Angelegenheit.« Sehr schnell hatte Akabott zu seiner überheblichen arroganten Art zurückgefunden. Sein respektloses Verhalten sorgte dafür, dass der Dämon angewidert die Augenbrauen hochzog. »Ich will ... ich verlange von dir, dass du meine Frau Isabelle und ihren Geliebten, diesen Arzt, tötest. Ich kann und werde es auf keinen Fall zulassen, dass sie mich verlässt.« »So, Ihr seid selbst nicht ohne Schuld und werft dennoch mit Steinen? Habt Ihr Euch das auch gut überlegt? Ist das der Wunsch, der Euch umtreibt? Der Wunsch, der tief in Eurem Innern verborgen liegt?« »Ich will sie tot sehen, alle beide. Nur dann werde ich meine Ruhe finden. Und du wirst das für mich erledigen.« »Dann sei es so. Eurem Befehl kann ich nicht widersprechen, er wird meine Handlungen bestimmen.« Die schneidenden Worte trafen Akabott. Endgültig wurde ihm bewusst, dass er Isabelles Todesurteil ausgesprochen hatte. Dennoch, sein Richterspruch war unumkehrbar, koste es, was es wolle. »Wann wird es so weit sein? Wann?« »Ihr wollt Euch noch mehr am Leid einer Unschuldigen weiden. Ich muss meinem Auftrag in den nächsten Tagen gerecht werden. Das muss Euch als Hinweis genügen.« Bei diesen Worten wehte ein Wind durch den Laden, als wären sämtliche Fenster geöffnet. Die Tür sprang auf.

Hohnlachend entfernte sich der Dämon von Akabott und im nächsten Moment begann er, sich aufzulösen und mit dem Wirbel zu verschmelzen, um dann von den Böen hinausgetragen zu werden. Akabott eilte zur Tür, zog sie zu und schloss sie gewissenhaft ab. Dass er vor Aufregung zitterte, verdrängte er, schließlich wollte er sich keinerlei Schwächen eingestehen. Sollte er nach Hause gehen? Was würde er vorfinden? Nein, er traute sich nicht. Er könnte Isabelle nicht in die Augen sehen. Nicht jetzt, wo er ihr endgültiges Todesurteil gefällt hatte. So verblieb er im Laden und katalogisierte einige neue Buchexemplare. Erst als er gegen später Stunde Hunger verspürte, wechselte er den Ort. Es dunkelte schon. Akabott hatte am anderen Ende der Stadt, in einer zwielichtigen Soldatenkneipe, wie schon so oft, eine Person bestellt, die auf ihn wartete und ihn gegen gute Bezahlung die halbe Nacht auf andere Gedanken bringen würde. Dort konnte er in mehrerlei Hinsicht seinen Hunger stillen.

In der Zwischenzeit wartete Isabelle vergeblich, dass Algäsius zum Essen nach Hause kam. Erleichtert, ihm nicht gegenübersitzen zu müssen, und gleichzeitig voller Angst, begab sie sich ins Schlafzimmer. Sie wünschte sich zutiefst, dass er nicht wieder volltrunken nach Hause käme. Ja, sie hoffte, dass er sie nicht noch in seinem Jähzorn erschlagen würde. Sie wollte die Zeit nutzen. Schnell suchte sie sich eine Tasche, die sie mit genügend Habseligkeiten füllte. So, dass sie trotzdem nicht zu schwer tragen müsste, denn Isabelle rechnete damit, dass sie einen nicht unerheblichen Weg zu Fuß zurücklegen würden. Eigentlich wusste sie nicht viel, nur dass sie in der Nacht zum Mittwoch zur zweiten Stunde bei Gustave sein sollte.

Erschöpft legte sie sich ins Bett. Sie wollte aus Angst, ihr Mann könnte wieder hereinstürmen und auf sie einprügeln, kein Auge zumachen. Am Ende überkam sie dennoch schnell und unbemerkt der Schlaf. Sie lag in tiefen Träumen und bekam so nicht mit, wie Algäsius nach Hause kam. Sie bemerkte auch nicht, wie er vor ihrem Bett stand und ihren Schlaf beobachtete.

Lange bevor sie wach wurde, war er schon wieder auf den Beinen und saß lesend in der Küche. Er würdigte sie keines Blickes und sprach kein Wort, als sie die Küche betrat. Stumm stand er auf und verließ ohne Gruß, und ohne zu sagen wohin, das Haus.

Da es Sonntag war, wunderte sich Isabelle ein wenig, denn der Laden blieb ja heute geschlossen. Dessen ungeachtet war sie froh über seine Abwesenheit und dankte Gott dafür, dass er sie in der Nacht in Ruhe gelassen hatte. Die kommenden zwei Tage verliefen ähnlich. Er redete kaum ein Wort mit ihr, sofern sie ihn überhaupt zu Gesicht bekam, da er die ganze Nacht fort war und erst in der Frühe zurückkam. Schon befürchtete sie, dass er von ihrem Vorhaben Kenntnis bekommen hatte und sie deshalb mit diesem Verhalten strafen wollte. Allerdings, so dachte sie, wäre doch eher das Gegenteil der Fall, hätte er davon erfahren. Er würde sie umbringen. Dessen war sie sich sicher.

Der besagte Dienstag brach an. Es war der 29. Februar 1848. Durch die anhaltenden Unruhen mussten Isabelle und Gustave befürchten, dass ihre Flucht vereitelt werden könnte. Am Vormittag richtete sie sich, frisierte sich hübsch und zog wieder eines ihrer besten Kleider an. Ging zum Wochenmarkt, traf dort Magdalena und gab ihr einen Brief für die Eltern, mit der Bitte, ihn erst weiterzugeben, wenn sich Magdalena sicher sein konnte, dass die Flucht der beiden gelungen war. Zum Abschied lagen sich die Freundinnen minutenlang in den Armen. Plötzlich stürmten Soldaten den Platz. Sie ergriffen ohne Kommentar die Wagen der Marktbuden, fuhren sie in die Nebenstraßen und forderten die wenigen Menschen, die noch zurückgeblieben waren, auf, sich in ihre Wohnungen zurückzuziehen. Erschrocken und mit Tränen in den

Augen trennten sich die beiden. Schnell eilte Isabelle zurück nach Hause. Vereinzelt hörte sie sogar Schüsse. Die Zeit schien nicht vergehen zu wollen. Die Stille um sie herum und das Alleinsein, das sie sonst genoss, machte sie heute nervös. Sehnsüchtig erwartete die junge Frau die Dunkelheit. Unruhig lief sie ständig in der Wohnung umher, immer wieder mit dem Blick auf die Uhr. Der Minutenzeiger strafte sie, kroch er doch nur langsam, wie immer, seinen Weg im Kreis. Was, wenn Algäsius wegen der Unruhen seinen Laden schloss und früher nach Hause kam? Isabelle haderte, normalerweise kam er Dienstag Nacht erst weit nach drei Uhr nach Hause und heute war doch Dienstag.

Bis ins Mark erschrak sie, als es am Abend an der Tür schellte. Verwirrt und zitternd öffnete sie. Zwei junge Soldaten standen davor und informierten sie über die Ausgangssperre, die für diesen Abend und den Rest der Woche verhängt worden war. Sie marschierten weiter zum nächsten Haus. Isabelle sah den Laternenanzünder auf der anderen Straßenseite, wie er auf einer Leiter bei einer Laterne stand, die wohl nicht zu funktionieren schien. Kurz beobachtete sie ihn, dann verschloss sie sorgfältig die Tür. Ihre Knie zitterten und ein leichter Schwindel legte sich über ihre Sinne, so sehr schlug ihr Herz. Ob Algäsius doch wider Erwarten nach Hause käme und damit ihren Plan durchkreuzte? Sie hatte Glück, er blieb der ehelichen Wohnung fern. So verging Stunde um Stunde, in der sich Isabelle unweigerlich ihrem

Schicksal näherte. Und dann war es endlich so weit. Rechtzeitig zog sie sich einen Umhang über, nahm ihre Tasche und begab sich leise auf die Straße. Mittlerweile hatte sich draußen die Situation einigermaßen beruhigt. Dennoch war ihr klar, dass Patrouillen durch die Gassen zogen und sie sich wegen der verordneten Ausgangssperre besser nicht erwischen lassen sollte. Vorsichtig, nach links und rechts schauend, eilte sie über den Marktplatz. Am Bernhardusbrunnen machte sie kurz eine Pause. Ein seltsamer Wind wehte immerzu um sie herum. Gerade so, als würde er ihren Weg verfolgen. Drüben, auf der anderen Seite, erkannte sie im fahlen Licht der wenigen Laternen eine Bewegung. War das Gustave? Sie eilte weiter und erkannte freudig, dass er schon auf sie wartete. Kurz lagen sie sich in den Armen. »Komm, lass uns hier nicht aufhalten, wir müssen weiter. Unser Gefährt wartet nicht ewig.« Kaum hatte er das letzte Wort ausgesprochen, da wirbelte der Wind um sie herum, als würde ein Gewitter bevorstehen. Kurzentschlossen fasste Gustave seine Liebste bei der Hand und rannte mit ihr los, immer den Straßen entlang, die ihm der Wachmann empfohlen hatte. Der Wind folgte ihnen, mal mehr, mal weniger, wie im Spiel von Katze und Maus. Außer Atem erreichten die Gejagten endlich die Straße, die zur Hexengasse führte. Sie glaubten, sich in Sicherheit zu wiegen, als der Wind plötzlich bedenklich an Stärke zunahm. Von Weitem näherte sich ihnen eine hochgewachsene, dunkle Gestalt. Schlagartig spürten die zwei, dass sie das Ziel desjenigen sein mussten. Je weiter sich der Dunkle ihnen näherte, umso stärker schien der Wind zu fauchen, der sich schon zu einem Orkan aufblähte. »Um Gottes willen, Gustave, wer ist das?« Isabelle schrie voller Angst. »Komm, weiter! Halte dich nicht auf! Es ist nicht mehr weit.« Energisch zog Gustave Isabelle mit sich und kurz darauf erreichten sie den Eingang zur Hexengasse. Nur noch ein kurzer Weg durch die Gasse und sie wären in Sicherheit, froh, endlich frei zu sein, glücklich, ihre Liebe leben zu dürfen. Verängstigt blickte Isabelle zurück. Die Gestalt, die eben noch bedenklich nahe schien, war verschwunden. Gleichzeitig hatte der Wind aufgehört und eine beunruhigende Stille umhüllte das junge Paar. Schwer atmend und sich fest an den Händen haltend liefen sie weiter. Sobald sie allerdings den ersten Fuß in die Gasse gesetzt hatten, blähte sich der Sturm erneut auf und diesmal schien er noch stärker um ihre Körper zu brausen. »Er wird uns töten!«, stammelte Isabelle entsetzt vor sich hin. »Er wird uns töten! Ich weiß es. Ich fühle es. Gustave, ich habe schreckliche Angst!« Gustave rief mit dem Mut der Verzweiflung: »Schnell, schnell, versteck dich! Dort drüben, hinter dem Mauervorsprung. Ich werde versuchen, ihn aufzuhalten.« Und während sie durch die enge Gasse hetzten, pfiff der Wind um ihre Gesichter. Getrieben von Todesangst schauten sie sich an. Langsam verloren ihre Hände den Halt aneinander. Ihre Fingerspitzen, das letzte Verbindungsglied, lösten sich. Sehnlichst streckten sich ihre Hände wie

Magnete entgegen, doch eine heftige Windböe riss sie endgültig auseinander. Isabelle stolperte, fing sich jedoch wieder und lenkte mit ihrer letzten Kraft die Schritte in Richtung der Mauer. Dort wollte sie sich verstecken, wie ihr Gustave geraten hatte. In der Hoffnung, er könnte den Übeltäter von Isabelle ablenken, jagte der junge Mann die abschüssige Gasse hinab. Er beabsichtigte damit, die Aufmerksamkeit des Verfolgers voll und ganz auf sich zu ziehen, denn mittlerweile hatte er erkannt, dass zwischen dem Sturm und der dunklen Gestalt ein unmittelbarer Zusammenhang bestand. Immer stärker spürte Gustave die Kraft des Sturmes in seinem Gesicht und am ganzen Körper. Es kostete ihn große Mühe, seine Geschwindigkeit aufrechtzuerhalten. Wenn er nur den Abstand zu seiner Angebeteten vergrößern könnte, um ihrer beider Jäger von ihr fortzulocken. Vor ihm krümmte sich die Gasse stark nach rechts. Dadurch war er gezwungen, seine Schrittfolge zu verlangsamen, und DAS wurde ihm zum Verhängnis. Der orkanartige Wind nahm ihm jede Kontrolle. Rücklings wurde er so heftig an die Mauer gepresst, dass die hervorstehenden Steinbäuche schmerzhaft in seine Wirbelsäule drückten. In seiner Not wollte Gustave nach Isabelle rufen. Er schrie gegen den Sturm an, jedoch konnte seine Stimme die unheimliche Gewalt nicht übertönen. Das unmittelbar darauffolgende verhöhnende Lachen trieb ihm eine Gänsehaut über den Körper. Verängstigt saß Isabelle hinter der Mauer und hatte sich fast gänzlich unter den dort wachsenden Hagebuttenstrauch gedrängt. Die dornigen Zweige bohrten sich in ihre Arme und hinterließen blutige Striemen. Sie spürte es nicht, zu groß war ihre Angst, zu sehr war sie damit beschäftigt, sich des rasenden Sturmes zu erwehren. Ihr Herz schlug heftig, so als wolle es zerspringen. Voller Wehmut dachte sie an ihren Gustave, bangte um ihn. Schlagartig und völlig unerwartet wurde es still. War der Spuk vorüber? Nicht nur Windstille, nein, beängstigende Totenstille breitete sich aus und legte sich wie ein bedrohlicher Schatten über das Viertel. Die beiden Verfolgten wagten kaum zu atmen. Es dauerte einen Augenblick, bis Gustave bewusst wahrnahm, dass der Widerstand, gegen den er angekämpft hatte, von einer Sekunde auf die andere verflogen war. Langsam löste er sich von der Mauer, versuchte, die schmerzenden Stellen an seinem Rücken zu ignorieren. Er befand sich am Scheitelpunkt der Kurve und blickte angestrengt nach allen Seiten. Da, etwas bewegte sich. Er wollte in Deckung gehen, doch die Furcht um seine Geliebte lähmte ihn derart, dass er bewegungslos und mit angstgeweiteten Augen verfolgte, wie die Gestalt unausweichlich auf ihn zusteuerte. Dumpf hallte jeder Schritt des unheimlichen Wesens von den Mauerwänden wider. Je näher ihm die dunkelgewandete Gestalt kam, umso mehr ahnte er, dass es aus dieser Situation keinen Ausweg mehr geben würde. »Isabelle, bring dich in Sicherheit! Lauf weg!« Im schwachen Licht der Laternen suchten seine Augen vergeblich nach ihr und er wagte nicht zu hoffen, dass sein sorgenvolles Rufen ihre Ohren erreicht hatte. Isabelle hatte ihn gehört. Ihr rasender Puls überschlug sich fast, es fühlte sich an, als wollten ihre Venen platzen. Die panische Angst um ihren Geliebten hielt sie davon ab, wegzurennen. Der Gedanke, ihn allein zu lassen, kam ihr nicht in den Sinn. Vorsichtig krabbelte sie aus ihrem Versteck unter dem Hagebuttenstrauch hervor. Es war ihr egal, dass sich der Stoff ihres Kleides in den Dornen verfangen hatte und zerriss. Es war ihr gleichgültig, dass sie womöglich mit ihrem Leben spielte. Geduckt schlich sie um die Mauer herum, bis sie in der Hexengasse stand. Eng an der Mauer entlang tastete sie sich in der Dunkelheit Schritt für Schritt vor, gerade so weit, dass sie beobachten konnte, wie im Schein der Laterne die unheimliche Gestalt auf ihren Gustave zutrat. Sie wollte schreien, brachte jedoch keinen Ton heraus. Fassungslos musste sie alles mit ansehen. Die unheimliche Gestalt hob langsam die Arme an und unmittelbar darauf setzten erneut orkanartige Böen ein. Seltsam war, dass diese Böen einzig und allein auf Gustave trafen, ihn rücklings an die Wand drückten und bewegungsunfähig machten. Das, was sie selbst davon zu spüren bekam, waren nur abgeschwächte leise Luftbewegungen. Sie musste zusehen, wie der Sturm stärker und stärker auf Gustave einwirkte, sodass ihm das Atmen immer schwerer fiel. Die arme Isabelle, sie stand wie versteinert da, als dieser Unmensch mit einer eindeutigen Geste dem Wind gebot, vollends von Gustave Besitz zu ergreifen. Wie ein trichterförmiger Wirbelsturm fuhr das grauenvolle Gebilde in den weit geöffneten Mund des verzweifelten Gustave hinein. In Sekundenschnelle wirkte dessen Körper wie aufgeblasen. Die Augen des jungen Mannes traten hervor, Blut lief ihm aus Nase und Ohren. Ein unkontrolliertes Zittern durchfuhr seinen Körper. Aus seinem weit aufgerissenen Mund schoss jetzt ebenso Blut und ein letztes Zucken erschütterte den mittlerweile schlaff an der Mauer hängenden Mann. Ein erstickter Schrei entfuhr Isabelle, dann presste sie ihre Fäuste vor den Mund. Sie sah, wie das grausame Wesen die Arme senkte. Augenblicklich sackte Gustave leblos zu Boden und rührte sich nicht mehr. Im gleichen Moment, als sie endlich voller Entsetzen »Gustave!«, schrie, wandte sich der Mordgeselle ihr zu und bewegte sich langsam in ihre Richtung. Sie stand wie gebannt und konnte sich nicht rühren. Völlig verstört blickte sie in tiefschwarze Augen, die für den Bruchteil einer Sekunde fast sympathisch erschienen. Doch dann verzog sich sein Gesicht langsam zu einem hämischen Grinsen. Selbstsicher, fast majestätisch, schritt das teuflische Wesen nah an Isabelle heran. Den sicheren Tod vor Augen erwartete sie schluchzend, in den nächsten Sekunden in einer unbekannten Sphäre ihrem geliebten Gustave wieder zu begegnen und wenigstens dort mit ihm vereint zu sein. Der Winddämon betrachtete sie fast mitleidig, schob dabei seine Hand unter ihr Kinn und hob ihren Kopf an, um ihr in die Augen blicken zu können. Obwohl ihre panikartige Furcht ins Unermessliche stieg, erwiderte sie seinen Blick und

musste trotz ihres Entsetzens feststellen, dass ein
äußerst gut aussehender Mann vor ihr stand und kein
Monster. Einer Ohnmacht nahe erfasste sie die
Gefährlichkeit ihrer Lage, als sie sein despotisches
Lächeln mehr spürte als wahrnahm. Dann senkte sie
apathisch die Augenlider.

# Absicht ist die Seele der Tat.

*(Herkunft unbekannt)*

**Rastatt, 2004**

»Ist denn der Herr Gronauer da?« Eine ältere weiß-
haarige Frau, schätzungsweise im selben Alter wie der
Ladenbesitzer, schaute Julia freundlich und aufmerksam an. »Er ist kurz hinten im Lager, sicherlich
kommt er gleich wieder. Kann ich Ihnen solange
weiterhelfen?«, versuchte Julia, die wenigen Minuten
zu überbrücken, bis ihr Chef zurück im Laden sein
würde. »Ach, nein, nein! Ich bin nur für kurze Zeit in
Rastatt, wissen Sie, Verwandte besuchen und dachte,
ich schaue mal zu meinem ehemaligen Schulfreund
rein.« Die nette Dame sah sich interessiert im Laden
um. »Schön hat er es. Wirklich schön. Er hat schon
immer davon geträumt, ein Büchergeschäft zu haben.
Es freut mich sehr, zu sehen, dass er seinen Traum
verwirklichen konnte.« »Kann ich Ihnen eine Tasse
Kaffee oder Tee anbieten?« Setzte Julia nach. »Oh ja,
liebes Fräulein, das wäre schön. Dieses herbstliche
nasskalte Wetter, da täte ein Tee jetzt wirklich gut.«
»Vorhin erst habe ich eine frische Kanne HibiskusIng-
wer-Tee gemacht. Ist das okay? Oder soll ich Ihnen
einen anderen machen?« »Das ist recht, mein Kind,
das ist recht. Mit ein wenig Zucker, wenn Sie den für
mich haben.« Julia nahm eine von den schönen
uralten Glasteetassen und schenkte ein. Legte zwei
von den Kandiszuckerstückchen auf ein kleines Glas-
schälchen, stellte alles auf ein gerade ausreichend

großes ovales Tablett und trug es in den hinteren Teil des Ladens zu der kleinen gemütlichen Sitzecke. Die alte Dame folgte ihr. Schnell richtete sie noch ein paar Kekse dazu. Ein paar Leute betraten den Laden. Julia entschuldigte sich, huschte nach vorn und bediente nacheinander die Kundschaft. Gerade als der letzte Kunde den Laden verließ, kehrte Herr Gronauer, ihr Chef, zurück, voll beladen mit dicken Büchern. »Hier Julia, das sind die Bücher, nach denen Herr Brasse gefragt hatte. Ich lege sie dir hier hinten auf den Tisch. Würdest du sie bitte so verpacken, dass ihnen nichts geschieht? Er kommt sie in den nächsten Tagen abholen.« »Natürlich Herr Gronauer, wird erledigt. Übrigens haben Sie Besuch. In der Leseecke sitzt eine sehr nette ältere Dame, die meinte, Sie wären Schulfreunde?« Überrascht zog Herr Gronauer die buschigen Augenbrauen nach oben, drehte sich und lugte vorsichtig um die Ecke. Entzückt richtete er sich vollständig gerade, um voller Freude auf seinen Besuch zuzustürmen. »Agathe ... du meine Güte, Agathe! Was treibt dich denn hier in mein bescheidenes Geschäft. Du liebe Zeit ... wie lange ist das her, dass wir uns das letzte Mal gesehen haben?« Herzlich fielen sich die beiden Alten in die Arme und nahmen sich bei der Hand. »Mein lieber Günter, gut siehst du aus. Ein bisschen grau bist du geworden und ein paar Falten mehr, aber sonst hast du dich kaum verändert.« »Und du erst, liebe Agathe, siehst noch genauso gut aus wie vor ... ach, ich mag es gar nicht aussprechen. Es ist schon so lange her.« »Ein Schmeichler, wie er im

Buche steht. Ich bin auch älter geworden. Sieh doch meine fast weißen Haare!« »Firlefanz! Älter geworden! Wer redet denn von so etwas, jetzt erzähl, wie geht es dir? Wo wohnst du? Was machst du überhaupt hier?«

Und nachdem er Julia gebeten hatte, ihm auch eine Tasse Tee zu bringen, saßen die zwei gemeinsam in der Leseecke und tauschten Erinnerungen aus. Julia schenkte ihnen mehrmals Tee nach. Zwischendurch nahm sie einige telefonische Bestellungen entgegen. Da an diesem nasskalten windigen Nachmittag kaum Laufkundschaft in den Laden kam, konnte sie sich Zeit nehmen und sich um die Lagerware kümmern. Da blieb es nicht aus, dass sie von dem Gespräch der beiden einiges mitbekam. Agathe beugte sich vertraulich zu ihm hin. »Deine Angestellte ist übrigens ein sehr nettes Fräulein. Aufmerksam und fleißig, das beobachte ich schon die ganze Zeit.« »Ja, ja, Agathe, da hast du schon recht.« Er schaute stolz zu Julia und blinzelte ihr zu. »Sie hat in ihrem Ausbildungsjahrgang als Beste abgeschlossen. Die Kunden behandelt sie, als wären es lauter Adelige. Ist immer gut gelaunt und bringt dadurch jeden Morgen die Sonne mit in mein Geschäft.« Julias Wangen färbten sich zart Rosa. Seine Worte schmeichelten ihr natürlich. Agathe tätschelte zustimmend den Arm ihres ehemaligen Schulfreundes. Offensichtlich freute sie sich mit ihm. »Übrigens war ich heute Vormittag im Antiquitätenladen von diesem Akabott. Der wird immer seltsamer. Er scheint sich kaum verändert zu haben seit damals.

Hast du noch Kontakt zu ihm?« »Ab und an gehe ich zu ihm, Agathe. Er verlässt schon lange nicht mehr das Haus, weißt du. Und du hast recht, er wird immer sonderbarer. Letztens erst hat er mich über meine Mitarbeiterin ausgefragt. Ich dachte zuerst, dass er sich auch jemanden suchen möchte, aber in diese Richtung hat er sich dann doch nicht geäußert.« Im Regal, gleich neben der Sitzecke, stieg Julia in diesem Moment eine Leiter hinauf, um im obersten Fach Bücher einzusortieren. Herr Gronauer sprach lauter zu ihr hinüber. »Dieser Laden ist genau nach deinem Geschmack, Julia. Er liegt auf dem Weg, den du immer über die Murg nimmst. Du müsstest ihn kennen oder warst du vielleicht sogar schon einmal drinnen?« »Nein, Herr Gronauer, noch nicht. Ich wusste gar nicht, dass es da einen Laden gibt. Wo soll der sein?« Sie kletterte von der Leiter herunter und schaute ihren Chef erwartungsvoll an. Sie liebte nicht nur Bücher, sondern auch Antiquitäten. »Es freut mich sehr«, bemerkte er lächelnd zu Agathe gewandt, »dass ich mit meinen 64 Jahren meiner hübschen Mitarbeiterin noch etwas Neues erzählen kann.« Sein Gast kicherte mädchenhaft.

Hübsch, ja, das war Julia. Langes braunes Haar, dunkelbraune Augen, einssiebzig groß und schlank. Sie war sich dessen bewusst, dass sie, egal wohin sie kam, Blicke auf sich zog, auch wenn ihr das teilweise unangenehm war.

Mit seiner sympathischen rauchigen Stimme erklärte ihr Chef: »In dem alten Brunnenhaus, gleich nach dem Rohrer Steg. Mich wundert wirklich, dass du das nicht weißt. Agathe, wie lange existiert dieser Laden schon?« »Ach, herrje, Günter, den gab es ja schon, als wir noch klein waren. Früher befand er sich am Marktplatz. Erst in den Neunzigern zog dieser Algäsius Akabott mit seinem Laden ins ehemalige Brunnenhaus. Heute wie damals bewundere ich seine Eingangstür, so kunstvoll verziert. Wie man es in Jugendstilfenstern aus dem 19. Jahrhundert häufig sieht. Kindchen, das muss dir doch aufgefallen sein?« Fragend schauten die beiden Alten Julia an. Sie dachte angestrengt nach. »Diese Tür in diesem alten Gebäude ist mir schon aufgefallen, aber dass sich dahinter ein Laden verbirgt, das ist mir neu. Das wusste ich in der Tat nicht. Da hängt aber auch kein Schild oder etwas dergleichen. Ich glaube, da werde ich heute Abend gleich mal vorbeigehen. Vielen Dank für den Hinweis.« Beschwingt begab sie sich wieder nach vorn an den Verkaufstresen.

Die Zeit verging wie im Flug. Julia hatte inzwischen zweimal neuen Tee aufgesetzt. Ihr Chef hatte sie ins Café Diem geschickt, ein paar Stückchen Torte für sie alle besorgen, » ... zur Feier des Tages«, meinte er. Er freute sich wirklich sehr über Agathes Besuch, die in den Jugendtagen seine heimliche Liebe gewesen war. Während sie sich an dem leckeren Kuchen labten, erzählten sie Julia einige Schmankerl aus ihrer Jugendzeit.

Draußen dunkelte es und Julia schaute mehrmals auf die Uhr, bis Herr Gronauer schmunzelnd bemerkte, dass sie sicher gern Feierabend machen würde. Sie räumte auf und verabschiedete sich höflich von Agathe, die alles Gute wünschte und ihr dabei bedeutsam die Hand tätschelte. »Also Herr Gronauer, ich mache dann Feierabend.« »Gib auf dich acht, mein Kind und denke daran, dass ich den Rest der Woche nicht da bin.« »Das vergesse ich schon nicht. Keine Sorge, ich halte die Stellung«, gab sie gut gelaunt zurück.

Mit dem dezenten Ding Dong der Türglocke verließ Julia den altertümlichen Bücherladen. Fröhlicher Dinge eilte sie leichtfüßig die Straße entlang. Sie wollte auf dem Weg nach Hause tatsächlich noch dieses Antiquitätengeschäft aufsuchen. Wissbegierig, was sie dort erwarten würde, konnte sie es überhaupt nicht fassen, dass sie schon so lange immer und immer wieder daran vorbeigegangen war, ohne zu bemerken, was sich hinter diesen Mauern verbarg. Ihr Handy piepte zweimal kurz. Auf dem Display las sie, dass ihr Freund Steven wissen wollte, wann sie zu Hause sei. Lächelnd tippte sie schnell die Antwort ein, dass es eine Weile dauern könnte, weil sie den Antiquitätenladen hinter der Badner Halle besuchen wolle, der ihr von Herrn Gronauer so interessant geschildert worden war. Voller Spannung steuerte sie auf die Fußgängerbrücke zu, die hinter dem Veranstaltungshaus über die Murg führte und der auch ihr täglicher Heimweg war. Wenige Minuten später stand sie vor dem alten Haus, in dem sich der Antiquitätenladen befand. Ein schneller Blick auf die Uhr, sie hoffte, dass das Geschäft nicht schon geschlossen hatte. Gespannt stieg sie die schmalen, ausgetretenen Treppenstufen hinauf. Vor ihr eine uralte Tür, die durch die Rundung oben wie ein Eingangsportal zu einem Herrenhaus wirkte. Die filigran gefertigten, in die Tür eingelassenen Scheiben ließen sie das Alter nur erahnen.

Dass dieses ehemalige Brunnenhaus schon einiges erlebt hatte, war ihr durchaus bewusst. Mit deutlich erhöhtem Puls, und das nicht vom Treppensteigen, drückte sie die Türklinke herunter. Obwohl Julia keine Mühe hatte, die Tür aufzuschieben, spürte sie deutlich das massive Gewicht. Ein helles Glöckchen erklang. Gedämpftes Licht und typischer, leicht modriger Geruch altehrwürdiger Möbel empfingen sie. Für einen Moment schloss Julia ihre Augen und sog die Luft tief in sich ein. Sie liebte diesen Duft, der in uralten Läden oftmals mit hauchfeinen Nuancen von Zeder, Mottenkugeln und Pinie durchzogen war. Erstaunt nahm sie einen ihr nur allzu bekannten Geruch war, der ihr auch hier entgegen strömte und den sie sich nicht erklären konnte, weil sie den Ursprung nicht kannte. Erneut ein leiser Glockenklang und dann schloss sich hinter ihr die Tür von ganz allein. Gespannt, ganz Auge und Ohr, sah sie sich erst einmal um. Der Raum, in dem sie sich befand, war vollgestopft mit altertümlichen Möbeln. Beeindruckend, wie die spärliche Beleuchtung das antike Mobiliar gekonnt in Szene setzte. Bewundernd stellte sie fest, dass hier wohl jemand sein Handwerk verstand. Erneut schloss sie, diesmal kurz, die Augen und jetzt war sie sich sicher: Hier befanden sich nicht nur alte Möbel, hier lagerten außerdem alte Bücher. Deren Geruch war einfach unverkennbar. Ein leichtes Lächeln legte sich um ihre Lippen und die Freude darüber beschleunigte ihren Puls. Andächtig strich sie mit den Händen über die alten Schränke und Kommoden und je weiter sie ins Ladeninnere vordrang, umso intensiver nahm sie den eigenartigen Geruch wahr, der in ihr, ohne wirklich Sichtkontakt zu haben, ein Glücksgefühl aufkommen ließ. Im Hintergrund hörte Julia eine brüchige Altmännerstimme freundlich sagen, dass sich die Person gleich um sie kümmern würde. Julia blieb stehen und starrte voll Spannung in den hinteren Teil des Raumes, der fast vollständig im Schatten eines riesengroßen Schrankes verborgen lag. Ein wenig unheimlich wurde ihr zumute. Täuschte sie sich oder wurde gerade das ohnehin schon spärliche Licht noch weiter heruntergedimmt? Sie rieb sich ungläubig die Augen und meinte, sich zu täuschen, als ein altes eisgraues Männlein, ungefähr einen Kopf kleiner als sie selbst, aus der Dunkelheit des Raumes hervor trat. Sehr dünne schneeweiße Haare bedeckten seinen Hinterkopf. Spitze Schulterknochen verbargen sich unter einem nicht alltäglichen Umhang. Die klapperdürre Gestalt, die in einer Leinenhose und einem dazu passenden Hemd steckte, würde sich wohl kaum einem Windstoß widersetzen können, dachte Julia im Stillen. Die tief ausgeprägten Falten im Gesicht des Weißhaarigen ließen auf ein Alter von mindestens 70 oder 75 Jahren schließen.

»Einen wunderschönen guten Abend, liebes Fräulein. Was führt sie zu mir zu dieser recht späten Stunde?« Freundlich, aber bestimmt blickte er Julia an, während er langsam näher kam. »Ich ... ich ... ähm ... nun, ich mag alte Dinge.« Julia musste bei ihren eigenen Worten heimlich grinsen, womöglich fühlte der Alte vor ihr sich sogar angesprochen. »Ich habe heute Mittag erst erfahren, dass dieses Lädchen existiert und da habe ich beschlossen, mich hier mal genauer umzuschauen. Ich liebe alte Sachen, ja«, sie räusperte sich verlegen, »das sagte ich bereits.« Ihr Hals fühlte sich auf einmal trocken an. »Es liegt so versteckt in diesem Haus ... ich meine ... das Lädchen. Sonst wäre ich sicherlich schon eher mal zu Ihnen gekommen.« Ein wenig nervös geworden schaute sie sich hilfesuchend um. Der Alte schien zu spüren, was in Julia vorging. Überraschend flink trat er näher und hielt ihr ruckartig seine knochige Hand entgegen. Schon wollte sie den Gruß erwidern, doch sie scheute sich vor den knochigen Altmännerhänden, aus Angst, ihnen wehzutun. Sein Griff war jedoch fest und behutsam zog er sie noch ein Stück näher zu sich heran. Nah an seinem Gesicht sah sie die tiefen, wie Risse wirkenden Falten. Der große Leberfleck auf seiner linken Stirnhälfte wirkte ein wenig abstoßend. »Wo ich in der Tat so lange in diesem ehemaligen Brunnenhaus mein Geschäft führe. Ja, ja, ich denke immer, der liebe Gott wird mir schon die richtige Kundschaft in den Laden schicken. Werbung mache ich keine. Dieses neumodische Zeug da, das kann mir gestohlen bleiben.« Bei den Worten musterte er sie von oben bis unten. Offensichtlich angetan von dem, was er sah, zog er seine weißen Augenbrauen nach oben. »Was genau würde Sie denn interessieren, meine Liebe?« Nachdem er endlich einen größeren Abstand zwischen ihnen ließ, war ihr deutlich wohler zumute. »Haben Sie denn auch Bücher? Ich glaubte eben, als ich den Laden betrat, den Geruch alten Papiers wahrgenommen zu haben. Sie müssen wissen, ich arbeite in dem kleinen Bücherladen in der Rappenstraße. Ich liebe Bücher, besonders, wenn sie alt sind.« »Ah, Sie arbeiten bei dem Gronauer.« Für einen Moment flackerte ein erfreutes Lächeln über sein Gesicht und Julia hätte schwören können, dass seine, wie Pergament aussehende Haut beinahe zerriss, als sie sich um die Wangenknochen spannte. »Ich kenne ihn gut. Er hat mal ein paar Wochen bei mir gearbeitet, als er ein junger Mann war. Anscheinend hat es ihm gut gefallen, da er kurz darauf woanders hinging, um eine Ausbildung als Bibliothekar zu machen. Ich bilde niemanden aus, müssen Sie wissen. Wenn Sie möchten, dann folgen Sie mir. Ich zeige Ihnen einige meiner Exemplare.« Ohne eine Antwort abzuwarten, drehte er sich herum und verschwand in die dunkle Ecke, aus der er erschienen war.

Julia fühlte sich benommen von der Luft in dem Laden, die man hätte schneiden können, so von Moder durchdrungen war sie, dennoch siegte ihre

Neugier. Wenn ihr Chef glauben würde, dass es für sie hier gefährlich werden könnte, hätte er ihr gewiss davon abgeraten, dem alten Laden einen Besuch abzustatten. Zumal sie gerade erfahren hatte, dass sich der wunderliche Alte und Herr Gronauer näher kannten. Das hatte ihr Chef nicht verraten. Sie nahm jetzt natürlich an, dass das Gespräch heute Nachmittag von diesem Mann hier gehandelt hatte. Sie folgte dem Alten und huschte zwischen den Kommoden hindurch, vorbei an dem großen mächtigen Schrank zu ihrer Rechten. Erleichtert stellte sie fest, dass es im hinteren Bereich etwas heller war. Sie kam aus dem Staunen nicht mehr heraus, als sie erfasste, dass der flurähnliche Durchgang links und rechts mit bis zur Decke reichenden Regalen bestückt war und diese vollgestopft mit alten Büchern. Fasziniert betrachtete sie den offensichtlich wertvollen Schatz und fuhr andächtig mit den Fingern über die Bücherrücken. Alte abgegriffene Ledereinbände, vergilbte Schriften, Spuren von nur noch zur Hälfte lesbaren Lettern aus Blattgold. Julia glaubte, zu träumen. Sie hätte am liebsten ein Buch nach dem anderen herausgenommen und sich genauer angeschaut. Hingerissen schloss sie die Augen. Sich der Werte bewusst, die hier standen, atmete sie tief ein und versuchte sich diesen Geruch auf das Genaueste einzuprägen. Schließlich wusste sie nicht, ob sie wieder einmal die Gelegenheit haben würde, hier verweilen und auf Entdeckungsreise gehen zu können. »Ich schätze den Respekt, den Sie diesen Schätzen entgegenbringen.«

Julia erschrak, denn der Alte stand, ohne dass sie ihn bemerkt hatte, plötzlich unmittelbar neben ihr. »Wie soll ich das verstehen?« »Aaaber meine Liebe, das wissen Sie sehr wohl. Sie behandeln diese Bücher so, wie es sich gehört, und reißen nicht einfach eines nach dem anderen heraus, um wie wild darin herumzublättern.« »Wer macht denn so etwas?« Konnte sie sich nicht verkneifen. »Eben darum zeige ich nicht jedem den Teil des Geschäftes. Kommen Sie mit!«, verlangte er und schritt voraus. Vollkommen gefangen von der Situation konnte Julia nicht widersprechen und folgte ihm. Nach einer ganzen Reihe weiterer Regalwände wurde die Fülle von mächtigen Holztüren auf beiden Seiten unterbrochen. Die mit kunstvollen Ornamenten versehenen Türen hatten den Anschein, die ursprünglich Eingebauten zu sein. Dennoch sah man ihnen das Alter bis auf wenige Kratzer nicht wirklich an. »Darf ich Ihren Namen erfahren, meine Liebe? Wenn ich Sie in mein heiliges Reich eintreten lasse, möchte ich wenigstens wissen, mit wem ich es zu tun habe. Abrupt blieb er stehen und schaute sie freundlich an. »Julia, ich heiße Julia Brunner.« Wieder zog er seine Augenbrauen in die Höhe. »So, so, Julia! Ein schöner Name. Ist das Ihr Einziger? Ich bin Algäsius Akabott, Algäsius Ramieres Diogenes Akabott. Nicht wirklich schöne Namen, das ist mir klar. Weiß der Kuckuck, was meine Eltern dazu getrieben hat.« Es folgten noch mal auf beiden Seiten mindestens drei Meter Regale, bis oben hin mit Büchern bestückt. »Ich habe nur zwei Namen. Julia Isabelle Brunner. Damit bin ich eigentlich ganz zufrieden und ehrlich, so schlimm finde ich Ihre Namen nicht. Sie passen zu Ihnen, wenn ich das so sagen darf.« »Ahhh ...!« Schmunzelnd drehte er sich wieder von ihr weg und trottete weiter den Gang entlang, bis zur nächsten Tür, die er unter großem Kraftaufwand aufzog. Im Vergleich zum Verkaufsraum und dem Flur war es hier drinnen sehr hell. Julia zählte fünf hohe mehrarmige Kerzenleuchter, die an den Wänden verteilt standen. Das Wachs auf dem Boden und den Leuchtern zeugte unmissverständlich davon, dass dieser alte Mann nicht geneigt war, hier elektrisches Licht zu benutzen. Ungefähr in der Mitte des Raumes, der über wenige kleine Oberlichter verfügte, stand ein Ständer, einem Podest ähnlich. Julia staunte über die schmiedeeisernen Verschnörkelungen, die allem Anschein nach magische Zeichen bildeten. Auf dem geheimnisvoll wirkenden Gestell lag ein wertvoll anmutendes Buch, dick in dunkelbraunes Leder gefasst. Drei goldfarbene Schnallen hielten den Inhalt unter Verschluss. Der alte Mann stand jetzt hinter dem mysteriösen Gebilde. Mit Stolz erhobenem Kopf beobachtete er mit Argusaugen die Reaktion der jungen Frau. Staunend wollte Julia das rätselhafte Buch berühren, hielt jedoch unvermittelt inne und sah erschrocken zu ihm hin. Wissend lächelnd nickte er zustimmend und beantwortete damit ihre lautlos gestellte Frage. Langsam und andächtig senkte Julia ihre Hand auf den Einband herab und als sie ihn berührte, geschah etwas Sonderbares. Ein Lufthauch durchzog den Raum.

Er umkreiste sie in sanften gleichmäßigen Wellen und streichelte über ihre Haut, bewegte ihre braunen Locken, als würden sie zwischen Fingern hindurchgleiten. Für Sekunden schloss sie die Augen und ließ sich in diese geisterhafte Wahrnehmung fallen, die sich anfühlte, als würde Steven sie liebkosen. Sie war vollkommen in den Bann gezogen, beeindruckt, hingerissen. Es fiel ihr unsagbar schwer, sich zu zwingen, bei sich zu bleiben. Behutsam zog sie ihre Hand zurück und öffnete dabei ihre Augen. Auf der Stelle ließ der Windhauch nach. Schon wollte sie noch mal das Buch antasten und sehen, ob das nur eine Einbildung war, ob es wirklich mit der Berührung des Buches zusammenhing. Jedoch schnellte die knochige Hand des Alten vor und hielt sie davon ab.

»Lieber nicht. Einmal in den Bann geraten, kommen Sie nicht mehr davon los, liebe Julia. Jedoch bin ich entzückt, dass Sie offenbar eine so positive Wirkung auf dieses Buch hat.« »Wollen Sie damit sagen, dass das, was ich eben empfunden habe, wirklich geschehen ist?« Aufmerksam sah sie sich im Raum um, ohne sich von der Stelle zu rühren. Keine Fensterluke war geöffnet, keine Klimaanlage war zu sehen, der soeben verspürte imaginäre Lufthauch war für Julia ein Phänomen. »Dieses Buch ist sehr alt, müssen Sie wissen und nur wenige Menschen dürfen es berühren. Ich will damit sagen, dass dieses Buch nicht bei jedem eine Reaktion zeigt. Genau genommen gibt es nur einen Familienstammbaum, bei dem dies bisher der Fall war. Sie sagten Brunner? Ich nehme an, dass dies der Nachname Ihres Vaters ist?« Sichtlich irritiert antwortete Julia, ohne darüber nachzudenken. »Ja, der meines Vaters. Der Mädchenname meiner Mutter lautet Ventus. Ihre Großmutter, also meine Urvorfahrin, stammte aus vornehmen Hause. Meinen zweiten Namen verdanke ich übrigens ihr, sie hieß Isabelle. Soviel ich weiß, haben alle Frauen dieser Ahnenreihe Kinder gehabt. Meine Mutter war allerdings seit Langem die Erste, die geheiratet hat. Die Meisten vor ihr waren angeblich unverheiratet, aber was soll das mit dem Buch zu tun haben?« »Vielleicht sogar recht viel.« Sein Ton glitt über in geheimnisvolles Flüstern und das glückselige Glitzern in seinen Augen war ein Vorbote der Freude über diese Feststellung. »Was wissen Sie über Ihre Vorfahren?«

Jetzt doch hellhörig geworden, hakte Julia nach. »Darf ich den Grund erfahren, weshalb Sie sich dafür interessieren?« »Mein liebes Kind, wenn Sie diejenige sind, für die ich Sie halte, dann haben Sie die Gabe, Ilya Duvent aus diesem Buch zu befreien. Verstehen Sie denn nicht, was das für mich bedeuten würde?« Aufgedreht redete er weiter und seine Arme wedelten überschwänglich in der Luft, sodass sich sein Umhang aufblähte wie das Gefieder eines Raubvogels. »Ehrlich gesagt ... nein! Ich glaube, ich verstehe nicht.« Kopfschüttelnd stand Julia da und wunderte sich über das seltsame Verhalten des alten Mannes. Plötzlich fasste er sie an den Schultern, drehte sie zur Tür und drückte sie hinaus. »Kommen Sie, ich mache uns einen Tee, dann erzähle ich Ihnen, was Sie wissen möchten.« Mit Blick auf die Uhr wollte Julia schon abwinken, jedoch ließ er ihr keine Zeit zum Überlegen. »Ich dulde keine Widerrede. Es dauert auch nicht lange. Ein paar Minuten werden Sie schon noch erübrigen können. Ich sehe doch, dass Sie neugierig geworden sind.« Er führte sie nach hinten, vorbei an weiteren antiquierten Büchern, in einen fast sechseckigen Raum. Dort hielt er sie an, sich zu setzen. Es wirkte sehr gemütlich. Der Kamin brannte, unzählige Kerzen verbreiteten angenehmes Licht, an einer der Wände stand ein uraltes Bettgestell. Offensichtlich schlief er hier. Die Teetasse in der Hand saß sie kurz darauf an einem kleinen mit unterschiedlichsten Büchern belagerten Kaffeehaustisch. An manchen Stellen konnte Julia die wertvoll gearbeiteten Intarsien gerade noch erkennen. Auf dem mit rotem Samt bezogenen Kaffeehausstuhl saß es sich äußerst bequem, stellte die junge Frau fest. Die warme, von intensivem Kerzenduft geschwängerte Luft im Raum verschleierte ihr zudem die Sinne und es fiel ihr immer schwerer, sich nicht einfach zurückzulehnen und die Augen zu schließen. »Wussten Sie, liebe Julia, dass Ihre Urvorfahrin beinahe einem Verbrechen zum Opfer gefallen wäre?« »Nein, das wusste ich nicht. Ich weiß nicht wirklich viel über sie. Nur, dass ihr Vater adlig war.« »Gut, das ist gut. Ja!« Seine zur Schau gestellte Freude wirkte grotesk. Die pergamentartige Haut spannte sich so unnatürlich über seine Miene, dass der Gesichtsausdruck fast schon einer Grimasse gleichkam. Er rieb fortwährend die Hände aneinander und tippelte aufgeregt um Julia herum. Staunend über die Beweglichkeit des Alten beobachtete sie die groteske Szenerie, die sich vor ihren Augen abspielte. »Jetzt bin ich mir sicher, dass Sie die Richtige sind. Meine Liebe, ich kann Ihnen da wahrlich Interessantes über Ihre Vorfahrin erzählen. Es spielte sich zu einer Zeit ab, die man im Allgemeinen auch als Badische Revolution kennt, etwa im Jahr 1848. Diese Isabelle und ihr Geliebter waren auf der Flucht vor Ilya Duvent, dem Dämon des Windes. Er wurde mit dem Auftrag auf sie gehetzt, beide zu töten. Der Grund ... eigentlich war sie zu diesem Zeitpunkt verheiratet. Ihr damaliger Mann soll, wie viele behaupteten, kein guter Mensch gewesen sein. Man sagte ihm krankhafte Eifersucht nach und manche behaupteten sogar, dass er ein recht zwielichtiger Geselle gewesen sein soll. Also dieser verrufene Zeitgenosse«, erneut breitete sich ein verzerrtes Grinsen auf seinem Gesicht aus, »begab sich zu einer besonderen Dame, der man nachsagte, dass sie magische Kräfte hätte. Ihre Wohnung, wo sie manche undurchsichtige Machenschaften betrieb, befand sich bei der Hexengasse. Dort beschwor der Mann Ihrer Vorfahrin den Dämon des Windes herauf und befahl ihm, beide aus Rache für die vermeintliche Untreue zu töten. Warum Ilya Duvent dann ihre Ahnin verschonte, blieb zunächst ein Rätsel.« Seine Stimme wurde immer lauter und klang fast wütend.

Julia glaubte, ihren Ohren nicht zu trauen. Erzählte ihr dieser alte Mann gerade, dass ihre

Ururgroßmutter eine Ehebrecherin gewesen war? Und wenn schon, das kam in den besten Familien vor. Von einem Dämon getötet? Das klang ihr jedenfalls zu sehr nach Ammenmärchen. »Sie glauben doch nicht im Ernst an diese Geschichte?« »Oh doch, mein Kind. Ich bin mir sehr sicher, dass das die Wahrheit ist. Schließlich habe ich das Buch ja in meinem Besitz.« »Sie meinen DAS Buch da drüben auf dem Podest in dem geheimnisvollen Zimmer?« »Richtig. Das ist der Seelentrog des Dämons.« Seine Antwort hinterließ bei Julia einen recht dubiosen Eindruck. »Was, um alles in der Welt, soll dieses Geschwätz? Sie meinten vorhin, ICH könnte diesen Ilya Duvent befreien?« Ungläubig verfolgte Julia den bizarren Alten, der ständig hin und her wanderte. Ihr Kopf fühlte sich inzwischen an wie ein Gummiball, ihr Bewusstsein versank wie in einer Nebelsuppe. Sie war nicht mehr imstande, geordnete Gedanken zu fassen. Hatte er ihr gar eine drogenähnliche Substanz in den Tee getan? Sie sollte besser gehen. Angestrengt suchte sie ein Plätzchen, wo sie ihre Tasse abstellen konnte. Wo war eigentlich der Ausgang? »Man sagt«, fuhr der Alte unbeirrt und mit Bedacht fort, »dass Ihre Vorfahrin auch zu dieser Magierin in die Hexengasse geeilt sein soll. Gemeinsam sollen beide einen Weg gefunden haben, den Dämon zu bannen. Sie fesselten, so erzählte man, seine Seele zurück an das Buch. Leider war wohl damit eine kleine Bedingung verbunden. Der Dämon kann nämlich ausschließlich durch eine Frau, eine Nachgeborene der Erblinie Ihrer Ururgroßmutter, wieder befreit werden. Eine, die an einem 18. Mai geboren ist, zur 18. Stunde. Sie, und nur sie, könnte diesen Dämon wieder aus dem Buch herauslesen. Einfach nur die Tatsache, in diesem Buch zu lesen, würde Ilya Duvent befreien.« Kopfschüttelnd musste Julia lachen, winkte belustigt ab, stand auf und stellte die Teetasse kurzerhand oben auf den Bücherstapel. Die Daten, die der komische Kauz gerade genannt hatte, trafen komplett auf sie zu. Wahrscheinlich Zufall, dachte sie, denn diese Geschichte, die er ihr auftischte, klang doch sehr an den Haaren herbeigezogen. Der Alte musste ein wenig zu viel von diesen Tees getrunken und zu viel von den Kerzengerüchen eingeatmet haben. Und trotz alledem erstaunten und erschreckten sie seine Worte insgeheim. Zugeben würde sie das vor ihm natürlich nicht. »Sie erzählen echt fantastische Märchen. Aber nie und nimmer kann das der Wahrheit entsprechen. Dämonen, Hexen ... solcherlei Begebenheiten gibt es nicht wirklich. Ich denke, es ist besser, wenn ich jetzt gehe. Es war schön, mit Ihnen zu reden. Vielen Dank für den Tee. Sie müssen mich nicht hinausbegleiten, ich finde den Weg.« Schon stand sie an der Zimmertür. »Wann sind Sie geboren? An einem Achtzehnten im Mai? Habe ich recht? Sie haben es gespürt, Julia, oder nicht?«, krächzte er ihr hinterher. »Sie haben ihn gespürt, ich weiß es. Sie haben Ilya Duvent gespürt.« Kurz war sie geneigt, sich umzudrehen und ihm eine deutliche Antwort zu geben. Sie hielt sich jedoch zurück, denn Gänsehaut lief ihr über den Körper bei dem Gedanken, dass diese Horrorgeschichte der Wahrheit entsprechen könnte. Tief durchatmend eilte sie den langen Flur entlang und verließ den Laden, froh, wieder frische Luft atmen zu können. Allein geblieben verzog sich das Gesicht des unheimlichen Alten zu einem aalglatten Grinsen. Er war sich sicher, dass Julia wiederkommen würde, sehr sicher sogar.

## Wenn der Himmel einen Menschen erschaffen hat, muss es auch eine Aufgabe für ihn geben.

*(Chinesisches Sprichwort)*

Nach diesem ominösen Besuch im Antiquitätenladen tat die frische herbstliche Abendluft gut. Julia konnte erst mal an gar nichts denken, so verwirrt war sie über diese konfuse Unterhaltung. Auf dem Nachhauseweg stellte sie fest, dass sich dieser Laden tatsächlich ganz in der Nähe ihrer Wohnung befand. Zu gern hätte sie ihre Mutter angerufen und ihr diesen scheinbaren Unsinn erzählt. Jedoch befanden sich ihre Eltern zurzeit auf Kreta und genossen ihren wohlverdienten Urlaub. Da beide keine Handys benutzten, musste sie sich bis zur Rückkehr gedulden, um ihnen die Neuigkeiten zu erzählen. Gerade war sie im Treppenhaus und stand vor ihrer Wohnungstür, als das wohlbekannte klassische Musikstück ertönte, das auf ihrem Handy gespeichert war. Natürlich fragte Steven interessiert nach, ob sie den Antiquitätenladen besucht hatte. Die Antwort sprudelte förmlich aus ihr heraus und Steven kam kaum zu Wort, weil Julia ihm ihr Erlebnis haarklein schilderte. Nicht, ohne zu mutmaßen, dass an der Sache irgendetwas dran sein könnte. Schließlich wusste dieser alte Herr sehr viel über sie. Steven versuchte, Julia zu beruhigen, und gab zu bedenken, dass der Antiquitätenhändler immerhin Herrn Gronauer kannte und von ihm einiges erfahren haben könnte. Sie solle erst mal mit ihrem Chef darüber reden. Auf sein Nachfragen hin, ob er noch vorbeikommen solle, haderte sie zunächst mit sich. Entschied sich dafür, nicht ohne den versteckten Hinweis darauf, dass sie am nächsten Morgen schon früh raus musste, um den Bücherladen zu öffnen, und es jetzt schon recht spät wäre. Schließlich war sie den Rest der Woche allein im Laden. Steven frohlockte und erinnerte sie daran, dass er ohnehin gegen Nachmittag in den Laden kommen würde, um sie zu unterstützen. Es wäre eine schöne Abwechslung für ihn. Darauf freute sie sich jetzt schon und sie verabschiedeten sich liebevoll. Julia war klar, dass er weniger als 20 Minuten benötigte, um zu ihr zu kommen.

Julia und Steven hatten sich während der Bibliothekarsausbildung kennengelernt. Danach verloren sie sich für einige Jahre aus den Augen. Steven zog es für mehrere Jahre beruflich und zu Weiterbildungszwecken nach Rothenburg ob der Tauber. Zurzeit war er gerade dabei, seine Doktorarbeit in Kunst und Kunstgeschichte zu schreiben, und wohnte daher wieder im Haus seiner Eltern, im ausgebauten Dachgeschoss. Auf dem Wochenmarkt waren sich die zwei Jugendfreunde über den Weg gelaufen. Daraufhin unternahmen sie einige Male etwas zusammen und ja, es kam, was kommen musste, sie verliebten sich und inzwischen waren sie schon fast zwei Jahre ein Paar. Während Julia zeitig in der Früh, es war noch nicht einmal richtig hell, den Laden öffnete, setzte sich Steven, wieder zurück in seiner eigenen Wohnung, an seinen PC und forschte ein wenig über Herrn Algäsius Akabott nach. Sichtlich erstaunt darüber, was er herausfand, freute er sich schon sehr darauf, dies am Nachmittag seiner Freundin mitzuteilen. Julia war sehr gewissenhaft und nicht wenig stolz darauf, dass Herr Gronauer ihr vertraute. Heute sollten Lieferungen kommen, die es galt auszupacken, ins System aufzunehmen und in die Regale einzusortieren. Dazwischen musste die Kundschaft bedient oder beraten werden. Sie blühte in ihrer Arbeit auf. Herr Gronauer hatte sie zudem gebeten, in der Abstellkammer, die sich dem hinteren Lager anschloss, für ein wenig Ordnung zu sorgen. All die Dinge, die sie nicht wegzuräumen vermochte, sollte sie in einer Kiste sammeln. Darum würde er sich dann in der nächsten Woche kümmern. Da am frühen Vormittag erfahrungsgemäß wenig Kundschaft zu erwarten war, begab sie sich endlich in die kleine Kammer. Nacheinander verschwand Kiste um Kiste und Schachtel um Schachtel. Zwischen all dem Kram entdeckte sie eine saphirblaue Metalldose. Solch eine, in der man zu

Weihnachten Plätzchen aufbewahrt. Neugierig öffnete Julia den Deckel und war nicht schlecht erstaunt, was sie da erblickte: Ein Sammelsurium von Bildern, auf denen ihr Chef mit irgendwelchen anderen Menschen zu sehen war. Auf manchen Fotos befanden sich sogar Autogramme und sie vermutete, dass dies vielleicht bekannte Literaten waren, die er getroffen hatte. Je mehr sie die Bilder durchsah, je mehr reifte in ihr der Entschluss, dass sie viel zu außergewöhnlich waren, um in dieser Dose ihr Dasein zu fristen. Hatte sie nicht vorhin einen alten großen Glasrahmen in der Hand gehabt? Natürlich, den wollte sie nehmen und die Fotos dort zu einer Collage zusammenstellen. Das würde sich sicherlich gut im Laden machen und auch ihrem Chef gefallen. Kurz entschlossen reinigte sie den Rahmen, nahm ihn und die Dose mit nach vorn in den Verkaufsraum und suchte die entsprechenden Bilder aus. Da entdeckte sie etwas Seltsames. Ein ziemlich vergilbtes, nicht allzu großes Foto, mit weißem, geriffeltem Rand, wie es noch Mitte des 20. Jahrhunderts modern war. Auf der Rückseite standen die Namen Günter Gronauer, Algäsius Akabott und das Jahr 1962, in dem wahrscheinlich das Foto aufgenommen worden war. Auf der Abbildung war, Julia traute ihren Augen nicht, unverkennbar ihr Chef als halbwüchsiger, vielleicht gerade mal als Zwölfjähriger, gemeinsam mit diesem Algäsius Akabott. Der Alte sah auf diesem Bild aus wie gestern, als sie ihn in seinem Antiquitätengeschäft kennengelernt hatte. Ob das wirklich die gleiche Person war? Oder war es vielleicht Akabotts Sohn, der ihm nur unwahrscheinlich ähnlich sah? Wenn der wunderliche Kauz damals schon aussah wie über 70, dann müsste er ja heute mindestens über 110 Jahre alt sein. Das ist ein Ding der Unmöglichkeit, dachte Julia, dafür musste es eine andere Erklärung geben. Kopfschüttelnd legte sie dieses Foto auf die Seite und füllte danach den Rahmen mit den ausgesuchten Bildern, bis wirklich kein Fleckchen mehr frei war. Gerade, als sie einen Nagel in die Wand hinter dem Tresen schlagen wollte, um ihr Werk aufzuhängen, betrat Steven den Laden. »Einen wunderschönen guten Tag, meine Süße. Wie läuft es, hast du viel zu tun?« »Wie du siehst, habe ich Zeit für andere Dinge. Warte, ich haue eben mal den Nagel noch rein ... So, ich hoffe, der ist stark genug für diesen Rahmen, sollte halten. Was meinst du? Passt das?« Mit abschätzendem Blick trat sie ein paar Schritte zurück und besah sich das Werk. Steven stellte sich hinter sie und nahm sie liebevoll in den Arm. Er konnte bequem über ihren Kopf hinweg das Bild betrachten. »Es war sehr schön letzte Nacht«, hauchte er ihr ins Ohr, »und ich konnte von Verspannung deinerseits nichts feststellen. Du warst einfach ...!« »Steven, wir sind hier im Laden. Es könnte Kundschaft reinkommen.« Sie erwehrte sich seiner und hielt ihn davon ab, an ihrem Ohr herumzuknabbern. »Schau dir lieber an, was ich gemacht habe.« Lachend und sich aus seinen Armen schlängelnd stellte sie sich stolz neben den Rahmen. Steven zog übertrieben gespielt eine Schnute. Er war groß, eher schlaksig und absolut glattrasiert. »Oh ... das ist toll. Wo hast du die Bilder her?« »Die lagen hinten in der kleinen Kammer.« Jetzt betrachtete er sich die Collage doch näher, während Julia das Bild vom Tresen nahm, auf dem ihr Chef als Junge und dieser Akabott zu sehen waren. »Schau dir das an. Was glaubst du wohl, wer das ist?« Steven nahm das alte Foto, das sie ihm mit ernster Miene hinhielt. Er hielt es unter den Schein der Lampe und betrachtete es genau. Er schüttelte seinen Kopf, wobei seine braunen, halblangen Locken wild durcheinander flogen. Neugierig schaute er auf die Rückseite, um es danach mit hochgezogenen Augenbrauen erneut zu begutachten. »Ich hätte Herr Gronauer da nicht erkannt. Was schätzt du, wie alt er auf diesem Bild ist?« »Wenn ich richtig gerechnet habe, müsste er 12 Jahre alt gewesen sein, aber das meine ich nicht. Weißt du, wer das neben ihm ist?« »Ich habe es eben gelesen. Ist der außer Ladenbesitzer auch noch irgendein berühmter Autor?« »Nein. Algäsius Akabott ist nur der Besitzer des Antiquitätengeschäftes, bei dem ich gestern war. Und ich schwöre dir, der sah gestern auch nicht anders aus wie auf diesem Foto. Das kann doch eigentlich nicht sein, oder?« »Vielleicht hatte er einen Sohn, der ihm ähnlich sieht?« »Das glaube ich nicht. Schau mal das Bild genau an. Der hat oben links an der Stirn einen Leberfleck, einen ganz großen. Und der Algäsius Akabott, bei dem ich gestern war, der hat den auch. Das sind ein und dieselbe Person, ich schwöre es dir.« »Beruhige dich wieder. Du solltest dich mal hören, du klingst ja ganz aufgeregt. Hör mal, ich habe heute Morgen ein wenig nachgeforscht, nachdem ich wieder zu Hause war. Ich konnte nichts über einen Algäsius Akabott finden. Keine Eintragungen in irgendwelche Handelsregister, keinen, auch nicht den kleinsten Hinweis auf ihn beziehungsweise auf diesen Namen. Also ich meine, er ist nicht einmal hier gemeldet. Nachdem ich heute Morgen herumtelefoniert habe, war die einzige Aussage, die ich erhielt, ich solle mich an das Wehrgeschichtliche Museum wenden. Vielleicht hätten die Unterlagen, aus denen die Herkunft des Namens hervorgehen könnte. Bist du sicher, dass er Akabott heißt?« Sein charmanter Blick mit den tiefbraunen Augen nützte nichts. Aufgeregt schnaufend riss sie ihm das Bild aus der Hand. »Ich habe richtig gehört. Er heißt tatsächlich so. Und er war für meine Begriffe ein ganz sonderbarer Kauz. Ich sollte vielleicht noch einmal zu ihm gehen, ihm dieses Foto zeigen und fragen, was es damit auf sich hat.« »Das halte ich für keine gute Idee.« Steven zeigte sich besorgt und liebevoll deutete er an, sie in seine Arme nehmen zu wollen. Julia drehte sich weg. Etwas konsterniert über Stevens Reaktion ließ sie ihn stehen und zockelte betroffen nach hinten zur Abstellkammer. »Ganz ehrlich, ich möchte nicht, dass du allein zu ihm hingehst. Und außerdem, du sagtest, dass dein Chef ihn kennt, warte doch wenigstens, bis Herr Gronauer wieder da ist«, verlangte er mit Nachdruck. Julia heischte dazwischen. »Ich sagte nicht, dass er ihn kennt, sondern dieser Algäsius Akabott hat mir erzählt, dass Herr Gronauer als Jugendlicher bei ihm gearbeitet hätte.« »Na siehst du, da haben wir es. Er behauptet, Herrn Gronauer zu kennen. Dann rede doch tatsächlich erst mal mit deinem Chef. Sollte er ihn wirklich kennen, wird er dir schon mehr über diesen Typ erzählen.« Mit einer Kiste voller Bücher in den Händen marschierte Julia zurück an den Tresen. Seufzend stellte sie die Last darauf ab. »Herrn Gronauer kann ich erst Sonntagabend wieder erreichen. Der verhält sich wie meine Eltern, was die Erreichbarkeit angeht.« »So lange wird das auch noch Zeit haben. Vielleicht habt ihr ja Bücher hier, in denen etwas über die Geschichte unserer Stadt zu finden ist. Wir könnten da mal stöbern.« Wie auf Kommando schauten beide zu den bis an die Decke gefüllten Regalen. Unzählige Bücher stapelten sich, nach den unterschiedlichsten Themen gut sortiert, in den altertümlich wirkenden dicken Holzregalen. »Du hast recht.« Julias Miene hellte sich bei Stevens Worten wieder auf. »Wieso bin ich nicht selbst auf die Idee gekommen, einfacher geht es doch nicht. Wir haben ganz sicher auch historische Lektüre über Rastatt. Suchen wir doch als Erstes nach Literatur über alte Gebäude. Vielleicht finden wir da einen Hinweis auf das Brunnenhaus, das muss schon vor 1800 erbaut worden sein.« Versöhnend strahlte sie, fiel Steven um den Hals und küsste ihn hingebungsvoll.

Gemeinsam verbrachten sie den Nachmittag damit, in den historischen Büchern nach Hinweisen auf das Brunnenhaus zu suchen. Hin und wieder wurden sie von Ladenbesuchern unterbrochen. Die Zeit verging wie im Flug und ehe sie sich versahen, war es schon weit nach 19:00 Uhr. Leider war bisher die Suche nach den Hinweisen erfolglos geblieben. Enttäuscht verschloss Julia die Ladentür. Steven versuchte, sie tröstend zu überreden, Feierabend zu machen. Er wollte sie ein Stück auf dem Heimweg begleiten, allerdings schlug sie sein Angebot aus. Sie wollte noch ein wenig in der Kammer aufräumen, die Zeit hatte sie ja schließlich damit verbummelt, nach Hinweisen zu suchen. Schweren Herzens ließ er sie allein im Laden zurück.

Mit leeren Kisten unter dem Arm begab sie sich wieder nach hinten. Und gerade, als sie den letzten Stapel alter Ordner und Hefte vor sich schob, fiel ihr eine große alte Ledermappe auf, die so vollgestopft war, dass der Inhalt fast herausquoll. Vorsichtig zog sie die Mappe hervor und war nicht schlecht erstaunt, was dieser Fund preisgab. Jede Menge Zeitungsteile und ausgeschnittene Artikel stapelten sich darin, manche auf vergilbtes Papier geklebt. Mit großen Augen vertiefte sie sich in die Berichte über die Badische Revolution. Da stand etwas vom Heckeraufstand, und je mehr sie weiterlas, umso aufgewühlter wurde sie. Neben den großen Schlagzeilen über die Revolution überflog sie auch die kleineren Titel. Und siehe da, ein Artikel vom 2. März, einem Donnerstag im Jahre 1848, mit der Überschrift »Toter in der Hexengasse« stach ihr sofort in die Augen. Sie vertiefte sich in den Text, der ihr ein wenig von dem bestätigte, was ihr schon am Vortag der Alte erzählt hatte.

Dennoch, Julia zweifelte nach wie vor am Wahrheitsgehalt der Erzählung von Akabott, der ja durchaus diesen Artikel auch gelesen haben konnte.

*Junge Frau musste mit ansehen, wie Geliebter ermordet wurde. Letzte Nacht, vermutlich gegen 02:00 Uhr befand sich das junge Paar in der Hexengasse. Laut der verwirrenden Aussagen der jungen Dame wurden sie von einem groß gewachsenen gut aussehenden Mann verfolgt. Sie habe sich versteckt, während ihr Geliebter von diesem ominösen Unbekannten getötet wurde. Es stellte sich heraus, dass sie offensichtlich mit ihrem Geliebten durchbrennen wollte, zum Leidwesen ihres betrogenen Mannes, dem Ladenbesitzer Algäsius Akabott. Der Ehegatte, der zunächst von der Gendarmerie verdächtigt wurde, konnte durch ein einwandfreies Alibi beweisen, dass er nicht der Mörder seines Kontrahenten war. Die Gendarmerie ermittelt noch in alle Richtungen.*
*Hinweise bitte an das Präsidium in der Herrenstraße.*

Julia las den Artikel wieder und wieder. Sie konnte es kaum fassen. Das sollte ihre Ururgroßmutter gewesen sein? Und was noch unglaublicher für sie erschien,

Algäsius Akabott müsste demzufolge mit ihr verwandt sein. Ihr gesunder Menschenverstand streikte, das konnte unmöglich den Tatsachen entsprechen. Dieser bizarre Mensch, den sie da in dem noch seltsameren Laden angetroffen hatte, war wohl entweder ein Betrüger oder es konnte demnach nur ein Zufall sein, dass er denselben Namen trug. Sie nahm den Artikel an sich. Ließ im Laden alles so stehen und liegen, schnappte ihre Sachen, um sich in Windeseile auf den Heimweg zu machen. Im Laufen rief sie Steven an und beschrieb ihm ihre Entdeckung. Während sie noch darüber diskutierten, befand sie sich schon vor diesem ehemaligen Brunnenhaus. Ohne darüber nachzudenken, hatte sie den direkten Weg dorthin genommen. Steven bat sie eindringlich, nichts zu unternehmen und keinesfalls allein dieses Antiquitätengeschäft zu betreten. Julia brannte aber so sehr vor Neugier, dass sie alle Warnungen in den Wind schlug und das Gespräch, nach der Verabredung für den nächsten Tag, kurz entschlossen beendete. Ehrfurchtsvoll, mit wild klopfendem Herzen und vor Aufregung feuchten Händen, blickte sie auf die Ladentür. Noch einmal atmete sie tief durch und gab sich dann einen Ruck. Wieder hörte sie das Glöckchen, das dem Ladenbesitzer anzeigte, dass ein Kunde den Laden betrat. Sie wunderte sich, dass die Tür, trotz der späten Stunde, nicht verschlossen war. Auf eine Reaktion des Ladenbesitzers hoffend schlängelte sie sich zwischen den Kommoden und Regalen hindurch, bis sie neben dem großen Schrank stand, der

die Sicht in den hinteren Flur erschwerte. »Herr Akabott!« Sie wartete ein paar Sekunden. »Herr Aaakaa-
bott!« Wieder harrte sie einige Momente aus. Nichts
als lautlose Stille erhielt sie als Antwort zurück.
Zögernd und mit angehaltenem Atem wagte sie sich
Schritt für Schritt vorwärts. »Herr Akabott? Ich bin es,
Julia, ich war gestern schon mal hier!« Endlich stand
sie vor der Tür, die zu dem Zimmer gehörte, in welchem das geheimnisvolle Buch verborgen lag. Das
Verlangen hinein zu gehen ergriff von ihr Besitz. Verstohlen sah sie sich um. Sie wollte keinesfalls unhöf-
lich sein und respektlos erscheinen, dennoch fühlte sie
sich von einem inneren Zwang getrieben, im Zeit-
lupentempo die Klinke hinunterzudrücken. Die Tür
gab nicht nach. Irritiert besah sie sich das Schloss. Ein
großer, massiver Schlüssel steckte darin. Wieder hielt
Julia die Luft an. Ganz behutsam versuchte sie, den
Schlüssel zu drehen. Wider Erwarten war nur gerin-
ger Kraftaufwand nötig und schon spürte sie, wie sich
das Schloss entriegelte. Im Stillen hoffte Julia, dass der
alte Mann erscheinen würde und sie zur Rede stellte.
Es geschah nichts dergleichen. Ihre Neugier kannte
keine Grenzen mehr, tief durchatmend, mit zitternden
und schweißnassen Händen drückte sie erneut die
Klinke herunter und betrat wie selbstverständlich den
dubiosen Raum. Das Flackern der Kerzen, das bizarre
Schattenspiele an die Wände warf, empfing sie. Die
Aufregung trieb ihren Puls in die Höhe und fast
begann sie zu hyperventilieren. Da lag es in voller
Pracht, das Buch, auf dessen Umschlag der Name Ilya

Duvent mit großen Lettern geschrieben stand. Ihr Profiauge erkannte gleich, dass die Buchstaben einst golden geprägt waren. Julias Herz pochte zum Zerspringen, sie hob ihren Arm und legte sanft ihre Finger auf den ledernen Einband. Sie war so sehr gefesselt von dem Anblick, dass sie vollkommen vergaß, wo sie sich befand und dass sie unerlaubt hier eingedrungen war. Kaum, dass ihre Finger das Buch berührt hatten, spürte sie einen sanften Windhauch, der sich wie ein Wirbel um sie zu drehen schien. Vorsichtig erhöhte sie den Druck und im gleichen Moment verstärkte sich der luftige Wirbel. Nahezu fassungslos und dennoch fasziniert hob sie den Kopf, schloss ihre Augen und versuchte zu begreifen, was so unerklärlich schien und ihren Verstand so im Bann hielt. Etwas streichelte ihr Gesicht und berührte sie an den Händen. Erschrocken zog sie diese zu sich und trat mit weit aufgerissenen Augen zwei Schritte zurück. So leicht wollte sie sich eigentlich nicht aus der Fassung bringen lassen. All ihren Mut zusammennehmend trat sie vor, öffnete behutsam die goldenen Verschlüsse und schlug das Buch auf. Einfach irgendwo, mittendrin. Nichts als leere Seiten starrten ihr entgegen. Augenblicklich wehte ein leichter Wind, so als hätte jemand die Fenster geöffnet und draußen würde eine leichte Brise durch die Straßen fegen. Hörte sich das nicht wie ein Flüstern an? Ein Flüstern, welches ein lang gezogenes »Jaaaaaaa« im Wind mit sich trug? Julia starrte betroffen auf die Buchseiten, über die es plötzlich wie Schlieren hinweg zog. Anfangs erschien

alles verschwommen und je länger sie auf das Phänomen blickte, umso klarer bildeten sich daraus erst
Buchstaben, dann Worte, die sie schließlich völlig
willenlos mit leiser Stimme las:

»*Gib dem Wind Freiheit, gib ihm Macht.*
*Gib ihm dein Herz, in aller Pracht.*
*Lass ihn wirken, lass ihn schreien.*
*Befreie seine Seele, lass ihn gedeihen.*
*Lies diese Worte, sei voller Mut.*
*Sei dir gewiss, dass er dir nichts tut.*«

Und noch während Julia diese Zeilen vortrug, erhob
sich um sie herum ein Sturm. Ein unheimliches Brausen tobte im Raum. Die Kerzen erloschen. Längst
hatte Julia ihre Hände vom Buch genommen. Sie
musste ihr Haar, das ihr völlig ohne Kontrolle um den
Kopf wirbelte, bändigen. Immer wieder spürte sie,
wie etwas Unerklärbares an ihr vorbei strich. So ähnlich wie die fremden Berührungen im Gedränge einer
großen Menschenmenge. Zitternd vor Angst schickte
sie ein Stoßgebet zum Himmel, dass diese gespenstische Erscheinung aufhören möge. Als ob dieses
Gebet erhört wurde, endete schlagartig der Sturm um
sie herum. Und mit einem Flüstern, das sich wie
»Dankeee!«, anhörte, verschwand der geheimnisvolle
Luftzug. Die Kerzen flammten wieder auf und Ruhe
erfüllte den Raum, so, als sei gar nichts geschehen.
Julia sah sich überraschend gefangen in vollkomme-
ner Stille. Was hatte sie getan? Hatte sie was getan?

Sollte sie jetzt besser verschwinden ... hinausgehen ... das Antiquariat ... das Gebäude? Mit dem Gefühl, als wäre sie aus einer dicken geleeartigen Masse, versuchte sie, sich in Bewegung zu setzen. Ein unwiderstehlicher Drang trieb sie an, sofort den unheimlichen Ort zu verlassen. An der Tür stoppte sie trotz alldem ihren Schwung. Sie hörte, dass sich Schritte näherten. Beinahe verlor sie mit schlotternden Knien ihre Fassung bei dem immer näherkommenden, fast bedrohlichen Geräusch. Gleichzeitig war sie ein wenig erleichtert, weil sie hoffte, dass der Ladenbesitzer käme. Julia hielt den Atem an und starrte in den Flur hinaus. Unfähig sich zu bewegen spielten ihre Gefühle und Wahrnehmungen verrückt. Dann stand er vor ihr, Algäsius Akabott, genauso gekleidet wie schon bei ihrem ersten Aufeinandertreffen. Grinsend und sich die Hände reibend blickten seine lauernden, wie dunkle Knöpfe wirkenden Augen auf Julia, die mit einem wütenden Donnerwetter rechnete. »Das haben Sie wirklich fein gemacht, meine Liebe. Sie haben ihn befreit, den Dämon. Nun werde ich schauen, wo er sich herumtreibt. Muss ihn gleich in die Schranken weisen, damit er keine Dummheiten macht. Wo er nur hin sein mag? Der Schlingel, diesmal muss er tun, was ich sage. Diesmal darf er mich nicht enttäuschen. Diesmal ...« Er packte sich das Buch unter den Arm und stapfte wieder hinaus, ohne Julia, die betroffen und hilflos im Raum stand, noch eines weiteren Blickes zu würdigen. Sie hörte ihn noch etwas vor sich hin murmeln, ganz wie ein alter bärbeißiger Grantler, dann herrschte absolute Stille. Völlig überrascht von der neuen Situation gab sie sich endlich einen Ruck und stürmte nach draußen. Auf der Straße angekommen verharrte sie und atmete erst einmal tief durch. Die frische Luft tat ihrem verwirrten Geist gut. Sie konnte nicht glauben, was eben da drinnen passiert war. Von dem Erlebten noch völlig gebannt konnte sie kaum ein Bein vor das andere setzen. Die Befürchtung allerdings, der Alte würde hinterher stürmen und sie aufhalten, trieb sie Letztenendes heimwärts. Eine logische Erklärung, was da abgelaufen war, konnte sie sich vielleicht später bei ihm holen, so hoffte sie. Bis Julia ihre Haustür aufschloss, konnte sich kein vernünftiger Gedanke in ihrem Kopf breitmachen. Sollte sie Steven anrufen? Sicherlich wäre er nicht gerade sehr erbaut über ihren Alleingang. Ja, sie konnte sich sogar sehr lebhaft vorstellen, dass er ihr, noch nachträglich in Sorge über ihren Leichtsinn, ziemlich deutlich den Kopf waschen würde. Also beschloss sie, ihm erst am nächsten Tag von dieser Odyssee zu erzählen, wenn sie selbst eine Nacht darüber geschlafen hatte.

Zeitiger als für gewöhnlich öffnete sie den Buchladen. Heute war Freitag. Somit gäbe es noch nicht mal eine Mittagspause mit Schließzeit. Das berührte sie nicht. Noch mal sah sie sich die Bilder im Glasrahmen ganz genau an. Danach das alte Foto, auf welchem ihr Chef mit Algäsius Akabott zu sehen war. Kein Zweifel, es war ein und dieselbe Person. Unmöglich! Herzhaft gähnend gab sie die ersten Bücher aus der Abstellkammer ins System ein und verteilte sie im Laden in die dementsprechenden Regale, während sie einmal mehr darüber nachdachte, was an diesem alten Mann so sonderbar war. An Schlaf war letzte Nacht nicht zu denken gewesen. Ständig kreiste ihr das Erlebnis vom Vortag durch den Kopf.

Nach und nach betraten einige Kunden den Laden, worüber Julia sehr dankbar war. Es lenkte sie ab. Und gerade, als sie sich endlich wieder den Aufräumungsarbeiten in der kleinen Kammer widmen wollte, trat ein äußerst gut aussehender Mann herein. Er trug einen langen schwarzen Mantel, was zu dieser herbstlichen Jahreszeit nicht wirklich auffällig erschien, ihm jedoch ein durchaus vornehmes Erscheinungsbild verlieh. Achtsam schritt er an den vollen Bücherregalen vorbei und schaute sich alles sehr interessiert an, bis er vor den antiquarischen Exemplaren stehen blieb, das eine oder andere herauszog, um darin zu blättern. Julia schaute immer wieder unauffällig zu ihm hin, wollte ihm Zeit lassen, ehe sie ihm ihre Hilfe anbieten würde. Eine Mutter mit zwei Kindern betrat die Buchhandlung. Sie wollte eine Bestellung abholen, die ihr von Julia freundlich überreicht wurde. Nachdem Julia die Tür hinter ihrer Kundschaft geschlossen hatte, wollte sie sich wieder ihrer Arbeit zuwenden. Stutzte allerdings, weil sie den Mann nicht mehr sah. Unauffällig suchte sie den Raum auch hinter den Regalen ab, bis sie ihn entdeckte. Da saß er. In der gemütlichen kleinen Sitzecke, wo manche Leute auch gern bei einer Tasse Tee oder

Kaffee ihre auserwählten Bücher anschauen durften. Der Fremde saß lediglich da und schaute Julia an. Ein Buch hatte er nicht in der Hand. Irritiert blickte sie sich um. Da war allerdings niemand, sodass sie sich sicher sein konnte, dass er sie meinte. »Kann ich Ihnen behilflich sein? Suchen Sie etwas Bestimmtes. Entschuldigen Sie, wenn Sie warten mussten, Sie haben sicherlich mitbekommen, dass die Kundin gerade...« »Ich suche Sie!«, fiel er ihr ins Wort. Eine Stimme wie samtene Wellen, wie Honig umschlang sie. Tief und satt, genau passend zu seinem unverschämt guten Aussehen. Seine dunklen Augen zogen Julia so in den Bann, dass sie kaum von ihnen ablassen konnte. Sie spürte ein seltsames Gefühl in der Magengegend und die Tatsache, dass er sie mehr als erlaubt beeindruckte, trieb ihr eine zarte Röte auf die Wangen. »Offensichtlich ... ähm ... haben Sie mich gefunden. Was kann ich für Sie tun?«, stammelte Julia verunsichert. Halblange, fast tiefschwarze Haare hingen ihm teilweise ins Gesicht. Es wirkte jedoch alles andere als ungepflegt. Mit einem wissenden Lächeln, mehr als vereinnahmend, schaute er Julia einfach nur an. »Sie sehen ihr sehr ähnlich, wissen Sie das?« »Wem sehe ich ähnlich?« »Ich nehme an«, kurz überlegend sah er nach oben an die Decke, »dass es Ihre Vorfahrin war? Ich glaube, sie hieß Isabelle.« Er sprach sehr zurückhaltend und kultiviert. Julia antwortete ihm ebenso verhalten. »Mag sein, dass ich ihr ähnlich sehe. Weshalb interessieren Sie sich dafür?« Inzwischen waren sie nicht mehr als zwei Armlängen voneinander entfernt. Das zunehmende Kribbeln in Julias Magengegend machte sich bemerkbar. Jetzt erhob er sich betont langsam und streckte ihr dabei seine Hand entgegen. Wie entrückt, fasziniert von seiner Aura, legte sie ihre Hand in seine. Und kaum, dass sie die Berührung spürte, wehte dieser sanfte Lufthauch um sie herum und umstreichelte ihren gesamten Körper. Kurz senkte sie ihren Blick und tauchte ein in diese zarte Liebkosung. Sie ahnte, dass diese Wahrnehmung von ihm verursacht wurde. Schließlich umschloss seine Hand die ihre und je kräftiger der Händedruck wurde, umso stärker empfand sie den Wind, der nun durch den Laden wehte und der sich immer wieder auf sie konzentrierte. Beinahe fühlte es sich an, als könnte sie sich von dem sanften Hauch getragen in eine Wolke fallen lassen, ohne den Boden jemals zu erreichen. Er hatte sie ganz nah zu sich herangezogen. Ihre Hand berührte seinen Körper. Er hielt sie fest und gestattete ihr keine Möglichkeit zum Ausweichen. Der Sturm schien sie gleichermaßen in seine Richtung zu drängen und Julia fühlte sich vollkommen ergeben und wehrlos. Nichts konnte sie denken, nicht einmal Angst verspüren. Eher war das Gegenteil der Fall. So gut, so leicht, so geachtet, so ohne Worte verstanden. Empfindungen, die sie bisher noch nie zu spüren bekam. Nicht bei Steven, nicht bei ihren Eltern, nicht bei ihrem Chef. »Wer sind sie? Was wollen sie von mir?« Es dauerte eine Weile, bis sie eine Antwort erhielt. »Ich bin Ilya Duvent!«

# Wer auf Rache sinnt, der reißt seine eigenen Wunden auf. Sie würden heilen, wenn er es nicht täte.

*(Sir Francis von Verulam Bacon*
*(1561-1626), englischer Philosoph, Essayist*
*und Staatsmann, entwarf die Methodologie*
*der Wissenschaften)*

Steven tippte in seinem eigenen Sieben-FingerSchreib-system wie wild auf der Tastatur herum. In wenigen Wochen hatte er Abgabetermin für seine Doktorarbeit und Julia wollte für ihn die Korrektur lesen. Natürlich war er froh darüber und gerade deswegen wollte er sich beeilen. Müde, weil er schon seit Stunden am PC saß, schaute er auf die Uhr. Gerade mal halb eins. Er hatte Julia versprochen heute Nachmittag wieder in den Laden zu kommen. So gegen 16:00 Uhr wollte er dort sein. Jetzt schmunzelte er, weil er sie mit ein paar Donuts überraschen würde. Solche, die mit Creme gefüllt waren, die mochte sie besonders. Mit schmerz-verzerrtem Gesicht stand er auf und dehnte sich. Sein Nacken tat weh. Die Verspannung zog sich vom Schulterbereich den gesamten Rücken hinunter. Geschwind hatte er das T-Shirt ausgezogen. Er war sicherlich nicht überaus muskulös, konnte sich aber über eine recht ansehnliche Figur freuen. Eigentlich benötigte er eine kurze Ablenkungspause. Ausladend schwang er seine Arme um sich herum, ließ sich auf den Boden hinab und machte mühelos ein paar Liege-stützen. Ihm fiel ein, dass er noch mal wegen diesem merkwürdigen Antiquitätenhändler nachforschen wollte. Er hoffte inständig, dass es Julia nicht ein weiteres Mal in diesen Laden trieb. So saß er also nach wenigen Minuten doch wieder am PC. Er forschte nach Algäsius Akabott im Jahr 1962. Das gleiche Datum, welches auf dem Bild stand, das Julia im Laden hatte. Und tatsächlich wurde er auf diesem Weg endlich fündig. Er stieß nämlich auf den gleichen Zeitungsartikel, den Julia in der Mappe mit den gesammelten Zeitungsartikeln in der Abstellkammer des Buchladens gefunden hatte. Sichtlich beunruhigt druckte er ihn aus.

Erwartungsvoll, die Schachtel mit den Donuts in den Händen, betrat er, kurz vor 16 Uhr, den Laden. Es war verdächtig ruhig ... kein Kunde ... keine Julia. Erst als er die Schachtel auf dem Verkaufstresen abstellte, überraschte ihn der Anblick, der sich ihm bot. Julia saß hinter dem Ladentisch auf dem kleinen Holzschemel und stierte in den Raum, ohne auch nur mit der Wimper zu zucken. Ohne jegliche Regung, wie apathisch oder unter Drogen gesetzt. »Julia, ist alles in Ordnung? Was ist mit Dir?« Erschrocken kniete er sich vor sie und legte seine Hände auf ihren Schoß. Noch immer keine Reaktion. »Juuliaa! Hey, ich bin es, Steven!« »Er war hier Steven, er war wirklich hier bei mir. Er ist einfach in den Laden gekommen. Ich habe mit ihm geredet. Es gibt ihn wirklich Steven, es gibt ihn! ... Er ist sogar sehr nett.« Sie flüsterte so leise, dass er ganz nah an sie heranrücken musste, um sie zu verstehen. Er legte einen Arm um sie, dennoch saß sie wie versteinert da. »Wer war hier? Von wem redest du? Etwa dieser Algäsius Akabott?« Jetzt schaute Julia ihn mit großen Augen an. Nicht ängstlich, eher besorgt. »Aber nein Steven, nicht Akabott. Der Dämon war hier, Ilya Duvent! Er war sehr sympathisch. Er weiß vieles, weißt du, er ist schon sehr alt. Von ihm könnte ich viel erfahren ... lernen. Da gibt es nur ein Problem.« »Was für ein Problem denn? Von was bitte redest du? Julia, ist alles in Ordnung mit Dir?« »Ich weiß nicht, ich denke schon. Ich lebe noch, er kann mir nichts tun, weißt du, weil ich ihn aus diesem Buch befreit habe, ich habe ihn herausgelesen. Dieser Akabott hat mich benutzt. Er hat ganz genau gewusst, dass ich neugierig bin und wiederkomme. Er hat es so arrangiert, dass ich wiederkomme und jetzt benutzt Akabott diesen Dämon.« »Herrgott Julia, von was, um alles in der Welt, redest du?« Steven wurde lauter, stand auf und baute sich vor ihr auf. Sichtlich besorgt über ihren Zustand zog er sie auf die Füße. Er drückte sie, so fest es ihm möglich war, an sich. So standen sie einige Minuten. Julia hing mehr oder weniger wie leblos in seinen Armen, erwiderte seine Umarmung nicht. Kurz ließ er von ihr ab, schnellte zur Ladentür, schloss diese zu und drehte den Aufhänger herum, sodass von draußen GESCHLOSSEN zu lesen war. »Soll ich einen Arzt anrufen oder dich zu einem fahren?« »Nein, Steven«, sie setzte sich wieder, »es ist alles in Ordnung. Ich glaube es zumindest.« In seiner Hilflosigkeit zeigte Steven ihr den Artikel, den er ausgedruckt hatte. »Schau, was ich hier habe. Ein Zeitungsartikel, in dem dieser Algäsius Akabott erwähnt wird. Hier lies ihn.« Julia schaute kurz drauf und erkannte sogleich, dass es der Gleiche war, wie der aus der Mappe. »Ich weiß jetzt, was damals passiert ist. Ich weiß es jetzt. Ich weiß auch, dass dieser Algäsius Akabott familiär gesehen einer meiner Vorfahren ist.« »Der ist was?« Stevens Erstaunen stand ihm im Gesicht geschrieben. »Ja, du hast richtig gehört. Er war mit meiner Urvorfahrin verheiratet. Nachdem, was ich jetzt erfahren habe, bin ich davon überzeugt, dass Herr Gronauer über alles Bescheid wusste. Die kennen sich schließlich. Von wem sollte Akabott sonst alles erfahren haben als von ihm?« »Hörst du, was du da sagst? Du behauptest, dass Akabott quasi annähernd 200 Jahre alt sein müsste? Das ist unmöglich!« »Ja. Mir ist klar, dass sich das wie in einem Fantasy Roman anhört, aber es ist so. Keine Ahnung, wie er das gemacht hat, aber es ist wirklich so. Möglicherweise hält ihn die Wut über das, was damals geschehen ist, am Leben. Er scheint so voller Rachegefühle zu sein, so voller Hass. Ilya Duvent hat mir berichtet, dass Akabott es war, der ihn damals, zu der Zeit als die Badische Revolution in vollem Gange war, auf die beiden gehetzt hatte. Eigentlich hätte er auch meine Ururgroßmutter getötet, wenn sie nicht guter Hoffnung gewesen wäre.« »Du machst Witze!« »Nein, mache ich nicht.« Sie blickte ihren Freund scharf an. Er kannte diesen Blick. Diesen setzte sie einzig und allein dann auf, wenn ihr etwas sehr Ernst war. Dann zog sie nämlich ihre Augenbrauen zusammen, legte ihre Stirn in Falten und presste die Lippen aufeinander, sodass nur noch ein dünner Strich zu sehen war. »Akabott will immer noch Rache. Immer noch ihren Tod, was ja mittlerweile nicht mehr möglich ist. Jetzt sollen dafür Isabelles Nachfahren seinen Zorn zu spüren bekommen. So hat es der Dämon erklärt. Es soll alle treffen, die aus dieser ehebrecherischen Liaison hervorgegangen sind. Er meint, dass es nicht mehr lange dauert, bis er den ersten Befehl von Akabott dafür erhalten wird.« »Oh, mein Gott! ... Wir sollten zur Polizei gehen!« Stevens Entsetzen äußerte sich darin, dass sich seine Stimme überschlug, und er aufgeregt auf und ab lief. Julia winkte mit den Händen seine Worte ab und schüttelte heftig den Kopf. »Machst du Scherze? Was glaubst du machen die mit uns, wenn wir ihnen vom 200-jährigen Akabott erzählen und seinem Dämon.«

Wenn Steven noch an Julias Verstand gezweifelt haben sollte, so spürte er nach diesen Worten, dass sie vollkommen klar in ihren Gedanken war. Jetzt verstand er auch, weshalb sie so still wirkte. Sie dachte nach.

»Du sagtest Badische Revolution. Sprichst du von dem Zeitraum, aus dem auch dieser Artikel stammt? Das war 1848, glaube ich«, er schaute noch mal auf das Blatt. »Richtig, das meine ich. Das ist krass, oder? Du musst Dir vorstellen, meine Vorfahren lebten im damaligen Rastatt, mitten in diesen unruhigen Zeiten. Damals war Rastatt noch eine

Festung. Die Menschen in jener Zeit wollten eine badische, oder man könnte auch sagen, eine deutsche Republik erreichen, die unter der Souveränität des Volkes stehen sollte. Dass die Fürstenhäuser davon nichts wissen wollten, versteht sich von selbst.« »Jetzt, wo du es sagst, ich erinnere mich ein wenig. Der Geschichtsunterricht ist schon lange her«, lachte Steven. Ein wenig machte sich Erleichterung in ihm breit. Julias Redseligkeit bestätigte ihre Worte, dass alles in Ordnung sei. Er fuhr mit seinem, aus der Erinnerung hervorgekramten, Wissen fort. »Die Hochherrschaftlichen haben sich natürlich hinter die Festungsmauern zurückgezogen und nur unter strengen Kontrollen wurde der Eintritt ins damalige Rastatt gewährt. War das nicht so?« »So ungefähr«, stimmte Julia zu. »Aus Rastatt zu flüchten war ebenso schwierig. Es herrschte eine große Armut unter dem Volk, was schließlich dazu beitrug, dass alles bürgerkriegsähnliche Zustände annahm. Dazu kamen dann der Heckeraufstand und der Struve-Putsch, aber ich glaube, das führt jetzt zu weit. Eigentlich haben wir hier ein ganz anderes Problem, als uns mit der badischen Geschichte auseinanderzusetzen.« »Was sollen wir dann deiner Meinung nach unternehmen?« Stevens fragender Blick sprach Bände. »Ich glaube, mir kommt da gerade eine Idee.« Jetzt hatte sich ihr Gesichtsausdruck verändert. Sie lächelte, ihre Stirn glättete sich und ihr Blick wirkte wieder klar. »Du recherchierst doch gut. Suche Hinweise zu der Dame, die am Hexegässel gewohnt hat. Der Dämon erzählte mir, dass sie Irina Yourigca hieß. Sie stammte aus Rumänien und kam wohl schon weit vor der Badischen Revolution mit dem Volk der Roma nach Deutschland. Eine Frau, die der Kräuterkunde sehr angetan war, eine Hexe, wie man damals wohl geglaubt hat. Zu ihr ist Akabott einst gegangen, sie hat ihm geholfen, Ilya Duvent herauf zu beschwören.« »Ich glaube kaum, dass sie noch lebt!«, tat Steven übertrieben wichtig. Er hatte sich einen Hocker herangezogen. »Ha ha, ja, logisch, aber es muss Nachfahren geben. Wenn sie wirklich eine Hexe war, dann wissen die Nachfahren hoffentlich darüber Bescheid und könnten uns vielleicht helfen, den Dämon wieder in die Verbannung zu schicken. Das ist die einzige Möglichkeit, die wir haben. Mit seinen Berichten über damals gab mir der Dämon ungewollt den Hinweis, wie ich das alles aufhalten kann.« »Und was ist mit dir? Was, wenn er dich zuerst töten will?« »Er kann mir nichts tun. Das wird ein Problem für Akabott werden. Er kann diese Blutlinie nie vollständig auslöschen, denn einzig und allein eine Nachfahrin kann den Dämon befreien. Jedoch ist diejenige, die ihn befreit, gleichzeitig vor ihm sicher. Sie steht sozusagen unter einem Schutzzauber. Derjenige, der das Buch in seinem Besitz hat, kann dem Dämon befehligen. Ich glaube nicht, dass Akabott das Buch einfach so herausgibt! ... Schau mich nicht so an! Ich weiß, dass sich das alles verrückt anhört. Ich kann es selbst kaum glauben.«

Steven konnte nicht mehr sitzen bleiben und lief währenddessen aufgeregt hin und her. Raufte sich die Haare, unschlüssig, ob er dieser ganzen Geschichte Glauben schenken sollte. Allerdings, so lange, wie er Julia schon kannte, so wie sie da saß und ihn ansah, mit diesen wunderschönen Augen, sie würde ihn nicht anlügen oder ihm Ammenmärchen auftischen. Sie beratschlagten sich noch eine ganze Weile. Steven versprach herauszufinden, ob es Nachfahren dieser Kräuterfrau gab. Julia wollte sich Akabott vorknöpfen und vor allem ihren Chef, Herrn Gronauer. Der sollte eigentlich im Laufe des übernächsten Tages zurückkommen. Jetzt endlich lagen sie sich in den Armen. »Ich liebe diese Diskussionen mit Dir. Diese Fachsimpelei und deinen Gesichtsausdruck, wenn du in deinem Element bist«, hauchte Steven ihr ins Ohr. Sie versanken mit jeder Faser ihrer Körper in Zärtlichkeiten und küssten sich leidenschaftlich. In dem Moment allerdings, als Julia ihre Augen schloss, trat mir nichts, dir nichts das Bild von diesem Ilya Duvent vor ihr geistiges Auge. Wie er sie angesehen und ihre Hand gehalten hatte. Abrupt ließ sie von Steven ab. »Lass uns anfangen, uns bleibt nicht viel Zeit. Sonst kommt uns dieser Akabott zuvor.« »Du hast recht, mein Schatz. Ich werde einfach mal in der Hexengasse vorbeigehen und schauen, wo das Haus ist und wer jetzt darin wohnt. Vielleicht wissen die ja auch, wo ich jemanden finden kann, der mit dieser Irina Yourigca verwandt ist. Und du, ich würde sagen, du gehst für heute nach Hause. Morgen ist auch noch ein Tag. Ich komme nachher bei dir vorbei. So lasse ich dich nicht allein.« »Nein, du brauchst nicht kommen. Ich weiß, dass dir das Schreiben an deiner Arbeit wichtig ist. Mir geht es gut und mir wird soundso nichts passieren. Geh du auch nach Hause und vielleicht hast du recht. Es wird besser sein, wenn ich erst einmal mit Herrn Gronauer rede. Lass uns so vorgehen. Morgen früh telefonieren wir.«

Julia räumte ein wenig auf, schaltete gewissenhaft alle Lichter aus und schloss dann die Tür hinter sich gut zu. Und während Steven sich zur Hexengasse aufmachte, eilte Julia nach Hause. Sie fand kaum in den Schlaf. Ständig kreisten die Gedanken um die Dinge, die sie heute erfahren hatte. Ob dieser Dämon sie noch mal besuchen würde? Sie hatte noch so viele Fragen und eigentlich war er sehr nett. Sie musste sich im Stillen eingestehen, dass sie ihn sogar anziehend fand. In diesem Moment spürte sie wieder dieses Kribbeln im Bauch. Beinahe glaubte sie noch ihre Hände in den seinen zu spüren. Mit geschlossenen Augen presste sie eben diese Hand auf ihre Brust, dorthin, wo das Herz schlug und mit roten heißen Wangen stellte sie fest, wie heftig ihr Herz schlug. In diesem Moment war sie froh, allein zu sein. Mitten in der Nacht, es war fast halb zwei, hielt ein Taxi vor dem Bücherladen in der Rappenstraße. Ein älterer, grauhaariger Mann stieg aus, nachdem er bezahlt hatte. Es war Herr Gronauer, ein wenig früher wie geplant. Zufrieden blieb er kurz vor seinem Laden stehen, dann nahm er seinen kleinen Koffer und lief ein paar Schritte am Haus entlang. Er durchquerte ein nicht allzu großes Tor, das in eine Art Hof führte, der zwischen den Häusern lag. Seitlich am Haus befand sich eine moderne hölzerne Haustür, vor der er stehen blieb und begann, nach seinem Hausschlüssel zu suchen. Ein leichter kühler Wind fegte durch das Tor herein. Er trug einige Blätter mit sich, die ausgelassen in der Luft tanzten. Der schwache Schein der Straßenlaternen ließ die blassen Schatten der Blätter an den Hauswänden auf und ab schwirren. Das Hoflicht funktionierte immer noch nicht. Genervt schüttelte Herr Gronauer den Kopf. Schon viel zu oft hatte er diesen Umstand beim Hausmeister bemängelt. Der Wind nahm zu, so sehr, dass sogar sein Zylinder, ein echter Chapeau Claque, vom Kopf geweht wurde. Erschrocken unterbrach er seine Suche nach dem Hausschlüssel und hastete dem Hut hinterher. Gerade, als er wieder aufrecht stand, stellte er mit Erstaunen fest, dass der Wind so an Stärke zugenommen hatte, dass er wie ein Sturm um die Häuser wehte. Unangenehm berührt kramte er weiter nach seinem Schlüssel, um ins schützende Haus zu gelangen. Der Sturm legte jedoch ohne jeden Übergang an Stärke zu und weitete sich in Sekundenschnelle zu orkanartigen Böen aus, die ihn so heftig gegen die Hauswand drückten, dass der ältere Herr kaum Kraft fand, dagegen anzukämpfen. In der Hoffnung, dass der Sturm mal eine Pause machen würde, harrte er seinen Hut festhaltend und an die Wand gepresst  aus. Um ihn herum wurde das Tosen des

Sturmes immer lauter. Herrn Gronauer wurde schnell bewusst, dass seinen Hilferuf niemand hören würde. Fassungslos stand er da. So etwas hatte er noch nie erlebt. Seine Hoffnung auf Hilfe war aussichtslos. Die Böen hielten ihn, wie mit großen Klauen, an der Wand fest. Ein Umstand, dem er sich wehrlos ergeben musste. Alles an ihm schmerzte, sein Rücken kam ihm vor, als würde eine unsichtbare Kraft ihn zerbrechen wollen. Das Atmen fiel ihm immer schwerer. Blitzartig, im Bruchteil von Sekunden, wurde es still, als hätte jemand auf einen Knopf gedrückt. Selbst die gewohnten Geräusche der Nacht waren nicht zu hören. Er brauchte einen Moment, um zu registrieren, dass er sich wieder normal bewegen konnte. In dem Augenblick, als er sich zu seinem Koffer begeben wollte, vernahm er Schritte. Schritte, die sich unaufhörlich näherten. Erleichtert, weil offensichtlich doch noch jemand bei diesem Sturm auf der Straße war, schaute er zum Eingangstor. Tatsächlich, er nahm eine große Gestalt war, die sich näherte und direkt unter dem Torbogen stehen blieb. Leider konnte Herr Gronauer nicht erkennen, wer das war. Dessen Schatten und das spärliche Licht der Straßenlaternen, das in den Hof hereinschien, reichten einfach nicht aus. »Hallo ... wer sind Sie? Brauchen Sie Hilfe? Ist alles in Ordnung mit Ihnen?« Hilfsbereit und gutmütig, wie er war, näherte er sich langsam dieser Person. Im Schein der Straßenlaterne erkannte er, dass es ein junger Mann war, der sich dem Anschein nach in den Hof gerettet hatte.

Schritt für Schritt trat er stumm auf den Buchhändler zu. Je mehr sich der Abstand zwischen den beiden verringerte, umso mehr konnte Herr Gronauer den erneut aufkommenden Wind spüren, der in leichten Wellen um ihn herum wirbelte. Der junge Mann blieb erst stehen, als er etwa zwei Armlängen von dem Älteren entfernt war. Da der Fremde ihn freundlich anlächelte, fühlte sich der alte Mann sicher und fragte beherzt nach. »Kann ich Ihnen helfen? Bei mir ist alles in Ordnung, das war ein ganz schöner Sturm eben, gell. Sie sollten zusehen, dass Sie nach Hause kommen. Es fühlt sich gerade an, als ob es gleich wieder losgeht.« Endlich fand er seinen Schlüssel in der Kofferseitentasche. Überraschend legte ihm der junge Mann die Hand auf die Schulter. Erschrocken fuhr Gronauer herum und schwankte dabei ein paar Schritte rückwärts. Weit kam er nicht, denn dann hatte er schon wieder die Hauswand im Rücken. Der Wind nahm von Neuem zu. Mehr und mehr spürte der Alte, wie ihn der wirbelnde Sturm abermals an die Mauer drängte. Der fremde Mann stellte sich so vor ihn hin, dass der Lichtschein der Straßenlampe ihm ein wahrlich gespenstisches Aussehen verlieh. Er wirkte grotesk mit seinem dämonischen Lächeln. Unvermittelt war dem bewegungsunfähigen alten Mann klar, wer da vor ihm stand. »Was wollen Sie von mir? ... Ich weiß, wer Sie sind ... Sie sind ...!« Bevor er allerdings versuchen konnte, nur ansatzweise den Namen des Dämons über die Lippen zu bringen, hob dieser die Arme und mit jedem Zentimeter verstärkte sich der

112

Wind. Herr Gronauer war nicht mehr imstande, auch nur ein Wort zu sagen, geschweige denn, um Hilfe zu rufen. Als ob tausend Arme ihn an die Mauer drückten, durchfuhr ihn ein erbarmungsloser Schmerz bis in die äußersten Gliedmaßen. Der arme Mann riss den Mund zu einem Schrei auf. Doch noch ehe ein Ton herauskam, sauste eine heftige Böe über seine Lippen, suchte sich ihren Weg durch die Speiseröhre in Brustkorb und Bauch, blähte den gequälten Körper so stark auf, dass er sich bedrohlich nach vorn wölbte. Die Rippen brachen laut krachend, die Augen traten hervor, Blut schoss dem Alten aus Nase und Ohren. Sein röchelnder Versuch zu atmen wurde vom Tosen des Sturmes überdeckt und einen Moment später, als ein letztes Zucken durch den Körper von Herrn Gronauer zog, senkte Ilya Duvent seine Arme. Sofort wurde es still. Unheimliche und beängstigende Totenstille breitete sich schlagartig im Hinterhof aus. Mitleidig betrachtete der Dämon den toten alten Mann, ehe sein Lächeln erstarb und er mit einem unzufrieden wirkenden Gesichtsausdruck in einer Rauchwolke zerfloss und verschwand.

Fast zur gleichen Zeit meditierte Algäsius Akabott mit geschlossenen Augen auf seinem Bett liegend, das große lederne Buch »Ilya Duvent« fest in den Armen haltend. Nach und nach übermannte ihn ein befriedigendes Hochgefühl. Schlagartig öffnete er die Augen. Ein bösartiges Hohngelächter schallte aus ihm heraus. Mit einem Satz sprang er auf. Es war ihm kaum zuzutrauen, dass er sich so leichtfüßig bewegen konnte. Lauernd stand er jetzt inmitten des Zimmers, das mit den Nebelschwaden seiner Räucherstäbchen geschwängert war. Die Luft hätte man beinahe schneiden können. Auch die Flammen der Kerzen züngelten nur wenig aus Mangel an Sauerstoff. Jählings, für Akabott nicht unerwartet, sprang die Tür auf. Ein Windstoß fegte durch den Raum und für wenige Sekunden stand der Antiquitätenhändler im Dunkeln, weil seine unzähligen Kerzen erloschen. Der Wirbel materialisierte sich unter dem Türrahmen und einen Moment später hielten sich die kleinen Feuerzungen der Kerzen wieder an ihrem Docht fest. Die imposante Erscheinung des Dämons nahm den kompletten Raum zwischen den Pfosten ein und er fixierte mit ernster Miene seinen Gebieter. »Weshalb dieser Mann, Akabott? Warum er? Er gehört nicht in diese Blutlinie. Weshalb also musste ich ihn töten?« Du hast doch nicht etwa ein schlechtes Gewissen? Ein Dämon mit Gewissen, ha, dass ich nicht lache. »Ich mag ein Wesen aus einer anderen Zeit sein, doch das bedeutet nicht zwangsläufig, dass ich schlecht bin. Ich kann nur so gut sein wie derjenige, der mir gebietet. Das heißt nicht, dass ich skrupellos bin ...« »Ach sei still, du mordender Lufthauch.« Akabott winkte ab. »Ich musste testen, ob das mit dir auch wirklich funktioniert, nachdem du mich vor vielen Jahren enttäuscht hast.« Mit strengem Gesichtsausdruck hielt er dem Dämon dessen Seelentrog entgegen. »Solange ich dieses Buch in meinen Händen halte, wirst du tun, was ich dir sage. Der Gronauer musste sterben, weil er mich sonst verraten hätte. Er wusste einfach zu viel. Am Ende warnt er Julia ... Meine Isabelle hat mich betrogen und mich um meine Ehre gebracht. Damals konnte ich mich nicht so rächen, wie ich wollte. Viel zu lange musste ich auf eine neue Gelegenheit zur Vergeltung warten. Jetzt ist sie endlich da. Bevor ich von dieser Erde gehe, schicke ich alle Nachfahren meiner Frau voraus.« Siegessicher streichelte er den Einband des Buches. »Das war vor über 160 Jahren. Julia kann doch nichts für die Taten ihrer Vorfahrin. Mit Verlaub, Ihr hattet Euch das selbst zuzuschreiben, dass Euch Eure Frau davongelaufen ist. Ihr ...!« »SCHWEIG!«, schrie Algäsius Akabott mit zorngerötetem Gesicht dazwischen. »Ich glaube nicht, dass du dich erdreisten darfst, so über mich zu urteilen. Schließlich bist du derjenige, der diese Menschen umbringt.« »Nein, nicht ich, Ihr seid der eigentliche Mörder.« Der Wind nahm erneut zu, angestachelt vom Zorn, der in dem Dämon brannte. »Geh ... geh und lass mir meine Ruhe. Für heute ist es genug. Ich muss herausfinden, wo sich Julias Eltern aufhalten, damit ich dir den nächsten Auftrag geben kann. Julia heben wir bis zuletzt auf. Für sie überlege ich mir etwas ganz Besonderes.« »Wie Ihr wisst, kann ich ihr nichts antun!« Mit verächtlicher Betonung warf der Dämon dem Alten diese Worte an den Kopf. »Ja, ja, dessen bin ich mir bewusst, aber sie wird sicherlich zu mir kommen, um nach Antworten zu suchen und dann werde ich schon den geeigneten Moment finden, um ihr etwas zu geben, was ihr Leben beenden wird.

Das überlass getrost mir. Jetzt lass mir endlich meine Ruhe.« Mit diesen abschließenden Worten drehte Akabott dem Dämon den Rücken zu und eine Sekunde später löste sich Ilya Duvent in einem Luftwirbel auf und verschwand. Siegessicher stand er da, Algäsius Akabott, inmitten seiner alten Bücher. Schon seit unendlich langen Zeiten suchte er in ihnen nach Hinweisen, seinen Racheplan so präzise wie möglich auszuführen. Jahrzehnt um Jahrzehnt hatte er in diesem Raum verbracht und dabei kaum bemerkt, wie die Zeit verstrich und er steinalt geworden war. Sein Hass, seine Rachegelüste hatten ihn ständig vorangetrieben, nach weiteren Möglichkeiten zu suchen, auch wenn zumeist die Spuren im Sande verlaufen waren. Dann jedoch half ihm ein Zufall, als er in einem kleinen Bergdorf das alte Heimatmuseum besuchte und dort in Bermersbach auf den Seelentrog gestoßen war. Die Menschen in Bermersbach ahnten nicht, welcher Schatz sich bei ihnen verborgen hielt.

# Die Menschen verstehen den Ursprung des Bösen nicht, weil sie nicht an den Ursprung des Guten glauben.

*(© Pavel Kosorin \*1964, tschechischer Schriftsteller und Aphoristiker)*

Ein Blick auf die Uhr offenbarte ihr, dass es schon Viertel vor drei war. Julia stöhnte, drehte sich auf die Seite und starrte in die Dunkelheit. Sie war aufgewühlt, dachte über den geheimnisvollen Fremden nach. Kaum traten die Bilder des Aufeinandertreffens mit diesem Dämon vor ihr geistiges Auge, verkrampfte sich ihr Magen. Gleichzeitig hoffte sie, dass Steven etwas über die Hexe herausfinden würde. Wenn es damals eine Möglichkeit gab, den Dämon zu bannen, musste es heute auch funktionieren.

Es hatte einfach keinen Sinn, sie fand nicht in den Schlaf. Die Überlegungen ließen ihr einfach keine Ruhe. Genervt stand sie auf, zog den Rollladen nach oben und öffnete beide Fensterflügel. Frische Nachtluft strömte herein und kurz erschauderte Julia, obwohl sie nicht fror. Das schlechte Wetter vom Nachmittag hatte sich verzogen. Es war mittlerweile fast sternenklar am Himmel. Das Licht des zunehmenden Mondes genügte, als sie sich ein Glas Wasser einschenkte. Erneut von den Ereignissen in Bann gezogen, stand sie am Fenster und hing ihren Gedanken nach. Ob er ihre Fragen beantworten würde, wenn sie ihn noch mal träfe? Mit einem Mal wirbelte ein Windstoß in ihr Schlafzimmer und deutlich spürte sie diese Berührungen, die einer Liebkosung gleichkamen. Sollte sie sich freuen ... durfte sie sich freuen? Blitzschnell drehte sie sich um, blickte in die Raummitte, in der sich ein harmloser Wirbelwind mehr und mehr personifizierte. Hätte ihr jemand erzählt, dass es einen Dämon gibt, der wie ein Windhauch durch die Lüfte schwebt, sie hätte ihn für verrückt erklärt. Ohne Frage, da stand sie und im fahlen Mondlicht, mitten in ihrem Schlafzimmer, materialisierte sich ein Wesen, das mit nichts zu vergleichen war. Genauso liebenswürdig wie erschreckend. Und hätte sie nicht schon gewusst, dass er ihr nichts tun kann, sie wäre schreiend davongelaufen, trotz der magischen Anziehung, die er auf sie ausübte.

»Wenn ich es nicht besser wüsste, würde ich vermuten, Sie hat auf mich gewartet?« Mit einem kurzen verschmitzten Grinsen trat er, sich seiner Macht bewusst, näher an sie heran.

»Mitnichten, Ilya Duvent! Ich konnte nicht schlafen und stehe hier, um mich beim Zählen der Sterne müde zu machen.« Rasch schloss sie das Fenster. Verlegen kichernd wurde ihr bewusst, dass sie außer einem langen Schlafshirt nichts anhatte. Er nahm ihre Hand, um einen Kuss darauf zu hauchen, was ihr eine höllische Gänsehaut über den Rücken jagte. »Was treibt Sie um, mitten in der Nacht? Weshalb erachten Sie es für notwendig, mich zu dieser gottlosen Stunde aufzusuchen?« Jetzt erst stellte sie

erstaunt fest, dass er keineswegs freundlich dreinschaute. Er wirkte eher besorgt, gar betrübt. »Meine
Liebe, ich möchte Ihnen eine weniger schöne Mitteilung machen. Ich musste meiner Aufgabe gerecht
werden und fürchte, dass ich auch die weiteren
Befehle nicht verhindern kann. Das Ergebnis meiner
Tat wird Ihnen nicht gefallen!« Julia wollte ihre Hand
wegziehen, jedoch ließ er das nicht zu. Obwohl ihr
das nicht sehr angenehm war, spürte sie dennoch
seine Zerrissenheit und sein Gewissen, mit dem er zu
kämpfen schien. »Warum? ... Warum kommen Sie
überhaupt zu mir? Wollen Sie mir Angst einjagen?«
»Sicher nicht! Mir liegt eher daran, Sie zu warnen.
Akabott will Ihre gesamte Familie auslöschen und das
nur, weil er nicht von diesen Rachegedanken los-
kommt. Sie verzehren ihn und gleichzeitig halten sie
ihn auf eine schier unglaubliche Weise am Leben. Das
Furchtbare daran wird sein, dass ich dazu verdammt
bin, diese Mordtaten durchzuführen.« Prüfend blickte
er sie an, auf eine Antwort wartend.

     »Was kann ich tun? Wie kann man sich vor
jemanden wie Ihnen verstecken? ...«, sie stockte kurz
und redete dann mit dem Anflug eines Lächelns
weiter, »... wie dir! Wie kann ich meine Eltern warnen,
die ich noch nicht mal erreiche?« Mit einem Ruck
befreite sich Julia endlich von seinem Griff. Wie fort-
geblasen das schöne träumerische Gefühl, mit welchem sie sich dem Gedanken an ihn, vor seinem
Erscheinen, hingegeben hatte. Er wandte sich dem
Fenster zu und schaute hinaus. Erkannte sie einen

Anflug von Traurigkeit auf seinem Gesicht? Ein Schritt und sie stand direkt neben ihm, legte ihre Hand auf seine, da er sich am Fensterrahmen abstützte. »Was ist passiert? Du willst mir doch mehr sagen, habe ich recht?« Minutenlanges Schweigen herrschte zwischen den beiden. Allein die Geräusche der Nacht drangen zu ihnen durch. »Du wirst in der Frühe einen Toten zu beklagen haben. Geh wie immer in den Laden. Doch sei gewappnet, dein Chef und Wohltäter wird nicht kommen.« Julia traute ihren Ohren nicht. Erklärte Ilya Duvent da eben, dass Herr Gronauer nicht mehr am Leben sei? »Nein ... das kann nicht sein! Das hast du nicht getan? Das darfst du nicht! Du kommst zu mir, um mir zu sagen, dass du ihn getötet hast?« Julias Stimme wurde immer lauter, ihr Herz schlug schneller und schneller, sie war kurz vor einer Ohnmacht. Jetzt vergrub sie ihre Finger in seinen Arm, wollte, dass er sie ansah, was ihm sichtlich schwerfiel. »Sag es ... sag es mir ins Gesicht, was hast du getan?«

Endlich drehte er sich zu ihr, sah ihr eindringlich in die Augen und in diesem Moment wusste sie, dass er die Wahrheit sprach und seine folgenschweren Worte rissen eine tiefe Wunde in ihre Seele. »Ich habe ihn getötet heute Nacht. Ich musste es tun, weil ich keine andere Wahl hatte.« Julia schluchzte auf, hielt sich die Hände vor das Gesicht. »Nein! Nein! Nein! Ich glaub das nicht! Nein! Unmöglich! Neiiin!« Sie hyperventilierte, mit den Armen in Abwehrhaltung, so als wollte sie die Worte, die der Dämon sprach, abwehren. Darauffolgend erfasste Julia ein Schwindel, kurz bevor ihre Beine nachgeben wollten, fing er sie auf und hielt sie fest in seinen Armen. Während sie schrie, weinte und das Gefühl hatte, als verlöre sie jeglichen Boden unter den Füßen, sog er den Duft ihrer Haare tief in sich ein. Nein, er durfte nicht zulassen, dass der abgrundtief böse Akabott diesem unschuldigen, liebreizenden jungen Mädchen etwas antat. Würde er dies erlauben, hätte sein damaliger Ungehorsam jeden Sinn verloren. Er war damals nicht in der Lage gewesen, Julias Ururgroßmutter zu töten, weil er gespürt hatte, dass in der gequälten jungen Frau, trotz des Ehebruches, ein liebenswertes und anständiges Herz schlug. Nicht nur eins, da sie den Spross ihres Liebhabers Gustave in sich trug. Und natürlich war er sofort ihrer unvergleichlichen Schönheit verfallen, als er vor ihr stand, nachdem er ihren Geliebten umgebracht hatte. Julia löste die gleichen Gefühle in ihm aus wie damals vor vielen, vielen Jahren ihre Vorfahrin.

Im Grunde wäre es die Chance für Ilya Duvent, endlich von seinem unwürdigen Dasein erlöst zu werden. Julia müsste ihn einfach nur lieben. Doch er wusste, diese Chance hatte er vertan. In dem Moment vertan, als Akabott ihn auf den alten Buchladenbesitzer gehetzt hatte. So stand der Dämon nur bedrückt da, Julia im Arm, mit dem Versuch sie zu trösten. Er war sich seiner Unfähigkeit bewusst, gegen die Macht anzukämpfen, die über ihn verfügte. Im Grunde war er wehrlos. Ihm war klar, dass er der jungen Frau noch mehr seelische Qualen zufügen würde. Bei diesem Gedanken spürte er einen stechenden Schmerz in seiner Brust, dort wo sein Herz lag, denn er konnte Julia in ihrem Leid kaum Linderung verschaffen.

Behutsam strich er mit seiner Hand über ihre Augen und just in dieser Sekunde sank sie in sich zusammen. Vorsichtig legte Ilya die Ohnmächtige auf ihr Bett und überließ sie einem hoffentlich heilenden Schlaf. Lange Zeit betrachtete er bewegt Julias Gesicht. Friedlich atmend lag sie da und je länger er in ihrer Nähe verweilte, umso mehr krampfte sich sein Innerstes, von Sehnsucht geplagt, zusammen, aller Hoffnung beraubt, sie jemals an seiner Seite zu wissen. Er ahnte, sie würde ihn für das, was er getan hatte und noch tun musste, hassen.

Der folgende Samstagmorgen war wohl der Schlimmste in Julias bisherigen Leben. Noch bevor sie der Wecker aus dem Schlaf holte, klingelte es Sturm an ihrer Haustür. Schlaftrunken schaute sie verwirrt um sich. Sie wurde das Gefühl nicht los, von einem bizarren Traum geplagt worden zu sein. Sie wollte einfach glauben, dass es nur ein Traum gewesen war. Leider wurde sie schnell von der Realität eingeholt und musste sich anhören, dass der vermeintliche Traum entsetzliche Wahrheit war. Die zwei Polizisten, die zu ihr gekommen waren, teilten ihr mit, was in der Nacht geschehen war. Sie baten Julia, sie in den Buchladen zu begleiten und klärten sie auf dem Weg dahin behutsam über das Geschehene auf. Doch Julia konnte und wollte die Tatsache einfach nicht wahrhaben. Erst als sie das angetrocknete Blut sah, dort, wo man Herrn Gronauer gefunden hatte, brach sie in Tränen aus. Sie wurde gebeten, zu überprüfen, ob im Laden etwas fehlte. Weshalb sollte sie nachschauen, sie wusste ja, dass dies nicht der Fall war. Mechanisch hatte sie Steven angerufen, der wenige Minuten danach den Ort des Schreckens erreichte. Mit ihm konnte sie wenigstens reden. Die Beamten hätten sie sicherlich für verrückt erklärt, wenn sie ihnen erzählt hätte, dass sie schon gewusst hatte, was geschehen war. Zudem, dass es ein Dämon war, der diesen Mord verübt hatte. Steven unterdessen blickte sie bestürzt an, als sie ihm von ihrem nächtlichen Besuch berichtete, immer wieder unauffällig zu den Beamten schielend. Die sollten davon nichts mitbekommen. Steven bereute, dass er nicht bei ihr geblieben war. »Ich hätte es vorhersehen müssen. Ab sofort werde ich jetzt nachts bei dir schlafen. Da dulde ich keine Widerrede. Du darfst keinesfalls mehr allein bleiben, wer weiß, was dieser wüste Typ noch alles treibt.« »Steven, du tust ihm unrecht. Er kann nichts dafür. Dieser Akabott ist schuld an allem. Solange dieser üble Mensch das bewusste Buch in seinen Händen hält, haben wir keine Chance, etwas zu unternehmen ... und eigentlich ...«, Julia senkte ihren Kopf und wieder rannen Tränen über ihre Wangen, »... im Grunde bin ich nicht schuldlos, denn ich habe schließlich den Dämon aus dem Buch herausgelesen. Ich ganz allein war dazu in der Lage. Damit habe ich Herrn Gronauer jetzt auf dem Gewissen.« Schluchzend versteckte sie ihr Gesicht hinter einem Taschentuch. »Rede keinen Unsinn! Du kannst nichts dafür. Akabott hat das alles eingefädelt. Er wusste von deinem Chef, wer du bist.« Nachdenklich vor sich hinstarrend saßen beide einige Minuten da. »Konntest du denn noch etwas herausfinden?« Wollte Julia mit erstickter Stimme wissen. Steven zog sie mit sich nach hinten zur Abstellkammer. »Allerdings! In dem Haus, das immer noch in der Kurve der Hexengasse steht, wohnt jetzt eine Sheila Yourigca. Vermutlich ist sie eine Enkelin von dieser Irina Yourigca, die damals den Dämon heraufbeschworen und ihn später ins Buch zurück verbannt hatte. Zu ihr sollten wir gehen. Vielleicht hat sie ja die gleichen Fähigkeiten wie ihre Vorfahrin, das mit dem Verbannen und so.« Abermals schnäuzte sich Julia die Nase. »Wie bist du auf sie gestoßen?« »Sie inseriert in der Zeitung, erstellt Horoskope, liest aus der Hand und bietet Lebensberatung und so einen Kram an.« »Sollten wir nicht vorher anrufen?« »Nein. Ich würde sagen, wir gehen direkt zu ihr. Ohne Vorwarnung!« Steven und Julia unterhielten sich noch eine Weile. Sie wollten vor den Polizisten den Schein wahren, vor allem, damit keine unnötigen Fragen aufkämen, wenn sie überstürzt den Tatort verlassen würden. Kurz vor Mittag bekamen die beiden noch einmal Besuch von einer Polizistin, die ihnen mitteilte, dass die Untersuchungen am Tatort im Großen und Ganzen abgeschlossen wären. Julia fühlte sich emotional nicht in der Lage, den normalen Ladenbetrieb wieder aufzunehmen. Außerdem musste zunächst erst einmal geklärt werden, ob sie überhaupt den Laden weiter betreiben durfte. Es stand ja auch noch aus, die Verwandtschaft von Herrn Gronauer zu informieren, die nach dem Tod des Inhabers entscheiden mussten, was aus dem Buchladen werden sollte. Deshalb hängte sie ein Schild in die Tür, darauf stand:

> Bis auf Weiteres geschlossen.

Mit dem Abzug der Beamten und der Spurensicherung kehrte schnell eine fast beängstigende Ruhe ein. Nur der ein oder andere Fußgänger schlenderte vorbei, anfänglich sicherlich aus Neugier, später eher zufällig. Steven und Julia sicherten den Laden und ließen die Jalousien herunter. Ohne weitere Worte zu verlieren, eilten sie danach die Herrenstraße entlang bis zur Engelstraße, um von dort in die Hexengasse zu gelangen. »Sag Julia, wieso sagst du eigentlich immer Hexegässel?« »Ganz einfach! Der eingefleischte Rastatter kennt die Gasse unter diesem Namen. Ich weiß das von meiner Großmutter. Die hat mir mal erzählt, dass sie als kleines Mädchen immer Angst hatte, wenn sie dort hindurchlaufen musste. Mich wundert, dass du diesen Ausdruck nicht kennst.« »Das liegt wohl daran, dass ich einige Jahre nicht in Rastatt verbracht habe. Meine Eltern sind nicht von hier, sie sind zugezogen. Denen ist dieser gebräuchliche Ausdruck sicherlich nicht bekannt. Hat das denn eine Bewandtnis?« »Sicher!«, gab Julia zum

Besten. »Damals, zu den Zeiten, als es noch Hexenverfolgungen gab, wurden in Rastatt auch einige verbrannt. Da die Stadtbewohner nicht wollten, dass dies in der Stadt geschieht, wurden die angeblichen Hexen durch dieses Gässel aus der Stadt herausgeführt und dort draußen auf ungeweihtem Boden verbrannt.«

»Wahnsinn! Echte Hexenverbrennungen in Rastatt? Gut, dass du damals nicht gelebt hast.« Diesen vermeintlichen Witz konnte er sich nicht verkneifen. Seine Bemerkung rang Julia ein kurzes Lächeln ab, das jedoch schnell wieder dem traurigen Ausdruck Platz machen musste.

Etwa 15 Minuten später standen die beiden vor einem alten Bauwerk mit der Nummer 6, einem kleinen, eher unscheinbaren, aber gut gepflegten Fachwerkhäuschen. Die hölzernen Fensterläden am Haus, die mit Efeu berangte Steinmauer der Gasse und das Kopfsteinpflaster verliehen dem Stadtteil von Rastatt ein ganz besonderes Flair. Man fühlte sich hier beinahe ins Mittelalter zurückversetzt. Nur die schweren Lastkutschen, die damals von riesigen Kaltblütern gezogen wurden, die gab es nicht mehr, sie hatten modernen Autos weichen müssen. Außer Atem standen Steven und Julia mit gemischten Gefühlen vor dem Haus. Sie betrachteten das an der Haustür befestigte Schild, auf dem die unterschiedlichen Tätigkeiten aufgeführt waren, mit denen die Bewohnerin ihren Unterhalt bestreiten würde. Nachdem sich Julia ein wenig beruhigt hatte, drückte sie entschlossen auf den messingfarbenen Klingelknopf.

Ein lautes Schellen erklang. Wenige Sekunden später wurde die alte Haustür schlagartig aufgerissen. Völlig überrascht starrte Julia auf eine gut aussehende Frau mittleren Alters. Schätzungsweise der gleiche Jahrgang, wie ihre Mutter. Das dunkelbraune, wellige Haar hatte die Frau gekonnt nach hinten gebunden. Ein buntes Patchwork-Kleid umschmeichelte ihre schlanke Figur. Passend dazu schlang sich ein dicker Wollschal um ihre Schultern. Julia drehte sich verdutzt zu Steven um, der immer noch etwas abseits stand. Sein Blick wirkte ebenso überrascht und er zuckte hilflos mit den Schultern. Beide hatten sich unter der Dame ein hutzeliges altes Weibchen vorgestellt, womöglich mit einer Warze auf der Nase. Eben so, wie man sich wohl eine Hexe vorstellen würde. Die Dame lächelte verstehend. »Ich kann mich nicht erinnern, einen Termin festgelegt zu haben. Was also kann ich für euch tun?« »Ich bin Julia Brunner. Julia Isabelle Brunner. Das ist mein Freund Steven«, sie deutete auf ihn, »wir haben ein Problem, bei dem wir hoffen, dass Sie uns helfen können«. »Für zwischenmenschliche Probleme gibt es Beratungsstellen. Zugunsten von solcherlei Firlefanz kann ich keine Zeit aufwenden.« Sie machte Anstalten, die Tür zu verschließen. Julia protestierte zaghaft und redete einfach weiter, ihre verweinte Stimme sprach Bände. »Der Mädchenname meiner Großmutter lautete Ventus. Der Name sagt Ihnen vielleicht etwas. Ich glaube, zu wissen, dass Ihre Großmutter meine Ururgroßmutter kannte und ihr geholfen hat«, Julia schluchzte

heftig, aus Angst, diese Frau könnte sie abweisen. »...
Und jetzt könnten wir ihre Hilfe gebrauchen.« Die
großen, dunkel umrandeten Augen von Sheila Yourigca blickten Julia erstaunt an. »Ich glaube nicht, dass
ich euch helfen kann. Das war lange vor meiner Zeit.
Wenn ihr die Praktiken meiner Großmutter meint, die
übe ich nicht aus, tut mir leid.« »Frau Yourigca ... bitte
... mir ist ein Missgeschick passiert. Ich habe Ilya
Duvent befreit. Bitte ... Sie sind meine einzige Hoffnung.« Die flehenden Blicke von Julia, das verheulte
Gesicht und die weinerliche Stimme erweichten das
Herz von Sheila Yourigca. Sie atmete tief durch, verspürte sie doch einen Anflug von Mitleid mit der
jungen Frau. Sie ahnte, dass ein kaum aufzuhaltendes
Unheil über Julia schwebte und beschloss in diesem
Moment, sich doch anzuhören, was die beiden zu
erzählen hatten. Sich damit zu outen, dass sie doch
über die obskuren Praktiken Bescheid wusste, nahm
sie dabei in Kauf. Wortlos verschwand sie im Haus,
ließ jedoch die Tür mit einer eindeutigen Geste weit
geöffnet. Hilflos blieb Julia zunächst stehen, bis Steven
sie sanft über die Schwelle schob.

Sie betraten ein Meer von Farben und
Formen. Überall hingen Glasperlenspiele. Unzählige
Kerzen brannten und verbreiteten einen betörenden
Duft. Die Zeit schien hier etwas langsamer zu ver-
gehen. Mit einem kleinen Tablett in der Hand tauchte
Sheila Yourigca wie aus dem Nichts auf und deutete
ihnen an, ihr zu folgen. Sie sah die erstaunten Gesich-
ter. »Lasst euch nicht allzu sehr von diesem ganzen

Brimborium und Tamtam hier beeindrucken oder gar stören. Die Leute wollen das so, wenn sie zu mir kommen. Ohne das würde ich wohl weniger glaubwürdig auf sie wirken. Schon komisch, oder?« Sie führte die beiden in einen sechseckig angelegten Raum, der an drei seiner kleinen Wände noch winzigere Fenster besaß. Die ohnehin schon niedrige Decke war behangen von unzähligen bunten Tüchern, durch die das Licht der Deckenbeleuchtung nur schwach hindurchschimmerte. Am Boden hatte sie zig Kerzenlaternen stehen, aus denen teilweise sogar das Wachs herauslief. Ein runder antik anmutender Tisch zierte die Mitte des Zimmers und um ihn herum standen fünf bequeme Sesselstühle. Mit Bedacht stellte sie die Teekanne und die dazugehörigen Tassen auf ein ebenso antikes Sideboard. Fasziniert betrachtete Julia diese alten Möbel und das Drumherum. Ihrem geübten Auge fiel sofort auf, dass die Keramikfiguren, Schüsseln und Vasen aus anderen Epochen stammten und teilweise sogar aus dem Ausland. Die Handgelenke der Frau waren umringt von zahlreichen Armreifen. Ihren Hals schmückte eine lange silberne Kette. Der ovale Anhänger hatte die Größe eines zu klein geratenen Hühnereis. Er war auf der einen Hälfte mit einem silbergefassten Smaragd und auf der anderen Hälfte mit einem ebenfalls silbergefassten Rubin bestückt. Julias Blick wurde magisch vom Funkeln der Steine angezogen. »Das Schmuckstück wirkt sehr alt? Es ist sehr schön.« Geschmeichelt über das Interesse ihres unvorhergesehenen Gastes beugte sie sich vor und ließ Julia den Anhänger berühren, ohne dabei die Kette vom Hals zu lösen. »Das ist ein altes Familienerbstück. Wenn ich ehrlich bin, weiß ich nicht, wie lange es zurückreicht. Meine Mutter erwähnte nur allzu oft, dass ich gut darauf Acht geben sollte, weil der Anhänger sehr wertvoll sei.« »Was sind das für Kerben?«, bemerkte Julia, die ihn genauer betrachtete. »Halte ihn mal gegen das Licht, dann siehst du es.« Das ließ Julia sich nicht zweimal sagen. Vorsichtig drehte sie den Stein und hielt ihn gegen das Kerzenlicht. Sie staunte über die zarte Gravur. Im ersten Moment fiel es ihr schwer, zu erkennen, was sie darstellen sollte. Nach längerem Betrachten wandte sie sich fragend an Frau Yourigca. »Das sieht aus wie kleine Schlüssel?« »Du hast recht. Es sind in der Tat kleine Schlüssel. Ich habe allerdings keine Ahnung, ob sie irgendeine Bedeutung haben. Jetzt aber genug davon.« Sie zog Julia den Stein aus der Hand. »Kommt, setzt euch! Ich hole noch ein paar Kekse, dann bin ich für euch da. Schenke du uns schon mal Tee ein«, zeigte sie auf Julia und verschwand für einen Augenblick. Benommen von dieser seltsamen Atmosphäre tat Julia, was die Frau verlangte. Bevor sie jedoch den Tee in die Tassen goss, nahm sie den feinen Duft aus der Kanne wahr. Ob sie das wirklich trinken sollten? »Das ist Jasmin-Tee. Den habe ich mir gekauft, als ich letztes Jahr in Japan war. So einen bekommt man in den hiesigen Läden nicht. Jetzt setzt euch schon, ich beiße nicht.« Erklärte Sheila Yourigca mit einem leichten Schmunzeln auf den Lippen.

Sie selbst nahm auf der Fensterseite Platz. Natürlich hatte sie bemerkt, wie vorsichtig Julia den Tee beäugte. »Wie schon erwähnt. Ich praktiziere nicht in der Form, wie es meine Vorfahren wohl der Überlieferung nach taten. Daher wird es schwierig werden, euch in dem gewünschten Maße zu helfen. Erzählt, was genau ist denn geschehen?« »Sind Sie Sheila Yourigca?« Wollte Steven dann erst einmal ohne Umschweife wissen. Noch blieb er stehen, zog aber die Teetasse zu sich her, nahm sich vom Kandiszucker und rührte den dampfenden Inhalt. Julia setzte sich, beide behielten jedoch ihre Jacken an. Sheila atmete tief durch. Sie hatte Verständnis für die Skepsis der jungen Leute. Immerhin vermutete sie schon, dass das Ereignis, welches Julia und Steven zu ihr geführt hatte, harter Tobak für die beiden gewesen sein musste. Sie betrachtete Julia etwas genauer und zog dabei fasziniert die Augenbrauen nach oben. »Kind, du siehst deiner Vorfahrin wirklich sehr ähnlich. Ich war noch zu jung, kannte sie nur von Bildern und von den Erzählungen meiner Großmutter. Sie waren beide im gleichen Alter, wie du dir denken kannst.« Und dann, mit offenem Blick zu Steven. »Ja, ich bin Sheila ... Sheila Yourigca! Ihr seid bei mir richtig.« Jetzt wandte sie sich wieder Julia zu. »... und ich nehme an, dass der alte Akabott es tatsächlich geschafft hat, dich dazu zu bringen, in diesem Buch zu lesen.« Es klang mehr nach einer Feststellung als nach einer Frage. Schließlich lachte sie auf, als sie die überraschten Gesichter der beiden sah. »Ja, ihr habt richtig gehört.

Ich kenne diese Ereignisse nur allzu gut. Sie wurden in unserer Familie sehr detailliert weitergegeben, in der Hoffnung, dass nie eine von uns eingreifen müsste.« Steven setzte an, Julia allerdings kam ihm zuvor. »Sie müssen unser unangemeldetes Erscheinen entschuldigen. Anscheinend wissen Sie Bescheid, so brauchen wir nicht viel erklären. Es stimmt, Algäsius Akabott hat es in der Tat geschafft, dass ich Ilya Duvent freigelesen habe und das sogar aus eigenem Antrieb, ohne zu wissen, was ich damit anrichte. Anschließend war dieser Dämon bei mir im Laden und jetzt hat er letzte Nacht auch noch meinen Chef ermordet. Und ...!« Tränen schossen wieder aus Julias Augen. Sie schluchzte und nahm dankend das Taschentuch, das ihr Steven reichte. »So, ihr habt also dem Dämon die Freiheit geschenkt. Hm ...! Mir leuchtet ein, was ihr euch von mir erhofft. Nun, ich muss noch mal sagen, dass ich die Praktiken meiner Groß- mutter nie ausgeführt habe. Ich kenne wohl eine Viel- zahl von Anwendungsmöglichkeiten, habe mich davon allerdings immer strikt distanziert. Heutzu- tage wird es nicht gern gesehen, wenn man sich mit Mächten und Kräften einlässt, die aus den alten Zeiten stammen. Das ist sehr problematisch. Die meis- ten Menschen heute haben kein Verständnis für solche Praktiken. Es gibt auch Leute, die würden nur Kapital daraus schlagen und sich auf unliebsame Weise berei- chern wollen. Was aber gewiss viel schlimmer ist, sind diejenigen wie Akabott, die solche Wesen benutzen, um ihre Rachegedanken auszuleben.« Ihre tiefe melodische Stimme hallte in den Ohren ihrer Besucher nach. Betreten blickte Julia auf die Hände in ihrem Schoß, die verzweifelt das Taschentuch kneteten. Unaufhörlich rannen ihr Tränen über die Wangen. »Es ist alles meine Schuld. Wenn ich nicht so neugierig gewesen wäre und in diesem Buch gelesen hätte ...!« Steven kniete mittlerweile neben ihr, einen Arm tröstend um sie gelegt. »Liebes, du konntest doch nicht wissen, was passiert!« »Da gebe ich ihm Recht, deinem Freund. Das konntest du nicht und ihr dürft diesem Dämon auch nicht die unbedingte Schuld zuteilwerden lassen. Er kann nicht anders. Derjenige, der seinen Seelentrog in den Händen hält, kann ihm befehlen. Aber ich denke, das wisst ihr alles schon. Euch geht es um etwas anderes, habe ich recht?« Das Nicken beider Köpfe bejahte die Frage. »Ganz ehrlich? ... Ich habe keine Ahnung, wie man so etwas macht. Ich kann wohl versuchen, diesen Dämon zurück in seinen Seelentrog zu zwingen. Eine Garantie, dass es funktioniert, kann ich euch nicht geben.« Sie erhob sich. »Ich schaue mal eben, wo die Bücher meiner Großmutter sind. Darin finden wir vielleicht die Informationen, die wir benötigen, um dem Treiben des Dämons Einhalt zu gebieten.«

Wenige Minuten später kam sie zurück, einen Stapel alter verstaubter Bücher auf den Armen. Sheila Yourigca hielt das junge Paar an, mit ihr gemeinsam nach Hinweisen zu suchen. Viele dieser Notizen und Aufzeichnungen konnten sie überhaupt nicht entziffern. Einiges war auf lateinisch, wieder anderes in

Französisch geschrieben. Sicherlich würde es einige Zeit in Anspruch nehmen, bis sie fündig würden und so tischte Frau Yourigca ihnen noch mal frischen Tee und Gebäck auf.

Während Julia und Steven dabei waren, mithilfe von Sheila Yourigca eine Lösung zu finden, plante Algäsius Akabott seinen nächsten Feldzug. Er musste Julias Mutter und deren Geschwister finden, Julias Onkel Peter und ihre Tante Isolde. Peter lebte in Frankreich, in der Nähe von Orange und die Schwester ihrer Mutter befand sich mit ihrem Partner auf Kreta, gemeinsam mit Julias Eltern. Algäsius Akabott saß am runden Tisch, in seinem vom Rauch der Räucherstäbchen durchzogenen Hinterzimmer. Er hatte ihn inzwischen abgeräumt. In einem Halbkreis standen Kerzen darauf und in der Mitte lag aufgeschlagen das Buch, der Seelentrog von Ilya Duvent. Die Seiten waren mit verwirrenden Zeichen und Runen beschriftet. Selbst er vermochte sie nicht zu lesen, geschweige denn zu deuten. Er wusste nur eines, er hatte Macht über diesen Dämon und diese Macht würde ihm hoffentlich dazu verhelfen, seine innere Ruhe und Zufriedenheit wieder zu bringen und ihn von diesem ewigen Dasein befreien. Mit geschlossenen Augen saß er davor, die Hände auf die Seiten gelegt und murmelte leise vor sich hin. Sein Oberkörper wiegte sich langsam vor und zurück. Mit einem Mal schien sich der blasse Dunst der Räucherstäbchen in die Mitte des Raumes zu ziehen. Das Tempo, mit dem der Rauch um einen imaginären Punkt kreiste, nahm rasant zu.

Es bot ein unwirkliches Bild, bei dem man hätte meinen können, es täte sich eine Tür zu einer anderen Welt auf. Doch nichts dergleichen geschah. Es dauerte einige Sekunden, der Wirbel verdichtete sich mehr und mehr. Dann stand er da, Ilya Duvent. Der Ausdruck in seinem Gesicht sprach Bände. Die Widerwärtigkeit, die er verspürte, wenn er Akabott gegenüberstand, hielt er nicht zurück. »Wo bleibst du, du elende Kreatur des Bösen. Lässt mich warten wie eine Mätresse. Ich sagte, du sollst wieder zurückkommen. Muss ich dich erst zwingen, dass du tust, was ich dir befehle?« »Ich habe versucht herauszufinden, was ihr wolltet. Wozu also der Unmut?« »Hast du in Erfahrung bringen können, wo sie sich aufhalten? Hat sie es dir erzählt?« »Nein, habe ich nicht, weil ich sie nicht zu Hause angetroffen habe. Sie war nicht da. Ich habe auch bei ihrem Freund nachgesehen. Nichts, keine Spur von den beiden.« »Ah, einen Freund hat sie ... Das ist gut. So haben wir ein Druckmittel, falls sie uns nichts sagen will. Was denkst du, weiß er von dieser Angelegenheit?« Der Dämon zuckte mit den Schultern. Algäsius Akabott fixierte den unheimlichen Geist mit Argusaugen. »Du weißt etwas, das sehe ich dir an. Sag mir, wo sie ist?« Die Lippen fest aufeinanderpressend verharrte der Dämon und schaute finster zurück. Da legte Akabott seine Hände auf die Seiten des Buches und murmelte wieder unverständliche Dinge. Bis er schrie: »Ich befehle dir, sag mir, wo ist Julia?« Man spürte den inneren Kampf, den Ilya Duvent mit sich ausfocht. Leider blieb ihm keine andere Wahl, als sich den unliebsamen Wünschen von Akabott zu beugen. »Sie ist nicht zu Hause.« »Das sagtest du schon, aber wo ist sie hin? Du solltest herausfinden, wo sich ihre Familie aufhält.« »Sie waren bis kurz nach Mittag im Laden, Eurer Gendarmerie wegen. Dann ist sie mit ihrem Freund weggegangen.« »Und wohin, zum Kuckuck? Nun lass dir nicht jedes Wort einzeln von der Zunge kratzen.« »Sie sind in die Hexengasse, zu Sheila Yourigca. Der Enkelin der Hexe von damals.« »Waaaas?« Akabott sprang auf, nicht wenig entsetzt über diese Nachricht. »Das hatte ich nicht bedacht ... oh ja, das hatte ich nicht mit eingerechnet. Vollkommen vergessen hatte ich diese alte Kräuterfrau von damals. Bah! ... Kräuterfrau, dass ich nicht lache.« Plötzlich schlug er beide Hände auf das Buch und schrie mit seiner brüchigen Altmännerstimme. »Sie wird dein nächstes Opfer sein. Du wirst Sheila Yourigca töten, sie darf Julia auf keinen Fall helfen. Du wirst es tun, heute Nacht, und nun geh!« Mittlerweile saßen sie schon über zwei Stunden und blätterten Seite für Seite dieser alten Bücher durch. Bis Steven auf einmal von seinem Stuhl hochsprang. »Ich habe es ... ich glaube, ich habe es gefunden. Schaut her, hier steht als Überschrift ´Ein Seelentrog für Ilya Duvent`. Ganz sicher, das heißt Ilya Duvent. Das muss es sein.« Die Frauen beugten sich fast gleichzeitig über den Tisch. Steven schob das aufgeschlagene Buch zu Frau Yourigca hinüber, die konzentriert die Zeilen darunter las. Julia und Steven beobachteten sie genau. Jede ihrer Regungen versuchten sie zu deuten. Endlich schaute sie in freudigem Erstaunen auf und strahlte das Pärchen an.

»Zumindest wären wir hiermit einen Schritt weiter. Dies ist ein Hinweis darauf, wo wir den Bannspruch finden, der unseren Dämon zurück an sein Buch bindet.« »Ist er das nicht?« Hakte Steven enttäuscht nach. »Nein! Hier steht geschrieben, dass in den Tiefen von Rastatts Gefilden der Schlüssel den Weg weist. Der Pfad, der zu den ungeliebten Büchern führt, die in der Vergangenheit schon vielen Menschen den Tod brachten.« Ihre Stimme senkte sich geheimnisvoll. »Was bedeutet das?«, wollte Julia wissen. »Still Julia, lass sie erst mal lesen!« Dankbar lächelnd nickte Frau Yourigca Steven zu und beugte sich wieder über das aufgeschlagene Buch. »Nimm den Schlüssel, den du erblickst und öffne damit den Durchgang. Tritt ein in eine Welt, derer du mit Achtung und Vorsicht begegnen musst, sonst sie dich mit in die Tiefe reißt. Gewahre der Dinge, die du erfährst, wohl in dir und lass niemanden teilhaben an dieser Macht. Bedenke der Gefahr, die ausgeht von den Gewalten, die du entfesseln könntest. Sie könnten dich mit in die Tiefe reißen und du fändest dich in der Hölle wieder.« Julia bekam eine Gänsehaut. Unwillkürlich musste sie sich schütteln. »Das klingt unheimlich. Was bedeutet das?« »Keine Sorge, meine Liebe«, die Gastgeberin lehnte sich zurück, »dies hört sich sehr nach einem Hinweis auf die unterirdischen Kasematten an. Ich wäre nie auf die Idee gekommen, dort in Verbindung mit Ilya Duvent nach Anhaltspunkten zu suchen. Kein Wunder, dass ich bisher nichts gefunden habe.« »Vorhin behaupteten Sie, Sie würden nicht praktizieren, weshalb suchen Sie dann nach diesen alten Schriften?«, konnte sich Steven nicht verkneifen zu fragen und erntete von Julia dafür einen wütenden Blick. Sheila Yourigca stimmte zu. »Das tue ich wirklich nicht. Es ist nur so, dass diese Bücher und Aufzeichnungen, wenn sie in die falschen Hände geraten, viel Unheil anrichten können. Ich möchte sie ausschließlich sicher verwahrt wissen. Jetzt allerdings ...«, sie stand auf und schenkte Tee nach, »... rettet es Leben. Wir müssen die Sachen finden, uns bleibt keine andere Wahl. Ob ich will oder nicht, muss ich euch wohl dabei helfen. Ich hatte gehofft, dass dieser Moment nie eintrifft.« Nachdem sie die Glaskanne zurück auf das Sideboard gestellt hatte, begann sie hastig, jede einzelne der Schubladen aufzuziehen. Angestrengt suchte sie nach etwas. »Da ist sie!« Mit einem erfreuten Aufschrei hielt sie eine zerbeulte, angerostete, längliche Blechdose in die Höhe, stellte diese auf den Tisch und versuchte, sie mühevoll zu öffnen. Nachdem sie sich sogar noch einen Fingernagel abgebrochen hatte, sprang der Deckel plötzlich auf. Neugierig schauten Julia und Steven, was die Dose beherbergte. Julia klang ein wenig unglücklich. »Das sind ja nur Schlüssel. Unzählige rostige, alte Schlüssel, was sollen wir mit denen?« Sheila Yourigca lachte herzhaft, »dieser Satz: Dass in den Tiefen von Rastatts Gefilden der Schlüssel den Weg weist, ist der Hinweis, der mich der Sache endlich auf die Spur bringt. Ich erinnerte mich eben gerade an diese alten Schlüssel. Als mir meine Mutter damals diese Dose übergab, meinte sie zu mir: Diese Schlüssel werden dir einmal den Weg weisen und Tore öffnen. Ich behaupte, dass diese Puzzleteile zusammengesetzt bedeuten, dass wir uns mit diesen Schlüsseln hinunter in das Tunnelsystem von Rastatt begeben müssen. Ich bin mir jetzt sicher, dass wir dort unten den Bannspruch finden, der Ilya Duvent zurück an sein Buch bindet.«

Sheila war über ihre Entdeckung hocherfreut. Doch Julia und ihr Freund schauten recht niedergeschlagen drein. Die Hoffnung der beiden hielt sich immer noch in Grenzen, das konnte man ihren Gesichtsausdrücken entnehmen. »Die Frage ist nur, wie kommen wir da runter? Um einen Termin zu machen, haben wir keine Zeit. Wir müssen jetzt in diese unterirdischen Höhlen.« »Das sind keine Höhlen, Steven, das sind Kasematten. Die gibt es sowohl überirdisch als auch unterirdisch. Trotzdem gebe ich dir recht. Wir müssen da sofort rein, wir können nicht länger warten.« Aufgeregt knabberte Julia an ihren Fingernägeln mit Blick auf ihre Gastgeberin. Wie eine Statue saß die Frau da, mit starrem Blick auf die Blechdose und deren Inhalt. Meditativ versuchte Sheila Yourigca, die Erinnerungen an das hervorzukramen, was sie von der Mutter und der Großmutter in ihrer Jugend erfahren hatte. Minuten vergingen, in denen sie nicht im Geringsten auf Stevens und Julias besorgniserregende Unterhaltung reagierte. Doch dann: »... so müsste das funktionieren. Ich glaube, ich habe die Lösung gefunden.« Sie wurde lauter. »ABER KLAR, die Schlüssel weisen den Weg. Nur so kann es gehen ... Ich habe einen Weg in die Kasematten gefunden. Ich muss lediglich kurz telefonieren«, mit Blick auf die Uhr, » na los, ich fahre. Jetzt ist es kurz nach zwei. Solange es draußen hell ist, haben wir noch Zeit.«

**Durch mich gelangt man in die Stadt der Schmerzen, durch mich zu wandellosen Bitternissen, durch mich erreicht man die Verlorenen Herzen. Gerechtigkeit hat mich dem Nichts entrissen; mich schuf die Kraft, die sich durch alles breitet, die erste Liebe und das höchste Wissen. Vor mir ward nichts Geschaffenes bereitet, nur ewges Sein, so wie ich ewig bin: Lasst jede Hoffnung, die ihr mich durchschreitet.**

*(Dante Alighieri (1265-1321), italienischer Dichter)*

Beinahe gleichzeitig schauten alle drei in den wolkenverhangenen Himmel. Schon wieder nieselte es. Julia und Steven eilten Frau Yourigca hinterher, die recht schnellen Schrittes in den Hinterhof eines der alten Häuser lief. »Kann mir einer sagen, wo wir hier überhaupt sind?«, wollte Steven wissen. Sheila Yourigca schaute kurz über die Schulter zu Julia, die wohl verstand, dass sie ihren Freund darüber aufklären sollte. »Wir sind hier in einem Teil von Rastatt, auf dem sich früher, so um 1850, die ehemalige Leopoldsfeste befand. Dort drüben, schau«, sie zeigte auf ein in Rastatt bekanntes Gasthaus, »dort in diesem Gebäude war ehemals das sogenannte Wagenhaus.« Steven zeigte sich überrascht. »Jetzt erkenne ich es auch von dieser Seite. Dort haben wir doch auch schon oft gegessen.« »Richtig! Hier unter uns müssten sich einige der zugänglich gemachten unterirdischen Kasematten befinden. Gibt es hier nicht auch noch Mienengänge?«, richtete sie die Frage an Frau Yourigca. Die schien diese Äußerung absichtlich zu überhören und betrachtete stattdessen angestrengt die Häusermauern. Schließlich zog es sie zielstrebig zu einer äußerst heruntergekommenen Hauswand, die sicherlich schon bessere Zeiten gesehen hatte. Bis sie vor einer uralten Holztür stand, die mit groben schmiedeeisernen Beschlägen versehen war. Julia referierte unterdessen weiter. »Damals war es üblich, die Keller von außen zu begehen. Meistens waren die einfach in den Boden gegraben ...« »Das, Julia, weiß ich auch. Alles habe ich nicht vergessen. Die Frage, die uns hier beschäftigen sollte, wie kommen wir dort hinein?« Sie unterbrachen ihr Gespräch und beobachteten, wie Sheila Yourigca Zentimeter für Zentimeter das dicke rundgemauerte Sandgestein um die Kellertür herum absuchte. Rechts oben strich sie immer wieder mit der Hand über die gleiche Stelle. Nachdem der Straßenstaub und die Spinnweben endlich entfernt waren, erkannte man unter den vielen Farbschichten eine Jahreszahl, eingerahmt von einigen Ornamenten, die wohl der Verschönerung galten. Wenn man allerdings genauer hinsah, konnte man deutlich erkennen, dass eines der Ornamente wie der Schlüsselabdruck eines relativ kleinen Schlüssels anmutete. Maximal 10 Zentimeter maß der Abdruck. Die Kopfform des vermeintlichen Schlüssels erinnerte an ein dreiblättriges Kleeblatt. »Ich glaub es nicht, so ein Schlüssel ist in der Dose!«, erkannte Steven erstaunt. Mit einer theatralischen Geste kramte Frau Yourigca die Dose hervor. Schnell war der Schlüssel gefunden und siehe da, er passte perfekt. Mit nur wenigen Hin- und Herbewegungen ließ sich das Schloss tatsächlich öffnen. Das schleifende Geräusch beim Aufdrücken der alten Holztür machte deutlich, dass wohl in den letzten Jahrzehnten kaum jemand versucht hatte, sie zu bewegen. Wer sollte auch, so viele Schlüssel würde es kaum geben. »Steven, reich mir eine der Taschenlampen«, begehrte Sheila. »Gut, dass Johannes, mein Bekannter, während des Telefonates vorhin daran gedacht hat, dass wir welche mitnehmen sollten. Ich hätte die im Eifer des Gefechtes vergessen. Darüber hinaus war seine Idee, auch etwas zum Ölen mitzunehmen, sicherlich genauso gut. Im Übrigen musste ich ihm versprechen, mit ihm einen Kaffee trinken zu gehen, dafür, dass wir sein Haus benutzen.« Schmunzelnd verschwand sie in der Tiefe des Kellers. Julia und Steven bewaffneten sich ebenfalls mit den Taschenlampen und folgten ihr. Der Weg führte sie über ein paar ausgetretene Steinstufen. Schließlich fanden sie sich inmitten von altem Gerümpel wieder: Ein altertümlicher Handkarren, zwei Schlitten, die fast auseinanderfielen, antike Skier aus Holz, unzählige Blechtöpfe und noch mehr dick verstaubte Einmachgläser. Immer wieder fuhren sich die drei Eindringlinge mit den Händen über das Gesicht, um die Spinnweben zu entfernen, die über ihren Köpfen hingen. Vor Aufregung klopfte Julias Herz fast hörbar, ihre Wangen nahmen immer mehr Farbe an und kalter Schweiß rann ihr die Stirn herunter. Steven erging es nicht anders. »Hatschi!«, hallte es plötzlich laut und Frau Yourigca putzte sich erst einmal die Nase. »Ganz schön staubig hier«, nuschelte sie unter dem Taschentuch hervor. Angestrengt durchleuchteten alle drei den Raum, der bis unter die niedrige Decke mit Regalen, Schränken und diesem alten Plunder zugestellt war. Es roch unglaublich modrig und feucht. »Mein Bekannter meinte, wir erkennen den Durchgang daran, dass er mit Brettern vernagelt ist. Wir müssen also hinter die Regale und die Schränke leuchten. An die Wände ...!« Sie hatte schon damit begonnen und die beiden taten ihr nach. Kurz darauf hörten die Frauen Steven durch die staubige Luft rufen. Er hatte tatsächlich hinter einem

Stapel alter Holzkisten eine Wand entdeckt, die offensichtlich mit Brettern zugestellt war. Nachdem sie erst einmal wieder hinaus ins Freie huschten, um frische Luft zu atmen, machten sie sich gemeinsam daran, die Kisten auf die Seite zu räumen. Im Schein der Taschenlampen schwebte mittlerweile in dicken Schwaden der aufgewirbelte Staub durch die Luft. Sie hatten Glück. Die groben alten Dielen waren nur an die Wand gestellt und nicht miteinander vernagelt. Sie konnten sie einfach zur Seite legen und damit tatsächlich einen Durchgang freiräumen, der abermals in die dunkle Tiefe führte. »Ihr wartet hier, ich gehe vor!«, mahnte Steven und schon verschwand er.

Wenige Sekunden danach hörten sie ihn rufen. »Kommt runter, hier ist ein weiterer Raum. Passt auf, stoßt euch nicht den Kopf an. Es ist alles sehr niedrig hier.« Fasziniert und mit flatterndem Herzen zugleich, standen die Frauen kurz darauf bei ihm. Ein rostiges schmiedeeisernes Tor versperrte jetzt den Weg. »Helft mir suchen. Hier muss irgendwo der Stein sein, in dem der Schlüssel zu diesem Schloss abgebildet ist«, flüsterte Frau Yourigca geheimnisvoll. Sofort begannen alle drei, nach dem Abbild eines Schlüssels Ausschau zu halten. Julia fand ihn zuerst, am Boden, direkt unter der Eisentür. Der abgebildete Schlüssel war nicht viel größer als der Erste, nur diesmal zeigte die Form des Kopfes einen Kreis, durch den ein gerader Strich führte. Natürlich fanden sie diesen Schlüssel in der Dose. Es wurde ihnen immer klarer, dass sie der richtigen Spur folgten.

Für Momente war die Dunkelheit vergessen und die Anspannung stieg. Gleichzeitig, als wäre es abgesprochen, hielten alle kurz die Luft an. Vorsichtig schob Sheila den Schlüssel ins Schloss. Er ließ sich, wie erwartet, kaum bewegen. »Steven, reich mir bitte das Öl-Spray!« Und tatsächlich, nach wenigen Sekunden ließ sich der Schlüssel halbwegs gut drehen und das kratzende Geräusch klang in den Ohren der drei Abenteurer wie Musik. Tief atmeten alle hörbar durch. Julia schwitzte inzwischen vor Aufregung am ganzen Körper und auch bei Steven machten sich die Spuren des Nervenkitzels unter seiner Jacke deutlich bemerkbar.

Jetzt gelangten sie in einen niedrigen Gang, in dem sie leicht geduckt gehen mussten. Mit Moos und Efeu bewachsene, schmutzige Wände umfingen sie, Geröll lag am Boden. Becher und anderes altes Essgeschirr aus Blech bedeckten an der Wand entlang den Boden. Es roch nach Urin. Zwei alte Öllampen, die Glasscheiben schon zersprungen, lagen am Weg. Eine Metallspitze, einem Bajonette nicht unähnlich, lag, wie zufällig dort abgelegt, auf einem dick verstaubten Hocker. »Was war das?«, schrie Julia unvermittelt auf, als sie einen Luftzug spürte. Frau Yourigca versuchte sie sogleich zu beruhigen. »Pst. nicht so laut. Ich schätze, das kommt durch einen Belüftungsschacht. Wir sind wahrscheinlich nicht weit von den freigemachten Kasematten entfernt. Oder ...?« Sie leuchtete in eine Nische und sah, dass sie richtig vermutet hatte. Steven folgte ihr und musste unwillkürlich lachen. »War das mal eine Latrine?« Frau Yourigca nickte ihm zu und suchte weiter die Wände ab. Endlich fand sie, was sie sich erhofft hatte. Sie leuchtete mit der Taschenlampe einen feuchten, mit moosbedeckten Stein an. Unschwer war auch hier ein Schlüsselabdruck zu erkennen. Mindestens 20 Zentimeter lang, ziemlich dick und klobig. Der Kopf des Schlüssels ähnelte einer Brezel. In der Dose kramend, die Stirn in nachdenkliche Falten gelegt, blickte Frau Yourigca nach kurzer Zeit auf. »Die Schlüssel in der Dose sehen anders aus. Dieser hier weist uns sicher nur den Weg. Bestimmt finden wir noch mehr Abdrücke, die so aussehen. Ihr müsst die Wände absuchen. Ich denke, es kann nicht mehr weit sein.« In der Tat entdeckten sie auf ihrem Weg noch zwei weitere Abdrücke des gleichen Schlüsselbildes. Im Folgenden, nach weiteren geschätzten 30 Metern, standen sie plötzlich vor einer Mauer. Sackgasse, hier schien der Weg zu enden. Enttäuscht, die Nerven zum Zerreißen angespannt, hätte Julia in dem Moment am liebsten wieder angefangen, zu heulen. Dessen ungeachtet wollte keiner die Hoffnung aufgeben. Wieder ließen die drei den Lichtkegel wandern, keinen Millimeter auf der Suche nach einem Hinweis ließen sie aus. Schließlich wurden sie für ihre Hartnäckigkeit belohnt. Steven fand ein paar Meter zurück einen schmalen, kreisrunden Durchlass hinter einem Gitter, ähnlich einem Lüftungsgitter. Darunter befand sich ein weiterer Abdruck. Den hatten sie wohl in der Aufregung übersehen. »Schnell, kommt her!

Hier gelangt man auf allen Vieren durch. Es ist zwar ziemlich schmutzig, aber einen Versuch ist es wert. Am besten gehe ich wieder vor.« Noch bevor Julia etwas sagen konnte, verschwand er. Die Hände der Frauen berührten sich wie zufällig und ohne Worte hielten sie sich gegenseitig. Sheila legte fürsorglich den Arm um die Schultern der vor Aufregung zitternden Julia. Es schien Ewigkeiten zu dauern, bis sie die Stimme von Steven erneut hörten. »Kommt rüber, es ist nicht weit. Hier muss der offiziell freigelegte Gang der Kasematten sein.« »Du zuerst!« Schon schob Sheila Julia vor, indem sie ihren Kopf leicht herunterdrückte und achtgab, dass sie sich nicht stieß. Kaum war sie verschwunden, krabbelte Frau Yourigca ihr hinterher. Tatsächlich, nach ungefähr zweieinhalb Metern konnten sie aufrecht stehen. Ab hier war alles sauber instand gesetzt und renoviert. Lampen hingen an den Decken und sogar ein Schild mit einigen Erklärungen befand sich an der Wand gegenüber. Nachdem Steven den Frauen aus dem kleinen Tunnel herausgeholfen hatte, lehnte er ein Gitter an die Wand darunter, dass genauso aussah, wie das auf der anderen Seite. Dieses Gitter hatte er mühevoll wegschieben müssen, um heraus zu gelangen. Sie hatten Glück gehabt, dass es nur lose befestigt gewesen war. Da er jetzt das Schutzgitter direkt unter dem Durchschlupf abstellte, war er sich sicher, konnten sie den Rückweg nicht verfehlen. »Wohin jetzt?«, in Julias Stimme hörte man unverkennbar ihre Verzweiflung. Steven hatte sich schon einige Meter weiter gewagt und rief aufgeregt die Damen zu sich. Er deutete auf einen Stein, der den gleichen klobigen Schlüsselabdruck zeigte wie die Vorhergehenden. Zehn Minuten später und nach weiteren vier Schlüsselsteinen standen sie vor einer Prägung, die anders aussah. Zwar klobig, wie der Abdruck zuvor, doch dieser Schlüsselkopf wirkte eher wie eine Krone. Erleichtert entdeckten sie, dass sich ein Schlüssel in der Dose befand, dessen Kopf dieser Krone glich. Allerdings stellte sich die Frage, zu welchem Schloss er gehörte. Augenscheinlich zeichnete sich hier nämlich keine Tür ab, sondern nur alter renovierter Sandstein. Gewissenhaft suchten sie diese Wand ab. Nach mehrfach wiederholtem Ableuchten der gleichen Stellen fiel ihnen endlich auf, dass sich ein Gesteinsblock unwesentlich von seinen Nachbarn unterschied. Ein kaum sichtbares, kreisrundes Loch befand sich etwa in Hüfthöhe. Das erklärte, warum sie diese Stelle zunächst übersehen hatten. Sheila reagierte zuerst. »Schnell, gib mir bitte das Öl. Ich besprühe den Schlüssel damit. Der passt ganz bestimmt in dieses Loch. Ich fress einen Besen, wenn das nicht funktioniert.« Alle drei hielten die Luft an, als Sheila Yourigca den klobigen Schlüssel durch das Loch schob. Sofort spürte sie einen leichten Gegendruck, wackelte sachte hin und her, zog ihn wieder heraus und träufelte noch mal von dem Öl darüber. Vorsichtig führte sie ihn wieder ein, wartete wenige Sekunden und versuchte dann, ihn herumzudrehen. Überraschenderweise traf sie diesmal auf nicht viel Widerstand. Das sich öffnende Klicken

148

hallte ihnen laut entgegen. Sheila zog erschrocken ihre Hand weg. Fassungslos, doch zugleich neugierig, starrten sie alle auf den Schlüssel, der sich mit einem Mal wie von Geisterhand bewegte. Sie hatten einen versteckten Mechanismus in Gang gesetzt. Wieder und wieder hörten sie ein Knacken, ein Schleifen und ein Aufeinanderreiben von Steinen. Plötzlich, mit einem leisen Zischen, zog sich die Wand vor ihnen etwas zurück, bevor sie mit lautem Getöse langsam im Erdboden versank. Ein Durchgang von etwa 70 Zentimetern Breite und gerade mal einen Meter sechzig Höhe tat sich vor ihnen auf. Eiskalte, modrige Luft strömte ihnen entgegen. Bei allen Dreien breitete sich in Sekundenschnelle eine Gänsehaut über den Körpern aus. Steven wandte sich sogar ab und musste hörbar einen Würgereiz unterdrücken. Frau Yourigca und Julia pressten sich die Jackenärmel vor die Nase. Wieder wollte Steven vorgehen, doch diesmal hielt ihn Sheila Yourigca zurück. »Nein, Steven! Jetzt gehe ich vor. Wer weiß, was wir dort drinnen antreffen, dann möchte ich nicht, dass einem von euch Schaden zugefügt wird.« Es wäre eine Lüge gewesen, hätte Steven behauptet, dass er lieber vorangehen wollte. Bereitwillig trat er zur Seite und Sheila verschwand. Julia und Steven duckten sich, um ihr hinterherzuschauen. Zusätzlich gaben sie mit ihren Lampen noch Licht in den Raum. Mit einem Mal wurde es drinnen immer heller. Sheila zündete eine Kerze nach der anderen an. »Na los, kommt schon ihr zwei!«, rief sie erfreut, »wir haben gefunden, was wir suchen.

Es ist alles hier.« Das ließen sie sich nicht noch einmal sagen und schlüpften hastig durch den schmalen Eingang. Staunend und mehr als beeindruckt standen sie mitten in einem Raum, der bestimmt viermal vier Meter maß. An den Wänden alte Schränke und Regale, voll mit unzähligen Büchern und Schachteln. In der Mitte ein uralter schwerer Holztisch, der an den Randbereichen nicht wenige alte Wachsspuren zeigte. Julia fuhr mit dem Finger darüber und blies den Staub in die Luft. »Ich glaube, dass die Sachen hier wohl gut verwahrt sind. Ich denke nicht, dass ich mir Sorgen machen muss, dass dieser Raum gefunden wird. Wenn die vom Historischen Verein ihn bisher nicht gefunden haben, dann werden sie ihn auch in Zukunft nicht entdecken«, stellte Frau Yourigca zufrieden fest.

Steven zeigte sich immens beeindruckt. »Was heißt das jetzt für uns? Finden wir die Zaubersprüche?« »Na, na, nur Geduld«, mahnte Sheila an. »... und von Zaubersprüchen kann hier nicht die Rede sein. Ich schätze, dass es ein altes, in ledergebundenes Buch ist, ähnlich dem Seelentrog. Lasst uns danach suchen.«

Es dauerte eine ganze Weile, bis die drei die unterschiedlichsten Bücher auf den runden Tisch gelegt hatten. Zunächst versuchten sie, am Äußeren zu erkennen, ob eines davon das Richtige sein könnte. »Es ist ganz schön kalt hier unten«, bemängelte Julia. Ihr verschwitztes T-Shirt sorgte dafür, dass sie inzwischen fror. Sie rieb ihre Hände aneinander. Ihren warmen Atem konnte man in der Luft sehen. Steven tat es ihr nach. »Es hat schätzungsweise um die vier bis acht Grad Celsius hier unten in diesem Raum. Vielleicht kommt vom Gang da draußen ein wenig wärmere Luft hier herein.« Frau Yourigca hörte nicht auf das, was die zwei sprachen. Sie stand tief in Gedanken versunken vor einem alten Schrank, der trotz der dicken Staubschicht zu erkennen gab, dass er mit vielen wertvollen Verzierungen versehen war. Minutenlang starrte sie den Schrank an. Julia und Steven wurden darauf aufmerksam und stellten sich verwundert neben sie. Blitzartig durchzuckte die ungewöhnliche Dame ein unsichtbarer Impuls. Sie zog sich ihren Schal von den Schultern und begann die Front des Schrankes von Staub und Spinnweben zu befreien. Hustend und prustend sahen Julia und Steven zu.

In der Mixtur von Kerzenlicht und der Taschenlampenbeleuchtung enthüllte Sheila so den filigran gearbeiteten alten Schrank, der unzählige Schubladen und Fächer zu haben schien. Die Oberfläche glänzte in dunklem Braun. In der Mitte des Überbaues befanden sich zwei kleine Türen. Auf den Türen zeichneten sich in feinen goldenen Intarsien jeweils Bilder eines kleinen Schlüssels ab. Es waren auf den ersten Blick unterschiedliche Abbildungen und doch glichen sie sich ein wenig in der Form. Die Köpfe der Schlüssel wirkten, als sei es ein zerbrochenes Ahornblatt. Suchend kramten sie in der Dose und fanden einen kleinen Schlüssel, der dem von der rechten Türseite stark ähnelte. Er passte auch perfekt. Sie konnten ihn drehen und hörten deutlich, wie sich das Schloss öffnete, dennoch blieben beide Seiten fest verriegelt. Sheila wollte ihn herausziehen, das gelang jedoch nicht, ohne das Schloss wieder zu verschließen.

»Uns fehlt der zweite Schlüssel«, stellte Sheila ernüchternd fest. Wieder einmal wollte sich Hoffnungslosigkeit unter ihnen ausbreiten. Stöhnend setzte sich Julia auf einen der staubigen Hocker. Es war ihr egal, wie viel Staub an ihr kleben bleiben würde. Immer wieder rieb sie ihre Hände. Alle drei starrten jetzt schweigend auf den Schrank, der sie mit einem scheinbar unlösbaren Problem zu konfrontieren schien. »Ganz einfach«, gab Steven zum Besten, »ich zerschlag diesen Schrank, dann kommen wir schon an seinen Inhalt.«

»Oh nein«, wehrte Frau Yourigca ab. »Auf keinen Fall. Du darfst nicht vergessen, dass hier Mächte am Werk sind, die unter Umständen genau solches verhindern sollen.« Minutenlang schwiegen alle.

Die Aufregung der letzten zwei Stunden legte sich und fast machte sie einer gähnenden Leere Platz. »DER ANHÄNGER!« Julia schrie mit einem Mal so laut, dass Sheila und Steven vor Schreck zusammenzuckten. »Frau Yourigca, Ihr Anhänger, den Sie um Ihren Hals tragen. Geben Sie ihn mir. Bitte, schnell!« Irritiert fischte Sheila ihn unter der Jacke hervor, streifte die Kette über den Kopf und reichte sie Julia. Die hielt den Anhänger vor eine Kerze: »Ich glaube, ich habe den zweiten Schlüssel gefunden. Schaut her! Diese Prägungen haben die gleiche Form wie die Schlüssel auf den Schranktüren.«

Aufgewühlt überzeugten sich Steven und Sheila von Julias Entdeckung. Steven, der den Anhänger jetzt in der Hand hielt, schüttelte ihn nahe am Ohr. Leise vernahm er ein klackendes Geräusch. »Da ist tatsächlich etwas drin. Das Ding lässt sich bestimmt öffnen.« Erstaunt nahm ihm Frau Yourigca die Kette ab und tat ihm nach. »Wahrhaftig! Das ist mir bisher nie aufgefallen.« Nun untersuchte sie den Anhänger genauer, drehte und wendete ihn flink zwischen den Fingern. Mit einem Mal erhellte sich ihre angestrengt dreinschauende Miene. Sie drückte mit Daumen und Zeigefinger auf zwei gegenüberliegende Seiten und unversehens sprang der Anhänger mit einem Klick in der Mitte auseinander. »Da ist er!« Stolz zeigte sie den jungen Leuten den gesuchten Schlüssel.

In Windeseile steckten beide Schlüssel und siehe da, die Schranktüren ließen sich ohne weiteres Zutun öffnen. Sheila konnte gar nicht schnell genug die Menge von Tüchern aus dem Schrank nehmen, wickelte sie auseinander und zog aufgeregt hervor, was sich darunter verbarg. Da war es. Vor ihnen auf dem Tisch lag das Buch, gebunden in dunkelbraunes Leder. Auf dem Einband stand, so wie es Julia vom Seelentrog her schon kannte, in goldenen Lettern *Ilya Duvent*. Andächtig schlug Sheila das Buch auf, blätterte Seite für Seite um und stellte aufatmend fest:

»Ja. Das ist es! Hier steht der Bannspruch, durch den dieser Dämon wieder an seinen Seelentrog gebunden werden kann.« »Wissen Sie denn, was zu tun ist, oder vielmehr, wie das durchgeführt werden muss?« »Nicht wirklich Steven, aber ich denke, wir bekommen das hin. Das kann ja so schwer nicht sein. Schließlich hatten die damals keinerlei technische Hilfsmittel. Das bedeutet, wir beschränken uns auf das Minimum, so, wie es vermutlich damals auch gewesen war.« Kurz hielt sie inne und setzte lächelnd hinterher: »Ich glaube, es ist angemessen, euch endlich das Du anzubieten. Sagt bitte Sheila zu mir. Da wir ja ein gemeinsames Ziel haben und zusammen auf Dämonenjagd gehen. Ohne eure Hilfe hätte ich diesen Raum nie gefunden ... Danke dafür!« Bei diesen Worten umarmte sie die beiden. Sie genossen alle drei diesen Moment. Erleichterung und ein Gefühl der Hoffnung auf Befreiung breitete sich im staubigen Gewölbe aus. Im Anschluss daran begann Sheila in den Schränken nach etwas zu suchen. Etwas irritiert schauten sich Julia und Steven an. Kurz darauf kehrte Sheila mit einigen schon angebrannten Kerzen zurück an den Tisch, auf dem das Buch lag. »Danke Sheila, dass du uns hilfst«, meinte Julia mit gedämpfter Stimme, » ... du bist die einzige Hoffnung, die ich habe. Ich muss alles versuchen, sonst sind die Nächsten, die sterben müssen, meine Eltern. Das kann ich nicht zulassen.« »Und was machen wir, wenn das, was Sheila vorhat, nicht funktioniert? Hast du darüber schon mal nachgedacht?«, gab Steven von der

Seite skeptisch zu bedenken. »Wie denn! Seit heute Morgen bin ich auf den Beinen und versuche alles Mögliche herauszufinden.« Julia klang etwas gereizt.

Als würde sie schweben, so bewegte sich Sheila Yourigca unterdessen um den Tisch herum und stellte die Kerzen in einer sternförmigen Anordnung auf. Anschließend reichte sie Julia lange Streichhölzer. »Du zündest jede Kerze an, aber nicht einfach nur so. Mach deinen Kopf frei, konzentriere dich auf Ilya Duvent. Versuche, seine Erscheinung vor dein geistiges Auge zu holen.« Sie trat um den Tisch herum zu Steven und schob ihn so an den Tisch heran, dass der Abstand zwischen ihr und den jungen Leuten relativ gleichmäßig verteilt war und sie somit ein Dreieck bildeten. Julia stand etwas unbeholfen da. »Wie soll ich meinen Kopf freibekommen? Ich ... schaff das nicht.« »Oh doch! Du schaffst das sehr wohl und zwar aus dem einfachen Grund, weil deine Eltern sonst sterben.« Julia stellte sich an den Tischrand, schloss die Augen und atmete mehrmals tief durch. Sie bewegte sich ein paar Sekunden kaum und sammelte sich. Endlich begann sie langsam eine Kerze nach der anderen anzuzünden. »Du machst das gut, meine Liebe, weiter so. Und du, Steven, nimmst jetzt Julias freie Hand und gibst mir die andere. Wenn du fertig bist, Julia, gibst du mir deine andere Hand.« Andächtig legte Julia die Streichhölzer auf den Tisch. Sie reichte Sheila ihre Hand und stand, Ilya Duvent vor ihrem inneren Auge, erwartungsvoll da. »Sammelt euch! Geht in euch, schließt eure Augen und konzentriert eure Gedanken darauf, warum ihr hier seid und was wir gemeinsam vorhaben. Ich werde jetzt den Bannspruch lesen.« Stille umhüllte das Trio, der Vanilleduft der Kerzen verbreitete sich im Raum. Eine unbeschreibliche Aura umhüllte sie und ließ ihre Körper erschauern. Sie hätten es alle drei nicht mit Worten beschreiben können, was da mit ihnen geschah. Sheila Yourigca holte tief Luft und begann den Spruch zu lesen:

»König der Winde, König der Kraft,
oh König der Könige du!
Komm herbei, oh Meister des Sturmes!
Komm herbei, oh Gönner aller Orkane dieser Welt!
Komm herbei du Macher der Fluten der Meere!
Ich beherberge dein Haus, deinen Trog, dein Gefäß!
Geh hinein in deine Unterkunft!
Geh hinein in deine Herberge!
Geh hinein, wohin ich auch immer dich befehlige!
Ich habe deinen Seelentrog, der dich trägt,
schützt und bannt!
Fahre hinein in deinen Seelentrog und lasse ab
von dem irdischen Dasein.
Lasse ab von den Menschen,
von den Geschöpfen des Himmels.
Geh fort, verlasse dieses Dasein,
bis ein gut Geschöpf Mitleid mit dir hat.«

Dann verstummte sie, verharrte und hielt dabei Julia und Steven weiterhin fest an der Hand. Zwei, drei Sekunden umfing sie absolute Stille. Und plötzlich fegte schlagartig ein Luftzug durch den Raum, die Kerzen flackerten wie wild. Unruhige Schatten flirrten über die zugestellten Wände. Der Staub wurde aufgewirbelt und genauso überraschend, wie die Sturmböe aufgekommen war, verschwand sie wieder. Begleitet von einem überaus absonderlich hallenden Lachen.

In diesem Moment öffnete Julia ihre Augen. Sheila stand immer noch mit geschlossenen Augen da und atmete tief und langsam. »Hast du das gehört? Steven, was war das? Hat es funktioniert?« Beide schauten gespannt auf Sheila und warteten auf eine Reaktion. Langsam ließ diese die Hände der zwei jungen Leute los. Seelenruhig hob sie ihren Kopf. Ihre Stimme klang geheimnisvoll, sie flüsterte fast. »Wenn wir Glück haben, dann hat es das. Ich halte es für besser, wenn wir jetzt wieder nach oben gehen. Achtet darauf, dass alle Kerzen aus sind, ich verstecke das Buch mit dem Bannspruch wieder hier im Schrank. Steven, du solltest gut auf deine Freundin aufpassen.«
Als hätte sie etwas vergessen, schaute sie sich immer wieder im Raum um. Julia begann: »Ich weiß gar nicht, wie ich dir danken soll ...« »Dank mir nicht zu früh. Wenn wir wieder oben sind, dann seht zu, dass ihr nach Hause kommt. Haltet die Augen offen und wenn ich euch noch einen Rat geben darf, wenn es windig wird, rennt um euer Leben.« Es dauerte keine

Viertelstunde, bis sie wieder oben im Freien waren. Verstaubt und verschmutzt zeigten selbst ihre Gesichter deutliche Spuren dieser abenteuerlichen Exkursion. Tief die frische Luft einatmend verabschiedeten sie sich herzlich voneinander. Erleichtert sahen sie Sheila hinterher, als sie mit ihrem Wagen davonfuhr. Danach liefen sie eiligen Schrittes in Richtung Julias Wohnung. Beide freuten sich jetzt auf eine heiße Dusche. Nachdenklich kam Sheila zurück zu ihrem Haus. Ihr Blick war nicht mehr so offen und klar, wie zu Beginn des Unternehmens, sondern beunruhigt. Schwere Gedanken quälten sie. Ahnte sie, was auf sie zukommen würde? Hektisch verschloss sie die Tür, verriegelte die Fensterläden und versperrte sogar den Abzug des Kamins. Minuten später befand sie sich wieder in dem sechseckigen Raum. Alle Kerzen, die sie finden konnte, zündete sie an und setzte sich dann zuversichtlich auf einen Stuhl. Leise begann sie, unentwegt seltsam anmutende, fremdsprachige Verse zu rezitieren. Ihr Oberkörper bewegte sich dabei in wiegendem Takt, die Arme lagen weit ausgebreitet über dem Tisch. Ihre Stimme floss über in monotonen Singsang, die Augen hielt sie dabei geschlossen. Ihre Gedanken drehten sich in diesem Moment einzig und allein darum, dass die jungen Leute ohne Zwischenfall zu Hause ankamen.

Der herbstliche Sturm wehte, immer kräftiger werdend, durch die Straßen von Rastatt. Die Menschen zogen ihre Jackenkragen hoch ins Genick und die Mützen tief in die Gesichter. Es war später Nachmittag und es begann, zu dämmern. Julia und Steven schauten betrübt in den Himmel, der sich bedenklich zugezogen hatte. »Passend zur Stimmung«, murmelte Julia leise vor sich hin. Bunte, herabfallende Blätter wurden von den Böen um ihre Beine gewirbelt, als sie durch die Militärstraße eilten. Steven hatte zum Glück immer ein paar frische Sachen zum Wechseln in Julias Kleiderschrank liegen. Kaum hatten sie die Wohnungstür hinter sich geschlossen, lagen sie sich erst einmal für lange Minuten in den Armen. »Sie hat zum Abschied gemeint, wir sollen rennen, wenn Wind aufkommt, oder so ähnlich. Glaubt sie etwa nicht daran, dass es funktioniert hat? ... Steven! Was sollen wir tun, wenn er nicht verschwunden ist?« Nervös erhob sich ihre Stimme. Sie wirkte auf einmal beunruhigt. »Julia, du liebe Zeit. Beruhige dich! Du kannst im Moment nicht klar denken. Ich habe ja auch keine Ahnung, wie sie das gemeint hat.« »Wenn es nicht geklappt hat, dann ist auch ihr Leben in Gefahr.« Von einer Sekunde zur anderen stand Julia stocksteif da, Gänsehaut zog ihr den Rücken hinauf. Plötzlich begann alles an ihr, zu vibrieren. Spontan kamen Erinnerungen an die Situation in Akabotts Laden auf, als sie in dem Buch von Ilya Duvent gelesen hatte. Sie schloss die Augen, als sie spürte, dass kaum merklich ein sanfter Hauch an ihrer Wange entlang schwebte. Julia wusste genau, dass sie sich das nicht einbildete, dass sie diese hauchzarten Berührungen tatsächlich spürte. Selbst Steven hielt inne, er nahm wohl Ähnliches wahr, denn er fragte verdutzt: »Was ist das?«

»Halte still! Beweg dich nicht!«, flüsterte Julia ihrem Freund mit Sorge erfüllt zu. Kaum verstummte sie, da fuhr ein Windstoß durch ihr Haar. Es folgte wieder dieses Streicheln, das ihr das kalte Grausen durch den Körper jagte. Gleichzeitig vernahm sie eine hallende Stimme, die sich mehr und mehr entfernte: »Es tut mir leiiiid!« Es klang wie ein Echo. »HAST DU DAS GEHÖRT?« Sie verlor fast die Fassung. »Das war er, ich bin mir sicher, das war Ilya Duvent!« Ohne nachzudenken, rannte sie zur Tür und im Hinausrennen schrie sie Steven zu. »Er wird wieder jemanden umbringen und ich bin sicher, dass es Sheila sein wird. Ich muss zu ihr, vielleicht kann ich ihn aufhalten.« Julia raste das Treppenhaus hinunter und stürmte auf die Straße, entlang in Richtung Stadtmitte. Ihr Freund brauchte einige Momente, um zu erfassen, was da gerade ablief und endlich jagte er ihr Hals über Kopf hinterher.

Sheila saß unterdessen, noch immer in Meditation vertieft, am Tisch und summte leise alle von Generationen überlieferten Schutzbanne. Erst als sie den ersten Windhauch verspürte, verstummte sie auf der Stelle. Ohne Zweifel ahnend, dass er hier sein musste, näher als ihr lieb war. Panik erfasste Sheila. Sie schnellte so ruckartig hoch, dass ihr Stuhl mit hölzernem Krachen rücklings umpolterte. Ein heftiger Wirbel zog sich durch den Raum und blies alle Kerzen aus. Die Seidentücher, die das Zimmer schmückten, lösten sich und umtanzten Sheila in einem wilden Rhythmus. Das fahle Licht der einsetzenden Dämmerung machte die ohnehin gespenstische Atmosphäre perfekt. Und dann stand er da. Er füllte den Türrahmen fast vollständig aus, musste sogar seinen Kopf ein wenig einziehen, um nicht anzustoßen. Wie in Zeitlupe trat er einen Schritt nach vorn und nahm so Sheila jegliche Möglichkeit, zu fliehen. Sie war ihm vollkommen ausgeliefert. »Du warst den beiden gegenüber nicht ehrlich. Du hättest wissen müssen, dass es so nicht funktioniert.« Seine tiefe, angenehme Stimme, sein unverschämtes Lächeln ließen ihn sympathisch erscheinen und täuschten über das hinweg, was er wirklich vorhatte. »Ein Versuch war es wert. Ich konnte ihnen die Hoffnungen nicht zerstören. Zudem bin ich nicht so geübt in diesen Praktiken.« »Dann hättest du sie lieber wegschicken sollen, als in ihnen falsche Erwartungen zu wecken.« Irritiert trat Sheila wieder nach vorn an den Tisch. Ilya Duvent tat es ihr nach und so standen sie sich kaum anderthalb Meter entfernt gegenüber. »Tust du mit mir nicht gerade das Gleiche? Du redest mit mir so harmlos, als ob nichts geschehen würde. Wiegst mich in Sicherheit, dabei weiß ich, dass du nur hier bist, um mich zu töten.« Ihre Angst versuchte sie zu verbergen, indem sie ihn kalt mit der Wahrheit konfrontierte. Haltsuchend stützte sie sich auf die Tischkante, krampfhaft ihre Heidenangst hinter einem verärgerten Gesichtsausdruck versteckend. Nachdenklich beobachtete Ilya Duvent mit schief gehaltenem Kopf Sheilas Reaktion. Es war ihm anzusehen, dass er nicht glücklich war über das, was er tun musste. »Glaube mir, wenn ich dir sage, dass ich nichts Persönliches gegen dich hege. Ich habe einfach keine andere Wahl. Du weißt, warum ich nicht anders handeln kann.« Sein Blick wurde sehr ernst, seine Augen dunkler, fast schwarz und je weiter er seine Arme hob, umso stärker fegte der Wind. Sheila wollte noch etwas sagen, wurde jedoch so heftig von den kraftvollen Wirbeln nach hinten gedrückt, dass sie ihn nur noch entsetzt anstarren konnte und kein Wort mehr hervorbrachte. Abwehrend ruderte sie wie wild mit den Armen, um das Gleichgewicht nicht zu verlieren.

Julias Lungen brannten, das pochende Seitenstechen war inzwischen fast unerträglich. Mit jedem Schritt fiel es ihr schwerer, das Tempo zu halten, mit dem sie ohne Unterbrechung die Herrenstraße entlang rannte. Sie hörte zwar die Rufe von Steven, der ihr folgte, wollte aber keine Sekunde verlieren. Der Abstand zwischen dem Pärchen wurde größer. Endlich erreichte sie die Engelstraße. Schließlich musste sie doch für wenige Augenblicke stehen bleiben und nach Luft schnappen. Die Muskeln in den Beinen brannten und es fiel ihr schwer, sich wieder in Bewegung zu setzen. Ihr Hals glich einem Reibeisen. Dass es leicht begonnen hatte zu nieseln, nahm sie erst gar nicht wahr. Nach wenigen Metern erreichte sie den Eingang zur Hexengasse. Die Dämmerung war schon weit fortgeschritten. Nur durch die einzige Straßenlaterne wurde die schmale Gasse schwach beleuchtet. Diesmal betätigte sie die Klingel nicht. Ohne zu zögern, riss sie die Tür auf, die angelehnt war und stürmte durch den schmalen Flur nach hinten. Alsdann stand sie außer Atem auf der Schwelle zu diesem sechseckigen Raum. Der Anblick, der sich ihr zeigte, war mehr als erschreckend. Stühle waren umgerissen, die Tücher lagen wild durcheinander, die letzten brennenden Kerzen verliehen der Szenerie noch mehr Grauen, als sich ohnehin schon bot. Mit wild klopfendem Herzen betrat Julia den Raum, näherte sich dem Tisch und schaute dahinter. Der Anblick ließ sie erstarren. Mit einem stummen Schrei riss sie die Hände vor das Gesicht. Da lag sie, Sheila, blutüberströmt, aufgedunsen, mit hervorquellenden Augen. Ein paar Seidentücher bedeckten sie, als wären diese absichtlich auf ihr niedergelegt worden. Julias Beine gaben nach und sie sackte in die Knie. »WO BIST DU? KOMM HERAUS! WAS HAT SIE DIR GETAN? DU MÖRDER!« Sie schluchzte und brüllte ihr ganzes Entsetzen heraus. Außer ihrem hysterischen Weinen war zunächst nichts zu hören. Sie bemerkte nicht die Gestalt, die hinter der Tür stand. Im fahlen Schein des verglimmenden Kerzenlichtes stand der Dämon da. Sein Gesichtsausdruck zeigte sich betroffen, er war sich wohl seiner Untat bewusst und alles andere als froh darüber. Der Anblick von Julia, die vollkommen aufgelöst am Boden saß, stach ihm ins Herz und weckte so etwas wie Mitleid in ihm. Er trat zwei Schritte auf sie zu. »Es tut mir so unsagbar leid. Ich kann dir mit Worten nicht zum Ausdruck bringen, wie sehr.« Wie elektrisiert sprang Julia mit letzter Kraft auf, drehte sich zu ihm um. Sie sah wohl seine traurigen Augen. Dennoch stürmte sie auf ihn zu, holte aus und schlug ihm heftig ins Gesicht. So heftig, dass unmittelbar danach ihre Hand schmerzte. Über mögliche Konsequenzen nachzudenken, ließ ihr Gemütszustand nicht zu. »Sheila hat es nur gut mit euch gemeint. Sie wusste, dass der Zauber nicht funktionieren ...!« ... konnte, wollte er sagen. Doch noch bevor er ausgesprochen hatte, schlug sie mit voller Wucht erneut zu. »Wage es nicht, ihren Namen in den Mund zu nehmen, du Mörder. Dazu hast du kein Recht.« Plötzlich erschien Steven in der Tür. Ilya Duvent blieb vollkommen unbeeindruckt stehen, den Blick fest auf Julia gerichtet. Julias Freund stützte sich außer Atem am Türrahmen ab. »WIR SIND ZU SPÄT! ER IST UNS ZUVORGEKOMMEN!«, rief Julia Steven voller Zorn zu und schlug dabei immer wieder mit den Fäusten auf den unheilvollen Dämon ein. Diesmal reagierte Ilya Duvent. Er drehte sich geschickt herum, sodass Julia mit dem Rücken zu ihm stand. Damit bekam er sie so von hinten zu fassen, dass sie keine Chance mehr hatte, weiter auf ihn einzuschlagen. Wie eine Wilde wehrte sie sich, während er wie die Ruhe selbst wirkte. »Du weißt, dass ich nicht anders kann. Ihr wisst es beide. Ihr habt nicht mehr viel Zeit, den Bannspruch richtig anzuwenden, um mich wieder in meinem Seelentrog einzusperren.« Steven war wie gelähmt und nicht imstande, seine Julia aus dieser Umklammerung zu befreien. »Aber wie? Hat denn Sheila nicht alles versucht?« »Oh, was seid ihr töricht und naiv. Benutzt euer Hirn. Wenn das funktionieren soll, braucht ihr den Seelentrog ... das Buch ... mein Buch.« Noch immer hielt er Julia fest umklammert, obwohl sie inzwischen aufgehört hatte, um sich zu schlagen. Sie weinte aus Wut und Enttäuschung und hing erschöpft wie Blei in seinen Armen.

»Heißt das, wir benötigen das Buch, welches sich in Akabotts Besitz befindet?« Steven dachte intensiv nach. Ihm war bewusst, dass dieser Dämon Julia nichts tun würde und ihm auch nicht, wenn Akabott ihm den Auftrag dazu nicht geben würde. »Genau, dieses Buch. Mit ihm kann Akabott mir die Befehle erteilen und seinen Rachegedanken frönen. Ihr braucht es, um zu verhindern, dass mich dieser alte rachsüchtige Mann weiter benutzt.« Langsam lockerte er jetzt seine Umklammerung. Davon überrascht, sackte Julia beinahe zusammen. Ihre Beine zitterten nach wie vor. Der Dämon reagierte schnell und hielt sie wieder fest, diesmal sanfter. Etwas beherrschter mischte sie sich leise in das Gespräch der beiden ein. »Warum tust du das? Warum erzählst du uns das? Erst bringst du all diese Menschen um, die dir nichts getan haben und jetzt erwartest du, dass wir dir glauben?« Ilya Duvent drehte sie langsam zu sich um. Mit einem gequälten Lächeln schaute er in ihr Gesicht. Seinen Kopf leicht zur Seite geneigt, zog er tief ihren Duft in sich ein. Sie stützte sich mit ihren Händen an seiner Brust ab. Langsam beruhigte sich ihr Herzschlag. Sie spürte, dass sie allmählich wieder sicher auf den Beinen stand. Es war ein Gefühl, als würde seine Energie über ihre Hände zu ihr hinströmen. Steven stand fassungslos da und musste zusehen, was sich dieser Dämon vor seinen Augen erlaubte. Wütend gab er sich endlich einen Ruck, preschte vor, zerrte Julia aus Ilyas Armen und drückte sie fest an seine Seite. Ilya Duvent lächelte amüsiert. »Ich würde dich nicht anlügen. Wenn ich zuließe, dass dich Akabott umbringt, wäre mein Handeln, deine Vorfahrin damals zu verschonen, umsonst gewesen. Ich gab ihr auch einst den Hinweis, dass sie zu dieser Hexe gehen sollte, die ihr sicherlich helfen würde. Ich bin nicht von Grund auf schlecht. Zu verhindern, dass meine Kräfte für so fürchterliche Dinge missbraucht werden, liegt nicht in meiner Macht. Wenn jemand diesem sinnlosen Treiben ein Ende bereiten kann, dann du, Julia.« Mit diesen Worten zerfloss der Dämon wie ein Farbklecks im Wasser und ein kleiner Wirbelwind trug diesen unheimlichen Nebel mit sich fort, nicht ohne Julia noch mal zart über das Gesicht zu streichen. Sofort fasste sie sich an die Wange und bekam wieder dieses seltsame Kribbeln in der Magengegend.

# In meinen Tränen spiegelt sich dein Gesicht, erst wenn keine Träne mehr übrig ist, wirst Du nicht mehr da sein.

*(© Susanne Hohmann (\*1965), Ärztin)*

**Rastatt, die Nacht zum 29. Februar 1848**

Sie kniete hinter ihm auf der weißbezogenen Schlaf-stätte. Die schmiedeeisernen Pfosten ragten majestä-tisch zur Decke, umsäumt von ebenfalls weißem, leicht fließenden Stoff. Die elegante Liebesinsel bot, als besonderen Reiz für den Freier, uneingeschränkte Sicht auf den an der Decke befestigten Spiegel. Die Wände, die Polster der Barock-Stühle, die Vorhänge, die gesamte Dekoration des Raumes war prunkvoll in bordeauxrot gehalten und wirkte in ihrer Fülle fast ein wenig überladen. Ein zierlicher Tisch, der geschmackvoll einen Zimmerwinkel ausfüllte, diente als Ablage für Schmuck, für seidene Negligés und ähnlichen überflüssigen Schnickschnack. Auch Getränke und süße Naschereien fanden darauf Platz. Zwischen all dem momentan überflüssigen Beiwerk prangten schneeweiße künstliche Rosen aus Seide, die einen schweren Vanille- und Maiglöckchenduft aus-strömten, mit dem sie offensichtlich besprüht waren. Auf dem antiken Nachtschränkchen befand sich eine filigrane Porzellanschale, gefüllt mit einem wohlduf-tenden Öl. Fast unbekleidet massierte die Halbwelt-dame den auf dem Bett sitzenden Algäsius Akabott. Nach und nach verteilte sie das Duftöl mit kreisenden

Bewegungen auf Nacken und Rücken ihres Besuchers. Er saß mit freiem Oberkörper vor ihr auf den Kissen, Hemd und Gilet hingen nachlässig über dem Stuhl. Seine Beine waren noch bekleidet, selbst die Füße steckten noch in seinen Schuhen. Obwohl er die Augen geschlossen hielt, konnte man an seiner in Falten gezogenen Stirn ablesen, dass er nicht wirklich entspannte. »Sag, mein Lieber, was ist heute los mit dir?«, gurrte mit lockendem Stimmchen Akabotts Spielgefährtin und rückte sich kokett ihre spärliche Spitzenwäsche zurecht. Dabei presste sie ihre Brüste an seinen Rücken und umklammerte ihn lustvoll mit ihren Armen, so wie einst Radha, die illegitime Geliebte, ihren Krishna umfing. »Du bist so verspannt, Algäsius. Hattest du einen schlimmen Tag?« Auf eine Antwort wartend tauchte sie nach kurzer Zeit erneut ihre Hände in das Duftöl und massierte unterdessen seine nackte Brust. Dabei konzentrierte sie sich besonders auf seine Brustwarzen. Eine Antwort bekam sie allerdings nicht. Mit schlängelnden Bewegungen kroch sie langsam von der Liegestatt, setzte sich anschließend auf seinen Schoß und drückte ihn sachte nach hinten. Jetzt lag er mit dem Oberkörper vollständig auf dem Bett. Sie selbst kniete im nächsten Moment über ihm, schob die Hosenträger beiseite, die ihr unter den Knien ein unangenehmes Druckgefühl bereiteten, und fuhr damit fort, ihm den Brustkorb zu massieren. »Wo ist das Feuer, das sonst in dir lodert? Normalerweise kannst du deine Hände kaum von mir lassen?

Na los, sei mein Regent, greif zu! Nimm dir deine Anna! Ich gehöre heute nur dir.« Fordernd zog sie seine Hände an sich und presste sie an ihren Busen. Nur sehr langsam umschlossen seine Finger die reifen und dennoch festen Brüste. »Hat dich etwa dein kleines Frauchen schon ausgesaugt? ... Ich habe dir doch gesagt, geh zu dieser Kräuterfrau, dieser Yourigca. Die kann helfen. Und vielleicht ...«, sie griff ihm zwischen die Beine und massierte dort weiter, »... kann sie dich wieder auf Touren bringen. Du musst mit deinen Gedanken schon bei mir bleiben, wenn da was gelingen soll.« Damit begann sie, ihm langsam seine Hose von den Beinen zu ziehen. »Wenn du bei deinem Frauchen auch so schlaff bist, wundere ich mich nicht, dass es mit euch beiden nicht funktioniert.« Kaum hatte Anna das letzte Wort ausgesprochen, richtete er sich auf. Brutal drückte er sie von sich. Sie verlor den Halt und flog im hohen Bogen rücklings vom Bett. Hart knallte sie auf den Boden. Schockiert kreischte sie auf und sah ihn entgeistert an. »HALTE DEINEN MUND!«, brüllte er aufgebracht, »UND REDE NICHT VON MEINER FRAU, WENN ICH HIER BIN!« Unverzüglich hatte er seine Hose wieder hochgezogen. »Mit Verlaub, Algäsius, du warst es, der immer von ihr sprach.« Sie rieb sich den schmerzenden Hintern. Kaum war sie verstummt, holte Akabott aus und schlug ihr, mit vor Zorn verzerrtem Blick, mitten ins Gesicht. Die volle Wucht des Schlages riss ihren Kopf zur Seite und sie konnte sich gerade noch mit den Händen am Boden abstützen.

Für einen Moment wurde ihr schwarz vor den Augen. Schmerzerfüllt und verängstigt schluchzte sie auf und begann heftig zu weinen. In ihrer Angst wich sie zurück, bis sie die Wand unter dem Fenster im Rücken spürte. »Sei still, sage ich dir. SEI STILL!« Sein Hass sprühte ihr nur so entgegen. Wie ein Häufchen Elend lehnte die gepeinigte Frau kurz an der Fensterbank und zitterte am ganzen Leib. Mühevoll zog sie sich daran hoch und stand dann wackelig auf ihren Beinen. Er trat einen Schritt auf sie zu, drehte ihren Kopf zu sich. Ihre Lippe blutete und die Schminke vermischte sich mit den Tränen, die ihr die Wangen hinunterliefen. Schniefend schaute sie ihn an und traute sich nicht, noch etwas zu sagen. Sonst war er nicht so, dachte sie, was zum Teufel ist heute los mit ihm? Er fand es doch sonst immer schön, sich mit mir zu unterhalten. Bisher gab er mir immer das Gefühl, er würde mich mögen ... vielleicht sogar lieben ... durchzog sie eine Flut von Gedanken. Gleichzeitig war sie bemüht, sicher auf den Beinen stehen zu bleiben.

Kaum, dass sie sich ein wenig gefangen hatte, packte er sie im Genick und schleuderte sie mit Schwung auf das Bett. Vor Entsetzen schrie sie erneut auf. Um ein Haar wäre sie mit dem Kopf an den Eisenpfosten geknallt. Gerade wollte sie sich wieder aufrichten, da warf er sich mit voller Wucht auf sie und presste sie auf das weiße Laken. Er küsste die wehrlose Frau erbarmungslos, bearbeitete mit kaltblütigen Griffen ihren Busen, fasste ihr brutal zwischen die Beine und erstickte jede Gegenwehr im Keim. Und so schnell er über ihr gewesen war, so schnell ließ er von ihr ab. Fast einer Ohnmacht nahe wimmerte die fassungslose Anna erst leise, brach ein paar Sekunden später jedoch in unkontrolliertes Schluchzen aus. Dieses Mal holte er noch kräftiger aus, schlug ihr mit dem Handrücken ins Gesicht. »Ich habe gesagt, DU SOLLST STILL SEIN!«

Das Laken zeigte mittlerweile rote Spuren. Er wischte sich über den Mund, dann spuckte er neben sich auf den Boden. Normalerweise küssten sie sich nie. Dies war eine der Regeln, Küssen auf den Mund war verboten. Es war ihm egal. Ihm war wichtig, dass sie sich an ihn erinnerte. Für wenige Momente wurde es still im Zimmer. Nachdem er sich vollständig angezogen hatte, fasste er in sein Jackett, holte eine Handvoll Münzen heraus und warf sie über die blutverschmierte Anna. Im gleichen Moment riss es ihn vor Schreck herum. Es klopfte und polterte an der Tür. Trotz der eindeutigen Situation breitete sich ein widerliches abfälliges Grinsen in seinem Gesicht aus.

»Werter Herr, hallo? Werter Herr, kommen Sie schnell!«, dröhnte es durch die Tür. Die misshandelte Frau lag vor sich hin wimmernd auf dem Bett und rührte sich nicht. Das störte Akabott wenig. Gelassen schritt er zur Tür, darauf gefasst, dass sein Verhalten Konsequenzen haben würde. Hoch erhobenen Hauptes entriegelte er das Schloss und zog die dicke Holztür auf. Ein junger Mann, dem Anschein nach gerade mal 18 Jahre alt, stand mit gesenktem

Haupt vor ihm. »Sie müssen schnell kommen. Es ist was passiert. Sie müssen schnell zur Wache kommen. Da war alles voller Blut, ich habe es gesehen.« Ohne ein weiteres Wort zu verlieren, ließ Akabott Anna zurück und folgte ihm.

Draußen zog leichter Nebel durch die Straßen. Das Kopfsteinpflaster glitzerte feucht im Schein der wenigen Straßenlaternen. »Das sah richtig eklig aus. Die Augen waren hervorgetreten«, redete der Überbringer der Nachricht einfach weiter. Er keuchte ein wenig, denn sie beschleunigten unwillkürlich ihre Schritte. Akabott hörte kaum auf die Worte des Jüngeren. Eigene Gedanken schwirrten durch seinen Kopf. ´es ist vollbracht. Mag sein, dass es ein wenig grausam war, doch kein Mensch kann mir nachweisen, dass ich die Untat veranlasst habe`, dachte er. »Der Körper, der war total aufgedunsen und dann all das Blut. Ich habe noch nie so viel Blut gesehen. Das war echt schockierend.«

´Isabelle möge in der Hölle schmoren. Sie werden vermuten, dass ich etwas damit zu tun habe, aber für das Alibi habe ich gut vorgesorgt.` Er blieb mit diesen Gedanken unter einer Laterne stehen und schaute auf seine Taschenuhr. Sie zeigte kurz nach halb vier. Im Licht der Laterne wirkte der Leberfleck über seiner linken Stirnhälfte und das verzerrte Grinsen auf seinem Gesicht wahrlich diabolisch. »Sie tut mir so leid, Ihre Frau. Das muss wirklich schlimm gewesen sein und so grausam. Es tut mir so leid für sie.« Bei diesen Worten blickte der junge Mann etwas irritiert in Akabotts teilnahmsloses Gesicht. Die Situation wirkte grotesk, weil dieser offensichtlich keinerlei Grund zur Sorge hegte. Kurz trafen sich die Augenpaare. Dem Jungen jagte dieser Blick in Sekundenschnelle ein frostiges Gefühl über den Rücken. »Geh schon weiter!«, knurrte Akabott, der jetzt zur Eile drängte.

´Ob ich sie identifizieren muss? Das soll ihre Mutter machen. Ich muss mir das nicht ansehen. Immerhin bin ich der Leidtragende, der seine Frau unter tragischen Umständen verloren hat`, waren seine hämischen Gedanken.

»Ich könnte schwören, dass da das Gedärm herumlag, und der Gestank. Das kommt sicherlich vom Blut, oder?«

´Kann der nicht mal still sein? Ich muss mich konzentrieren. Mich auf meine Rolle des armen Ehemannes vorbereiten. `

Schon bogen sie in die Straße ein, in der sich das Gebäude der Gendarmerie befand. Dort wimmelte es inzwischen von Polizisten und Soldaten. Laute Rufe schallten die Gassen entlang. Da sich der Mord innerhalb der Festung ereignet hatte, mutmaßte man, dass der Mörder nicht weit gekommen sein konnte oder sich mitten unter ihnen befand. Einige Soldaten stürmten sofort auf die beiden zu und sie mussten sich erklären. Trotz seines Standes wurde Akabott von beiden Seiten festgehalten und ins Gebäude geführt. Tief atmete er durch, darauf gefasst, mit unbequemen Fragen konfrontiert zu werden. Er war sich sicher, alles bedacht zu haben. Diese Idee, zu Anna zu gehen, war die Beste gewesen, um ein sicheres Alibi vorweisen zu können. Ihm war nämlich von Anfang an klar, dass er der erste Verdächtige sein würde. Die eigene Frau ermordet und deren Geliebten. Natürlich würden sie zunächst an den gehörnten Gatten denken. Kurz huschte erneut ein zufriedenes Lächeln über sein Gesicht. Er hatte sich gut im Griff. Ihm würde nichts geschehen. Außerdem wusste man hier, wer sein Schwiegervater war und wenn sie erst einmal seine Aussage überprüft hätten, darüber war er sich sicher, käme er ungeschoren davon. Was interessierte jetzt die Tatsache, dass er Anna geschlagen und misshandelt hatte, die zwei Morde würden alles andere überschatten.

Auf dem langen Flur kamen ihnen weitere Polizisten entgegen, die sicherlich aus dem wohlverdienten Schlaf geweckt worden waren, um sich an der Aufklärung zu beteiligen. Nachdem sie an unzähligen Türen vorbeigegangen waren, näherten sie sich schließlich einem großen Raum. Sich völlig in Sicherheit wiegend stolzierte Akabott majestätisch über die Schwelle. Sein Blick schweifte über die Schreibtische hinweg, an denen ein geschäftiges Treiben herrschte. Zuletzt blieb sein Blick an der Fensterfront hängen, die das Büro des höchsten Kommissärs von dem Raum trennte, in dem sie sich befanden. Er traute seinen Augen kaum. Schüttelte den Kopf, so als müsse er seine Sinne an die richtige Stelle rücken. Wie zur Salzsäule erstarrt blieb er stehen, hielt die Luft an und schüttelte immer wieder seinen Kopf. Mit jetzt offenem Mund stand ihm das Erstaunen im Gesicht geschrieben. Ein verweintes, ihm allzu bekanntes Augenpaar, erwiderte seinen Blick. Dort drüben im Büro des Kommissärs saß Isabelle, wie ein Häufchen Elend, blutverschmiert und zitternd. Ihre Hände kneteten unruhig ein Taschentuch. Man hatte ihr eine grobe graubraune Decke umgelegt. »Das kann nicht sein ... das kann einfach nicht sein ...«, stammelte er leise vor sich hin. Die Soldaten, die ihn ins Gebäude begleitet hatten, zerrten ihn unsanft weiter. ´Wie kann das möglich sein? Sie muss doch tot sein. Wieso sitzt sie hier? Ich dachte, die Angelegenheit hätte sich erledigt? Der Junge hatte doch gemeint, da war so viel Blut? `, sein Verstand arbeitete auf Hochtouren. Eine völlig neue Situation tat sich ihm auf, der er sich umgehend stellen musste. Freude heucheln darüber, dass sie anscheinend überlebt hatte. Akabott wurde auf einen Stuhl gedrückt. Anschließend überließ man ihn für wenige Augenblicke sich selbst. Das gab ihm Gelegenheit, zu beobachten. Zwei der höheren Gendarmen traten zu Isabelle und wechselten ein paar Worte mit ihr. Daraufhin wurde einer der niederen Beamten herbeigerufen, der sie sofort hinausführte.

Dieses gläserne Büro konnte geradewegs durch eine der Türen vom Flur aus betreten werden. Akabott bekam keine Möglichkeit, ein Wort mit seiner Frau zu wechseln. Jetzt traten zwei weitere Herren in Uniform durch die Flurtür in das Büro. Wild gestikulierend unterhielten sie sich mit dem Kommissär.

Fast schon bekam man den Eindruck, es handelte sich um ein Streitgespräch. Mehrmals zeigte einer der beiden hinaus in das Büro, in die Richtung, in der Akabott saß. Unerwartet gaben sie sich auf einmal alle die Hand und die zwei Uniformierten verließen das Büro, so, wie sie es betreten hatten. Kurz darauf trat der Kommissär zu Akabott und jetzt durfte er in das gläserne Büro eintreten und auf dem einzigen Stuhl Platz nehmen, der vor diesem Schreibtisch stand. Akabott spürte noch die Wärme, die Isabelle in dem Holz des Stuhles hinterlassen hatte.

Etwa eine halbe Stunde später saß Isabelle Elenor Akabott auf ihrem Bett im gemeinsamen Schlafzimmer. Das Zittern ihrer Hände hatte endlich nachgelassen und ihre Stimme erholte sich langsam wieder. Ihr Gatte musste sich sicherlich in vielerlei Hinsicht auf der Wache erklären und sie ahnte schon, dass er darüber nicht erfreut sein würde. Noch am Tag zuvor wäre sie darüber in Panik ausgebrochen. Das blieb heute aus. In ihr brodelte Hass, Zorn und Wut, vermischt mit unbändiger Traurigkeit. Ihre Hände ballten sich im Schoß zu Fäusten. So fest, dass die Haut an den Knöcheln weiß wurde. Unruhig sprang sie auf, lief zum Fenster, riss die Vorhänge beiseite und öffnete es. Tief atmete sie die Nachtluft ein und schaute in den Sternenhimmel. Ihr Entschluss stand fest. Sie musste weg, raus aus diesem Haus, weg von diesem bösartigen Menschen. Kaum, dass sie den Gedanken in die Tat umsetzen wollte, wehte ein heftiger Wirbel durch das Zimmer, der sie sofort erstarren ließ. Vor ihr, im schwachen Schein der Öllampe, materialisierte sich der Dämon. Voll Mitgefühl schaute er sie an. Isabelle verspürte keine Angst, im Gegenteil. Sie spürte, dass der Dämon ihr nichts Böses antun wollte. Dennoch ... schlagartig traten die schrecklichen Bilder vor ihr geistiges Auge, die letzten Zuckungen von Gustave und obendrein das viele Blut. »Weshalb haben Sie mich nicht getötet?« Leise und zaghaft traten diese Worte über ihre Lippen. Der Dämon zögerte kurz, trat dann langsam und lächelnd auf sie zu. »Ich sollte ein ehebrecherisches Paar töten, weil sie ihren Gatten betrügt. Allerdings schlägt in ihr nicht nur ein Herz. Es schlägt auch das Herz des Sprösslings, das ihr von ihrem Geliebten mitgegeben wurde. Dieser Keim des Lebens würde sterben, würde ich sie töten und das widerstrebt meinem Gebaren. Außerdem ...«, bei diesen Worten strich der Dämon Isabelle einfühlsam über die Wange, »... außerdem kann ich Sie nicht töten, weil sie etwas in meinem Herzen geweckt hat, von dem ich glaubte, dass das für immer und ewig in mir verschlossen bleiben würde. Es sind menschliche Gefühle, die ich für Sie empfinde.« Isabelle presste bei den Worten des Dämons überrascht ihre Hände auf den Unterleib. Hatte sie richtig vernommen? Sie war guter Hoffnung von Gustave? »Woher wollen Sie etwas wissen, wovon ich selbst bisher nichts bemerkt habe?« Behutsam nahm er ihre Hände in die seinen. Sie erschrak bei dieser liebevollen Berührung. »Ich sehe nicht allein mit den Augen. ... Isabelle, es tut mir

177

so leid um Ihren Geliebten. Ich musste den Befehlen gehorchen, die Ihr Ehemann mir aufzwang. Ich hatte keine andere Wahl. Es ist der Fluch, der auf mir lastet.« Isabelle schwankte einige Schritte zurück. Sie hatte es vermutet, doch aus dem Mund dieses Wesens die Wahrheit zu hören, erschütterte sie dennoch. »Er wird alles daransetzen, um mich zu ermorden«, flüsterte sie, »ich muss noch heute hier fort. Keine Minute länger als notwendig werde ich unter diesem Dach verweilen. Ich mag mir nicht vorstellen, was er mit mir anstellt, wenn er zurückkommt.« Sie stürmte an dem Unhold vorbei zum Schrank, ergriff ihre Tasche und begann, in aller Eile noch mehr Kleidung einzupacken. »Ich werde zu meiner Freundin Magdalena gehen. Sie wird mir helfen. Zu meinen Eltern kann ich nicht, das kann ich ihnen nicht antun.« Plötzlich hielt sie inne und drehte sich zu ihm herum. »Algäsius wird Sie wieder auf mich hetzen. Was werden Sie dann tun?« »Sie sind sicher, solange Sie den Spross in sich tragen. Sobald aber das Kind geboren ist, muss ich den mir auf erzwungenen Befehl ausführen.« Kaum hatte er den Satz beendet, sank Isabelle vor Entsetzen in sich zusammen. Auf dem Boden sitzend, schlug sie die Hände vor das Gesicht und brach, bei dem Gedanken an ihre ungewisse Zukunft, in verzweifeltes Weinen aus. Der Dämon bemerkte die Verzweiflung von Isabelle, konnte sie allerdings nicht wirklich beruhigen. »Sie dürfen sich nie sicher fühlen, zu keiner Zeit, nicht vor mir und erst recht nicht vor Ihrem Gatten.« Erschrocken sah sie zu ihm auf.

»Was verlangen Sie von mir? Was wollen Sie dafür, dass Sie mich verschonen? Wollen Sie mein Herz? Nehmen Sie es, es gibt für mich soundso keinen Grund zum Weiterleben. Bringen Sie mich lieber gleich um, dann habe ich es hinter mir.« Schneller, als sie es erfassen konnte, zog er sie auf die Füße, hielt sie fast zärtlich in seinen Armen und küsste sie sanft auf die Stirn. »Nein, nein ... nichts von alldem. Sie irren. Es gibt für Sie einen entscheidenden Grund weiterzuleben.

Sie tragen ihn unter Ihrem Herzen. Liebste Isabelle, dieser mir auf erzwungene Fluch zwingt mich zu Handlungen, die mir widerstreben. Ich wollte, ich könnte anders. Ich versuche ja, Ihnen zu helfen. Es gibt zwei Wege, die dazu beitragen könnten, dass Sie dem Tod entgehen, doch nur einen davon können Sie für sich auswählen. Sie dürfen auf keinen Fall zögern und Sie müssen sich jetzt entscheiden.« »Soll das heißen, dass Sie mich gar nicht umbringen wollen? Ja, aber ... wie können Sie sich denn dem Befehl zu dieser Untat entziehen?« »So einfach ist das nicht. Wurde mir der Befehl erst einmal erteilt, muss ich ihn erfüllen und es gibt lediglich diese beiden Möglichkeiten für Sie, dem Tod zu entgehen.« »Bitte, dann erklären Sie mir, was muss ich tun?« Isabelle löste sich von ihm und wich einen Schritt zurück. Von ihren Gefühlen hin und her gerissen erwartete sie, aus seinem Mund einen Ausweg zu erfahren. Der Dämon wandte sich zum Fenster. »Wenn Sie sich dazu entscheiden könnte, mich aus freien Stücken zu lieben.

Mir Ihr Herz zu schenken und den Rest Ihres Lebens mit mir zu verbringen. Das wäre für mich die Erlösung von dem Fluch. Der Bann würde gelöst und ich wäre von der unseligen Kraft befreit, die mich zu diesen frevelhaften Handlungen zwang. Ich wäre dann ein ganz normaler Mensch, könnte leben und lieben wie ein Mensch, älter werden und irgendwann einmal sterben, so wie Sie, so wie alle Menschen.« Isabelle hielt für einen Moment die Luft an. In Sekundenschnelle erlebte sie eine Achterbahn der Gefühle. Sollte sie dem Dämon glauben? Die Aura, die sie spürte, zog sie in eine noch nie gefühlte Tiefe, einen immensen Umfang von Liebe, Geborgenheit und Vertrauen, was er ihr offensichtlich entgegenbringen wollte. Ein Gefühl, das sie in dieser Intensität noch nie erfahren hatte. Ihr Herz schlug schneller und das Kribbeln, welches die Gegenwart des Dämons mit all seinen verführerischen Worten unwillkürlich bei ihr ausgelöst hatte, verstärkte sich von Sekunde zu Sekunde. Dennoch drängte es sie, die zweite Möglichkeit zu erfahren. Flüsternd, fast hingehaucht, kam ihr die Frage danach über die Lippen. Ohne zu zögern, klärte er sie auf. »Sie müssen jetzt sofort nach dem Buch, meinem Seelentrog, suchen. Nutzen Sie die Abwesenheit Ihres Mannes. Sobald Sie es gefunden haben, eilen Sie damit zu Irina Yourigca. Sie wohnt an der Hexengasse, in diesem alten Haus. Sie wird Ihnen helfen.« »Ein Buch? Wozu dieses Buch? Was hat es damit auf sich? ... Wie sieht es aus?« »Liebste Isabelle ... es gibt Kräfte und Magie, die diese Macht

180

beeinflussen, die nicht von dieser Welt sind. Einige wenige Menschen sind fähig, von diesen Praktiken Gebrauch zu machen. Irina gehört zu den Auserwählten. Mit ihrer Hilfe werde ich wieder in das Buch gebannt, vielleicht sogar für alle Zeiten. So kann mich niemand mehr für seine üblen Zwecke missbrauchen. So würde ich Ihnen kein Leid zufügen können.« Isabelles Gesichtsausdruck hätte nicht erstaunter sein können. »Sie machen mir Angst. Nicht, dass ich diese vor Ihnen habe, nein, das ist es nicht. Diese Dinge, die Sie mich wissen lassen, die bereiten mir Furcht.« »Isabelle ... liebste Isabelle, haben Sie keine Angst. Ich wünschte, Sie könnten ermessen, wie sehr ich mir erhoffe, Sie würden sich für mich entscheiden. Mir Ihr Herz schenken und mich damit von dieser ewigen Pein erlösen.« Isabelle stand wieder bei ihm und bemerkte, wie ein kurzer Anflug von Traurigkeit über sein Gesicht huschte. Tröstend berührten ihre Finger seinen Arm.

»Ich weiß nicht mal Ihren Namen und doch habe ich das Gefühl, als kenne ich Sie schon seit Anbeginn aller Zeiten ...« Das unglückliche Wesen zog behutsam ihre Hand an seinen Mund, um ihr einen innigen Kuss darauf zu geben »... Diese Zeiten überdauern schon mehr als zweitausend Jahre!« Erneut schloss er Isabelle in seine Arme und die junge Frau ließ ihn gewähren. Sie legte sogar für einen Moment ihren Kopf an seine Brust und konnte sich trotz aller Bedenken seiner Nähe nicht entziehen. »Mein Name ist der Inbegriff der Sturmgewalten, die

Bedeutung dessen verheißt den Tod, vor dem es, einmal ins Visier genommen, kein Entrinnen gibt. Mein Name lautet Ilya Duvent!« Behutsam löste sie sich aus seiner Umarmung, atmete kurz durch, nahm ihre Tasche und begann erneut, diese mit Kleidung zu füllen. »Also, Ilya Duvent ... wie um alles in der Welt soll ich an das Buch gelangen? Dazu müsste ich Algäsius befragen und ich glaube kaum, dass er ausgerechnet mir das Versteck verrät.« Für Isabelle kaum bemerkbar umspielte ein trauriges Lächeln seinen Mund, ein verräterisches Zeichen seiner inneren Regung. »Bei der Suche nach dem Seelentrog kann ich Ihnen nicht helfen. Zudem müssen Sie bedenken, dass nur der, der dieses Buch in seinen Händen hält und seine Zauberkraft kennt, in der Lage ist, Macht über mich zu haben und mir Befehle zu erteilen. Und nur, wenn Sie es schaffen, das Buch in Ihren Besitz zu bekommen, werden Sie mithilfe von Irina die Möglichkeit haben, meine Seele zurück in dieses Buch zu bannen, damit sie auf ewig darin verschlossen bleibt. Und ... Sie sollten auch wissen, dass dieses Buch unzerstörbar ist. Kein Element auf dieser Erde wird jemals in der Lage sein, es zu vernichten.« Eine unheimliche Stille füllte für unendliche Sekunden den Raum aus. »Isabelle, Sie müssen eine Entscheidung treffen, die Zeit drängt. Wenn Sie mir Ihre Liebe nicht schenken können, dann suchen Sie unverzüglich nach dem Buch und eilen damit zu Irina. Tut dann so schnell wie möglich das Unvermeidliche. Anschließend suchen Sie ein sicheres Versteck, damit das Buch nie wieder von Menschen zu Freveltaten missbraucht werden kann. Niemand darf von dem Versteck erfahren, mit keinem Menschen dürfen Sie darüber reden. Die Menschen sind nicht in der Lage, mit geheimen Kräften sinnvoll umzugehen ... das waren sie noch nie.«

Nach diesen Worten kniete Ilya Duvent vor Isabelle nieder, senkte sein Haupt und hielt dabei ihre Hände fest. Der Druck, den er dabei auf ihre Finger ausübte, schmerzte unangenehm. Dennoch ertrug sie den Schmerz. Sie verstand, dass er damit seine Worte unmissverständlich unterstreichen wollte. Es schmerzte nicht allein sein fester Griff, es schmerzte zudem auch ihr Herz, das in ihrer Brust fast bis zum Zerspringen schlug. »Ilya Duvent, ich trage das Kind meines toten Geliebten unter dem Herzen. Sie ... du ... bist der Mörder seines Vaters. Wie könnte ich das jemals vergessen. Es tut mir leid. Wie könnte ich dich lieben, so wie du es dir wünschst? Das wäre nicht ehrlich, die schlimme Tat würde immer zwischen uns stehen. Wenn ich das Buch, deinen Seelentrog, nicht finde, dann bin ich des Todes. So soll es mein Schicksal sein.« Ihre Stimme klang gefasst und ließ keine Zweifel an dem Gesagten. Langsam erhob er sich. Trotz der starken Gefühle, die er für Isabelle empfand, respektierte er ihre Entscheidung ohne Worte, es gab nichts mehr zu sagen. Ein Windwirbel drehte sich mit einem Mal um den Dämon herum und trug den Nebel, in den er zerfiel, mit sich fort.

Isabelle blieb allein zurück, kaum begreifend, was in den letzten Stunden geschehen war. Erst der gewaltsame Tod ihres geliebten Gustave, dann die Erscheinung dieses Geschöpfes, das ihn auf dem Gewissen hatte und das sich danach um sie und ihre Liebe bemühte. Es blieb ihr keine Zeit, länger darüber nachzudenken, was geschehen war. Diese Gedanken musste sie auf später verschieben. Jetzt musste sie handeln. Schnell packte sie die letzten Sachen in die Reisetasche und hoffte, dass sie aus dem Hause war, bevor Algäsius zurückkehrte.

Doch zu spät. Er kam!

Eine krachende Haustür und lautes Gepolter kündigten ihn an. Sie hörte, wie er laut nach ihr rief. Algäsius sparte nicht an gemeinen Schimpfworten, um sie zu demütigen und zu verletzen. Irgendetwas fiel klirrend zu Boden und zerbarst. Sicher eine der kostbaren Vasen in der Eingangshalle. Isabelle, die von dem Erlebten noch erschüttert war, verkrampfte vor Anspannung ihre Hände und drehte sich zur Tür.

Sie fühlte sich kraftlos, ausgezehrt und ahnte, was jeden Augenblick auf sie zu kam. Müde dachte sie, dass er leichtes Spiel haben würde, wenn er sie, wie so oft schon, verprügelte. Urplötzlich zog ein leichter Windhauch durch den Raum und verstärkte sich bei jedem Schritt, den sich Algäsius laut schimpfend dem Schlafgemach näherte. Kurz war es still. Isabelle hielt den Atem an. Mit einem Mal krachte es und die Tür flog auf. Er hatte sie eingetreten. Holz splitterte und Teile der Türfalle flogen zu Boden. Da stand

184

er, mit hochrotem Gesicht, den Schürhaken des Kamins, der sich in der Eingangshalle befand, in den Händen. Die Haare wild zerzaust, sah man den großen Leberfleck, der sich über der linken Stirnseite befand, wie einen hässlichen Erdhügel hervorstechen. »Dieser Bastard von Dämon. Ist denn nicht mal auf die Mächte der Dunkelheit Verlass? Töten sollte er dich und stattdessen verbündet er sich mit dir? Es hat mich große Mühe und viel Geld gekostet, an diesen Ilya Duvent heranzukommen. Er muss meinen Befehlen gehorchen, so wie du. Du gehörst mir und ich bestimme, was du tust und, mit wem du sprichst. Wenn ich dich tot sehen will, dann hat er, beim Satan, dieser Anweisung Folge zu leisten.« Er kam Isabelle bedrohlich nahe und hob schon den Schürhaken, um zum Schlag auszuholen, da fasste Isabelle allen Mut zusammen. »HÖR AUF! LASS MICH IN RUHE! VER-LASS DIESES ZIMMER! Ich werde von dir fortgehen. Nie wieder wirst du Hand an mich legen. Nie wieder auch nur in meine Nähe kommen. Geh weg!« Ihre Stimme durchschnitt den Raum, scharf, kalt und bestimmt. Mit hocherhobenem Haupt und festem Blick sprühte sie plötzlich vor Entschlossenheit. Sie spürte ein Streicheln an ihrer Wange. Etwas liebkoste ihren Haarschopf und trieb ihr dadurch eine Gänsehaut über den Körper. Sie spürte: Der Dämon war hier! Isabelle nahm ihn mit jeder Faser ihres Körpers wahr. In dem Augenblick, als sie sich dessen bewusst wurde, trat sie, ohne zu zögern, zwei Schritte auf ihren Gatten zu. Dieser senkte überrascht seinen Arm.

Das Wort, was er von sich geben wollte, blieb ihm im Hals stecken. Er stand mit offenem Mund da, während sie stolz vor ihm stand und ihn mit zornigem Blick strafte. Akabott kniff seine Augen zu schmalen Schlitzen zusammen. Jetzt erst fiel ihm die Tasche auf, die vor den Füßen seiner Frau stand. Unverkennbar gepackt, wie zu einer längeren Reise. »Ich werde dich finden und ich werde keine Ruhe geben, bis du auf dem Friedhof liegst. Ich werde deinen Körper bei den Aussätzigen und Verbrechern verscharren lassen, damit du ewig für deine Sünde bezahlen wirst.«

Der Schürhaken polterte zu Boden, während er wütend aus dem Zimmer stürmte. Wenige Sekunden danach fiel die Haustür unüberhörbar mit lautem Knall ins Schloss. Einige Momente verharrte Isabelle, bis sie begriff, dass Algäsius sie tatsächlich nicht angerührt hatte. Jedoch durfte sie sich bei dem Gedanken nicht aufhalten, es galt, sich zu beeilen, bevor er es sich anders überlegen würde. In aller Eile verschnürte sie ihre Reisetasche. Mit wild klopfendem Herzen trat Isabelle hinaus in den Flur. Rechts von ihrem Schlafzimmer befand sich das Kontor ihres Gatten. Sie wusste, dass er dort in seinem Schreibtisch immer Geld aufbewahrte. Sie ließ die Tasche stehen und eilte hinein. Hastig durchsuchte sie die Schubladen und Fächer, schließlich fand sie, was sie suchte. Eine alte Metalldose diente als Behältnis und Isabelle staunte nicht schlecht über den Inhalt: Eine große Menge von Gulden und Talern füllte die Dose bis an den Rand. Schnell zählte sie sich 300 Taler ab, die würden ihr sicher über die ersten Monate in Freiheit helfen. Sie verschloss die Dose und wollte gerade das Kontor verlassen, da erblickte sie das dicke schwere Buch, welches mit abgegriffenem Ledereinband auf dem Sekretär lag. Mit goldenen Lettern geprägt stand auf dem Umschlag »Ilya Duvent« geschrieben. »Dem Himmel sei Dank! Kann ich so viel Glück haben? Das muss das Buch sein, von dem der Dämon sprach.« Sie zögerte keine weitere Sekunde, griff sich das Buch, verstaute alles in einer weiteren Tasche und verließ fluchtartig das Reich ihres Mannes. Der Moment, als hinter ihr die Haustür leise ins Schloss glitt, war so befreiend, dass ihr vor Freude Tränen über die Wangen liefen. In Gedanken stellte sie sich vor, dass Algäsius vor Wut wie Rumpelstilzchen im Erdboden versank, wenn er den Verlust des Buches bemerken würde. Unter Tränen musste sie lächeln. Ihr grausamer Ehemann konnte ihr zunächst nicht mehr gefährlich werden, ohne das Buch hatte er keine Macht mehr über den Dämon. Der Weg war geebnet, um der Dame in der Hexengasse den notwendigen Besuch abzustatten, um mit ihrer Hilfe Ilya Duvent in seinen Seelentrog zu bannen. Mit diesen guten Gedanken war sie vor dem Haus ihrer Freundin angelangt.

Während Isabelle bei ihrer Freundin Unterschlupf fand, steigerte sich Akabotts ohnmächtiger Zorn ins Unermessliche, weil sein Plan nicht aufgegangen war. Noch in diesen frühen Morgenstunden suchte er Irina Yourigca auf, um ihr mitzuteilen, dass er sie nie und nimmer bezahlen würde. Außerdem sollte sie ihm einen Rat geben, wie er auf andere Weise dem Leben seiner Frau ein Ende bereiten könne, da ihm dieser Dämon den Befehl verweigert hatte. Frau Yourigca war diese Situation schon bekannt. Akabott war in seiner Wut so verbohrt, dass er das zunächst nicht einmal wahrnahm. Irina bestand energisch darauf, dass er seine Schuld bezahlen müsse, und betonte mit Bestimmtheit, dass sie ihm keinesfalls weiterhelfen würde. Ohne Scheu warf sie ihm an den Kopf, dass sie ihm bei ihrem Lebtag nicht unterstützt hätte, wenn sie im Ansatz geahnt hätte, mit was für einem erbärmlichen Charakter er sich anmaßen würde, über das Leben anderer Menschen entscheiden zu wollen. Er habe ihr den leidenden Ehemann nur vorgegaukelt und von Anfang an diese üble Tat geplant. Das Wortgefecht der beiden entwickelte sich zu einem mächtigen Streit. Wenn nicht zufällig Irinas Schwestern, von dem Lärm neugierig geworden, vor das Haus getreten wären, wer weiß, wozu Akabott in seinem Zorn noch imstande gewesen wäre. Schließlich musste Akabott wutentbrannt und fluchend das Weite suchen. Frau Yourigca blieb ihm keine Antwort schuldig und schickte ihm einen bitterbösen Fluch hinterher. Verdammt sei er zum ewigen Leben, mit all seinem Hass und seiner Schuld, die er auf sich geladen habe, bis er, zu ihren Lebzeiten, bei ihr seine Schulden beglichen habe. Einzig und allein eine selbstlose Tat könne ihn dann noch davon befreien. Er hörte den Fluch zwar, doch er verstand ihn nicht.

Am nächsten Morgen fand sich Isabelle in Begleitung ihrer Freundin Magdalena bei Irina Yourigca ein, die sie schon erwartet hatte. Isabelle wurde ins Haus geführt, bis ganz nach hinten, in einen sechseckigen Raum. Die beiden Schwestern der wundersamen Kräuterfrau waren dort eifrig damit beschäftigt, unzählige Kerzen sternförmig auf dem Tisch zu verteilen. Magdalena sollte vorn in der Küche warten. Frau Yourigca nahm ehrfürchtig den Seelentrog an sich. Geschäftiges Treiben umschwirrte Isabelle und fasziniert schaute sie zu. Bald umnebelte der Rauch der Räucherstäbchen ihre Sinne und nach einigen Minuten, die ihr wie eine Ewigkeit erschienen, wurde sie an den Tisch geholt. Sie durfte jetzt die Kerzen anzünden. Die Zeremonie der Rückreise von Ilya Duvent in die mysteriöse Welt der Dämonen konnte beginnen. Andächtig breitete Irina das Buch, den Seelentrog des Ilya Duvent, in der Mitte des Tisches aus. Mit leisem Singsang stellte sie Isabelle Fragen zu ihrer Person, wollte unter anderem auch ihr Geburtsdatum wissen. Dann bat sie die junge Frau, den Zeigefinger der rechten Hand vorzustrecken. Hielt sie am Handgelenk fest und stach ihr blitzschnell mit einer kleinen Nadel in den Finger. Sofort fiel ein Tropfen Blut von Isabelle in die Mitte der aufgeschlagenen Seiten. Während sich alle an den Händen hielten, las Irina aus einem ebenso alten, in grobem Leder gebundenen Buch, die geheimnisvolle Formel vor, mit welcher der Dämon in seinen Seelentrog gebannt werden sollte. Während der Lesung steigerte sich der leise Luftzug, der bis dahin zu spüren war, für ein paar Sekunden zu einem kurzen, aber orkanartigen Sturm. So schnell, wie der Spuk begonnen hatte, so schnell war er auch vorüber. Irina schlug das Buch zu und schob es rasch an Isabelles Platz. Die Geste war eindeutig, man hätte vermuten können, das Buch beherberge eine giftige Krankheit. Irinas Worte hallten dazu durch den Raum: »Hier, gutes Fräulein! Jetzt ist es vollbracht, der Dämon ist gebannt. Deine Entscheidung, seinem Werben, und damit seiner Erlösung zu widerstehen, war weise. Nicht viele hätten dieser Verlockung standgehalten. Es liegt jetzt einzig und allein in deiner Hand, was du mit dem Buch und dem Wissen über seinen Inhalt anfängst. Nimm es hin und finde ein gutes Versteck, um es vor Menschen wie deinem Ehemann zu schützen. Geh jetzt und lebe dein Leben! Ach ... und eines solltest du noch wissen. Von diesem Moment an kann allein eine Nachfahrin deiner Lebenslinie, die an einem 18. im fünften Monat des Jahres, zur 18. Stunde, ebenso wie du, geboren ist, unseren Dämon befreien. Wenn dieser...«, Irina atmete tief durch, senkte ihre Stimme und ihre Worte klangen beschwörend und bedrohlich zugleich, »... und nur wenn dieser Umstand eintritt, wird die Schrift erscheinen, um gelesen zu werden und den Bann zu lösen. Einzig und allein wer das Buch in seinem Besitz hält, wird Macht über den Dämon haben. Jetzt geh, nimm es jetzt, geh fort und lebe dein Leben!« »Weshalb behalten Sie das Buch nicht selbst?« Isabelle zögerte. Eigentlich wollte sie das Buch nicht haben. Sachte berührte sie es fast unmerklich mit den Fingern. Im gleichen Moment umschmeichelte sie eine hauchzarte Luftbewegung und strich wie ein gehauchter Kuss über ihre Wangen. Erschrocken zog sie ihre Hände zurück. Irina, deren Argusaugen dieser Augenblick nicht entgangen war, lächelte wissend. »Es war sein Wunsch, in deiner Obhut zu verbleiben. Lya Duvent selbst bat mich darum. Gib gut auf ihn Acht und hüte sein Versteck. Du hast es ja selbst leidvoll erfahren müssen, er kann in den falschen Händen zu einer grausamen Waffe werden, die es gut zu verbergen gilt.« Von Irinas Schwestern erntete sie zum Abschied kalte Blicke und Frau Yourigca selbst deutete mit einer eindeutigen Geste an, dass sie endlich das Haus verlassen solle. Isabelle und ihre Freundin erreichten das Elternhaus von Magdalena in der Stadtmitte zur Mittagszeit. Magdalenas Mutter atmete sichtlich auf, als die beiden jungen Frauen unversehrt und pünktlich zum Essen erschienen.

Algäsius Akabott grämte sich unterdessen zutiefst. Nicht, weil er von seiner bedeutend jüngeren, schönen Frau verlassen worden war. Nein, das berührte ihn nicht, er hatte Isabelle nie geliebt. Was ihm am meisten zusetzte, war das Gerede der Leute. Es war für ihn schier unerträglich, wenn er den spötti- schen Blicken seiner Bekannten in der Stadt ausgesetzt war, die ganz ohne Scheu laut hinter seinem Rücken lachten. Die Wut über seine Niederlage fraß hartnäckig an seiner Seele und grub darin ein tiefes Loch, angefüllt mit dem Hass auf Isabelle, in der er die gesamte Ursache seines Versagens sah. Als ob er damit seinen inneren Qualen ein Ende bereiten könnte, trachtete er jetzt umso mehr nach Isabelles Leben und glaubte ernsthaft daran, damit endlich seinen Seelenfrieden wiederzufinden. Aus diesem Grund begab sich Akabott in den Stadtteil, wo sich zu abendlicher Stunde zwielichtige Gestalten einfanden und ihren dubiosen Geschäften nachgingen. Von dort erwartete er sich gegen gutes Geld Hilfe für seine Zwecke. Immer wieder stieß er auch hier an Grenzen, wenn es darum ging, dass sein Ruf auf jeden Fall gewahrt bleiben müsste. Es fand sich auch für Geld niemand, der im Ernstfall bereit war, für ihn den Kopf hinzuhalten. So verging einige Zeit, ohne dass er seine Rache ausleben konnte. Das war Isabelles Glück, denn es verschaffte ihr Zeit. Zeit, die sie dringend benötigte, um einen Weg zur Flucht aus Rastatt zu finden.

## Es ist die Hoffnung, die den schiffbrüchigen Matrosen mitten im Meer veranlasst, mit seinen Armen zu rudern, obwohl kein Land in Sicht ist.

*(Ovid 43 v. Chr. 17 n. Chr., eigentlich*
*Publius Ovidius Naso, römischer Epiker)*

### Rastatt, 2004

Erschrocken schlug Julia die Augen auf, den Blick an die Schlafzimmerdecke gerichtet. Ein wirrer Traum, an den sie sich schon nicht mehr erinnerte, hatte sie aus dem Schlaf gerissen. Aufgewühlt starrte sie ins fahle Licht der Straßenlaternen, welches durch eine Ritze des Fensterladens drang. Nach und nach drängten sich die Erlebnisse der letzten zwei Tage in ihr Bewusstsein, woraufhin sie mit einem Mal ruckartig in die Höhe schnellte. Erleichtert stellte sie fest, dass Steven tief schlafend neben ihr lag. Jetzt, etwas vorsichtiger, verließ sie das Bett. Ihr Mund fühlte sich ausgetrocknet an und ihre Augen brannten. In der kleinen Küche verharrte sie eine Weile mit einem Glas Wasser in der Hand. Bilder drängten sich vor ihr geistiges Auge, die sie am liebsten wegwischen und ungeschehen machen würde. Nachdem sie im Haus von Sheila Yourigca die Polizei gerufen hatten und ihre Aussagen aufgenommen waren, hatten sie nur noch das Bedürfnis gehabt nach Hause zu fahren. Unter die Dusche, ein wenig hinlegen und versuchen zu entspannen. Das Erlebte zu verarbeiten. Arme Sheila, bedauerte Julia in Gedanken, immerhin hat sie versucht uns zu helfen. Ich fühle mich irgendwie schuldig. Wären wir nicht zu ihr gegangen, würde sie vielleicht noch leben. Die Blechdose mit den Schlüsseln, die sie heimlich an sich nahm, bevor sie das Haus von Sheila Yourigca verlassen hatten, lag vor ihr auf dem Tisch. Daneben die Kette mit dem Anhänger, die sie wenige Stunden zuvor noch so bewunderte. Sheila hatte den Anhänger in der Hand gehalten, als Julia sie tot vorfand. Getrocknetes Blut klebte an ihm. Julia war sich dessen bewusst, dass sie die Schlüssel noch dringend brauchen würde. Außerdem waren sie und Steven jetzt die Einzigen, die über diesen Raum unten bei den Kasematten Bescheid wussten. Ein flauer Kloß breitete sich in ihrer Magengegend aus, je mehr sie über all das nachdachte. Ihr Gefühl mahnte an, dass ihr die Zeit davonlief. Allerdings hatte sie im Moment keine Ahnung, welchen Schritt sie als Nächstes tun sollte. Zur Polizei gehen, kam nicht in Frage. Angestrengt überlegte sie, ob es jemanden gab, den sie ins Vertrauen ziehen konnte, der ihnen helfen konnte. Oder ob sie einfach zu Akabott gehen sollte, um ihn zu bitten, von seinen Racheplänen abzulassen? Sie hatte ihre Zweifel, ob ihr das gelingen würde. So wie sich ihr die Situation zeigte, kam sie wohl nicht drum herum, bei Akabott einzubrechen und den Seelentrog einfach zu stehlen. Schleichend breitete sich eine spürbare Unruhe in ihr aus. Sie öffnete den Küchenschrank neben sich und zog das

Päckchen Gummibärchen hervor, welches schon angebrochen darin verborgen lag. In ihren Gedanken versunken pickte sie sich die weißen Bärchen zuerst heraus. Kurz die Augen schließend blies sie ihren Brustkorb auf, bis keine Luft mehr hineinpasste und lies diese dann ganz langsam wieder heraus. Es half alles nichts. Es wollte keine innere Ruhe einkehren. Je mehr sie nachdachte, desto nervöser wurde sie. Unmöglich konnte sie sich schlafen legen, während Akabott unter Umständen den Dämon auf ihre Eltern hetzte. Hurtig huschte sie zurück ins Schlafzimmer. »Steven, pst ... Steven! Wach auf!« Sie schlüpfte gleichzeitig in ihre Jeans. »Was ist?«, gähnte er leise, »wie spät ist es?« »Gerade einmal halb zwei. Komm, steh auf! Wir gehen zu Akabott. Wir müssen dieses Buch holen.« »Maaan, kann das nicht bis Morgen warten?« Müde stöhnend drehte er sich auf den Bauch und vergrub den Kopf unter dem Kissen. »Nein, kann es nicht! Ich gehe allein, wenn es sein muss. Es sind schon zu viele gestorben. Wir sind diejenigen, die weitere Morde verhindern können.« Nachdem sie sich noch ihren Pulli übergezogen hatte, warf sie sich neben Steven auf das Bett und streichelte ihm den Rücken. Schwerfällig kam der Kopf wieder zum Vorschein. »Na gut! Du hast ja recht. Was genau hast du vor? Hast du einen Plan?« Aus dem Bett kletternd und nach seiner Hose angelnd, schaffte er es kaum, seine Augen richtig zu öffnen. »Aber klar! Plan A ... das Buch holen. Sollte das nicht funktionieren, tritt Plan B in Kraft.« »Und was ist Plan B?« »Das weiß ich noch nicht ... Lasse ich auf mich zu kommen.« Erwartungs-voll stand sie, mittlerweile vollkommen angezogen, vor ihm. Steven schüttelte unverständlich den Kopf. Es erzeugte bei ihm in der Tat ein Gefühl, als müsse er sich beeilen.

Eine halbe Stunde später befanden sie sich vor dem ehemaligen Brunnenhaus. Trotz mehrfacher Renovierung wirkte die Fassade im Schein der Stra-ßenbeleuchtung alt und irgendwie düster. Die Fenster im oberen Stockwerk waren zerschlagen, während sie in der unteren Etage teilweise ersetzt worden waren. Insgesamt machte das Gebäude im Laternenlicht der Straßenbeleuchtung einen unwirklichen Eindruck, beinahe wie aus einem alten Film. Von Weitem betrachtet, hätte dieses Bauwerk auch auf einer Modelleisenbahn sicher seinen Platz gefunden.

»Gib mir eine Taschenlampe!« Julia stand schon vor der Tür des Ladens. Die Dunkelheit, die ihr aus dem Inneren des Hauses entgegen brüllte, wirkte unheilvoll. Steven, der immer noch am Fuß der Treppe stand, schaute sich ständig nervös um. Doch wer mochte sich schon um diese gottlose Zeit auf der Straße aufhalten. Das Werkzeug, das Julia mitgebracht hatte, um gegebenenfalls die Tür aufzubrechen, lag in der Rucksacktasche vor ihr, auf der obersten Stufe. Sie brauchte es nicht. In Julias Gesicht konnte man deut-lich die Überraschung ablesen, die sie fühlte, weil sich die Tür des Ladens wider Erwarten öffnen ließ. »Überleg dir das noch mal. Ich finde es nicht gut, ein-fach so hineinzugehen. Unter Umständen wartet er bloß darauf, dass du dir einen solchen Fauxpas leistest und bei ihm einbrichst.« Sie gab ihm keine Antwort, sondern strahlte ihn mit einem herzerwärmenden Lächeln an. Flugs schlüpfte sie durch den Türspalt und warf sich dabei die Tasche wieder über. Steven zögerte ein wenig, kam ihr dann aber nach. Irritiert schaute sich Julia die Tür genauer an. Eigentlich hätte das Glöckchen bimmeln müssen. Dort, wo es ihrer Erinnerung nach hätte hängen müssen, lugte jetzt ein leerer Haken aus der Wand. Seltsam. Das Licht der beiden Taschenlampen genügte, um ihnen den Weg in den hinteren Bereich zu erleichtern. Steven staunte nicht schlecht über die bis zur Decke reichenden, mit alten Büchern vollgestopften Regale. Zielstrebig führte Julia ihn zu der Tür, hinter der sie den Seelentrog vermutete. »Da drinnen ist es. ... Komm schon, trödel nicht! Die Bücher kannst du dir ein andermal anschauen.« Inzwischen, sichtlich angespannt, drehte sie den Schlüssel, der im Türschloss steckte. Deutlich vernahmen sie das metallische Ratschen. Langsam öffnete Julia die schwere Holztür und trat hinein in die Dunkelheit. Steven blieb im Flur stehen und hielt die Tür fest. Es brannten heute keine Kerzen in diesem Raum. Im Lichtstrahl ihrer Lampe erkannte sie schnell, dass der Seelentrog nicht auf dem schmiedeeisernen Ständer lag. Irgendwie hatte sie das schon erwartet. »Wenn das Buch nicht hier ist, ist es vielleicht hinten, in seinem Wohnzimmer. Außer, Akabott hat es woanders versteckt.« »Komm schon raus da, Julia! Ich finde, wir sollten gehen.

Ich habe kein gutes Gefühl bei der Sache.« »Ja, warte! ... Da liegt etwas! Sieht aus wie ein Ring. Das hat sicherlich etwas zu bedeuten.« Geschwind nahm Julia den breiten mit Diamanten besetzten Goldring, drehte sich zur Tür und sah gerade noch in Stevens besorgtes Gesicht, als die Tür plötzlich mit lautem Krachen ins Schloss fiel. »Steven?« Von einer Sekunde auf die nächste schnellte ihr Puls in die Höhe. Sie hörte ihren Freund nach ihr um Hilfe rufen. Im Nu lag die Taschenlampe auf den Boden und Julia warf sich mit voller Wucht gegen die Tür, immer wieder, bis ihre Schulter schmerzte. »STEVEN?«, schrie sie unaufhörlich. Hämmerte so fest mit den Fäusten gegen das Holz, bis ihre Hände blaurot anliefen. In ihrer Panik hob sie die Taschenlampe auf und schlug mit dieser auf das Holz ein. Dabei traf sie die Eisenbänder. Das Glas der Lampe zersplitterte, kurz flackerte das Licht, dann stand Julia vollkommen im Dunkeln. »Shit!« Sie legte ihr Ohr an die Tür und lauschte. Ihr eigener Atem pfiff heftig und verhinderte für den Moment, dass sie etwas hörte. Genervt hielt Julia den Atem an. Das Rufen von Steven wurde immer eindringlicher, plötzlich verstummte es abrupt. »STEEEVEEEN! Um Gottes willen! Steeeeveeen!« Wieder warf sie sich mit aller Gewalt gegen die Tür. Auf einmal gab die Tür nach und Julia fiel hinaus auf den Flur. Sie prallte dabei mit dem Kopf an das gegenüberliegende Regal, verlor den Halt auf den Beinen und stürzte auf ihre rechte Seite. Wie ein Pfeil schoss der Schmerz durch sie hindurch und lähmte sie für etliche Sekunden.

Nach Luft schnappend presste sie ihre Hände auf die angeschlagene Stelle am Kopf, es fühlte sich feucht an. Stevens Taschenlampe lag leuchtend am Boden. Völlig aus dem Häuschen griff Julia danach, stemmte sich auf die Füße und leuchtete in aller Eile die Umgebung ab. Kein Blut. Also war Steven nicht verletzt. Ohne zu zögern, hetzte sie leicht hinkend nach hinten. In den Raum, in dem sie mit Akabott Tee getrunken hatte. Hier brannten einige Kerzen. Gewissenhaft schaute sie sich um. Nichts ... kein Steven ... kein Akabott ... und kein Buch. Julia spurtete zurück, bremste jedoch in der Mitte des Flures abrupt ab, weil neben einer anderen Holztür Bücher auf dem Boden lagen. Sie leuchtete ins Regal, dort klafften schwarze Löcher. Etwas lief ihr die Stirn hinunter. Sie beachtete es nicht weiter und wischte kurz mit dem Handrücken darüber. Schon riss sie die Tür auf. Julia befand sich jetzt in einer Art Treppenhaus. Es war schwach beleuchtet durch die wenigen Kerzen, die auf den Haltern an den Wänden brannten. Sie hörte jemanden leise reden und je weiter sie die alten, ausgetretenen Steinstufen hinaufstieg, umso deutlicher wurde die Stimme, die sie eindeutig Akabott zuordnen konnte. Julia lief es eiskalt den Rücken hinunter, als sie im nächsten Stockwerk vor der Tür stand und lauschte. »... Du wirst diesen Steven töten, wenn sie uns nicht sagt, wo sich ihre Mutter befindet. Dass sie uns ihren Freund direkt hierher geführt hat, erleichtert uns natürlich, Druck auf sie auszuüben.« »Er hat mit alldem nichts zu tun. Sie sind verblendet mit Ihrem Hass.«

»Schweig! ... Du wirst tun, was ich sage. Ich will sie leiden sehen. Sie soll meine Rache spüren.« »Sie ist nicht Isabelle.« »... Sie ist eine Nachfahrin meiner Frau.« »Julia hat Ihnen nichts getan.« »Folge meinem Befehl und unterlasse deine anmaßenden Bemerkungen ...« Beklemmende Stille hüllte Julia ein. Spontan, und sich der Konsequenzen bewusst, drückte sie mit aller noch vorhandener Kraft die Tür auf und fand sich in einem hallenähnlichen Raum wieder. Überall standen riesengroße Leuchter, die über und über mit Wachs betropft waren. Inmitten dieser unheimlichen Atmosphäre sah sie Akabott vor einem runden Tisch stehen, seine Hände auf den Seiten des Buches liegend. Zwischen ihr und Akabott befand sich der Dämon, der für einen Moment mindestens genauso überrascht dreinschaute, wie Akabott selbst. »Wo ist Steven? Wo habt ihr ihn hingebracht? Er hat mit alldem nichts zu tun ...«, Akabott fixierend, humpelte sie immer weiter in den Raum hinein, ihre Stimme nahm dabei mit jedem Schritt an Schärfe zu. Ilya Duvent hatte seine momentane Starre schon überwunden und löste sich gerade in einem Nebel auf, als Julia sich auf seiner Höhe befand. Wie ein heftig beginnender Sturm wehte er mit einem Mal um Julia herum, doch sie ließ sich nicht beirren und setzte ihren Weg fort. Mit halb offenem Mund verfolgte Akabott ihre Bewegungen, bis sie vor ihm am Tisch stand. Seine mehr als verblüffte Miene sorgte kurzzeitig für ein triumphierendes Gefühl bei Julia. Ihre Haare flogen wild umher. Ihr mit Blut und Schweiß verschmiertes Gesicht sah erschreckend aus. Zwar blies ihr Ilya Duvent heftig entgegen, doch er prallte an ihrer Entschlossenheit ab, wie an einer Mauer. »Wo ist Steven?« »Sag mir, wo deine Mutter ist, dann können wir über deinen Freund reden.«

Langsam klappte Akabott das Buch zu. Wie eine Katze in Habtachtstellung zog er es langsam zu sich heran, seine Hände lagen schützend auf dem Einband. Er hatte sich wieder im Griff. »VERDAMMTER DÄMON! SCHAFF SIE MIR VOM HALS!«, schrie er plötzlich aufgebracht. Die heftige Luftbewegung, die sich ausschließlich um Julia zu drehen schien, zeigte keinerlei Wirkung bei ihr. Julia fürchtete sich nicht. Vom Adrenalin aufgeputscht, mit der Gewissheit, dass der Dämon ihr nichts antun konnte, wich sie keinen Millimeter zurück. Überraschend ließ der Wind für wenige Sekunden nach. Julia spürte sofort, dass sich zwischen ihr und Akabott keine Barriere mehr befand. Geistesgegenwärtig gab sie sich einen Ruck und griff nach dem Seelentrog. Völlig überrumpelt von ihrer blitzschnellen Handlung reagierte Akabott zu spät. Das Buch befand sich schon im eisernen Griff von Julias Händen, als er ebenfalls danach langte und sich daran festhielt. Der Dämon hatte sich sofort zurückgezogen. In ihrer entschiedenen Vorgehensweise bemerkte Julia das noch nicht einmal. Ein wildes Gerangel entstand zwischen ihr und Akabott. Panische Schreie fuhren aus ihm heraus, doch Julia gab keinen Millimeter nach. Akabott verlor plötzlich das Gleichgewicht, stolperte nach hinten und ließ das

Buch los. Besorgt und mit weit aufgerissenen Augen starrte er Julia an, die das Buch triumphierend an sich presste. »Ahhh ... gib es zurück!«, zischte er sie scharf an. »Wo ist Steven?«, blaffte Julia. »Sag mir erst, wo deine Mutter ist!« Beide hatten nicht bemerkt, dass mittlerweile unweit von ihnen Ilya Duvent stand. Dominant, ruhig atmend, mit geschlossenen Augen. Theatralisch die Arme nach vorn nehmend und die Handflächen aneinanderlegend, hob er wie in Zeitlupe seine Augenlider. »Es ist zu spät, Julia. Ich muss Akabotts Befehl, Steven zu töten, ausführen, wenn du nicht sagst, wo sich deine Verwandten aufhalten.« Entsetzt blickte Julia in Ilyas Gesicht, während Akabott die Szene mit hämischen Grinsen beobachtete. Die unglaubliche Ruhe, die der Dämon in diesem Moment ausstrahlte, passte eigentlich überhaupt nicht zu dieser aufgeladenen Situation. »Ich muss das verhindern. Das darf nicht passieren. Steven hat mit alldem nichts zu tun. Sie müssen den Befehl zurücknehmen«, stöhnte sie verzweifelt, an Akabott gewandt, dessen gemeines Grinsen bei Julias Worten zu einem bösartigen Lachen mutierte. »Das alles ist die reinste Farce, ein Albtraum«, wieder zu Ilya Duvent gewandt, »kann ich denn gar nichts tun?« Der Dämon näherte sich Julia mit seiner unerschütterlichen Ruhe. Julia ließ ihn, auf eine Antwort wartend, nicht aus den Augen. Doch diese Antwort blieb er ihr schuldig. Diesen kurzen Augenblick, in dem die Aufmerksamkeit von Julia nicht auf ihm ruhte, nutzte Akabott, sprang vor und wollte ihr das Buch aus den

Armen reißen. Julia, die wesentlich größer als der alte Mann war, nutzte diesen Vorteil aus. Sie hielt den Seelentrog hoch über ihren Kopf. Akabott hing an ihren Armen und begann, auf sie einzuschlagen. Er traf Julia schmerzhaft im Gesicht. Blitzschnell reagierte sie und schlug mit dem Buch zu. Der Alte konnte dem heftigen Schlag nicht ausweichen. Am Kopf getroffen stieß er hart an den Tisch und stürzte zu Boden. Der von wenigen grauweißen Haaren besetzte Hinterkopf glänzte. Blut sammelte sich unter seinem Gesicht. Der rachsüchtige Greis rührte sich nicht mehr. Auf das Äußerste erschrocken starrte Julia auf den am Boden liegenden Akabott. Das hatte sie nicht gewollt. In der nächsten Sekunde zuckte sie zusammen. Sie spürte Ilya Duvents Hand auf ihrer Schulter. Obwohl ihr diese Berührung nicht wirklich unangenehm war, so jagte sie ihr doch erneut einen immensen Schauer über den Rücken. »Geh! Du hast nicht viel Zeit. Du weißt, was du zu tun hast. Das ist die einzige Möglichkeit, wie du Steven noch retten kannst. Ein wenig kann ich den Befehl noch hinauszögern.« Behutsam drehte er sie zu sich. Sah sie eindringlich an. Julia konnte sich kaum regen. Sie war erschüttert über sich selbst, zu was sie fähig war. »Ist er tot?« »Was kümmert es dich? Verschenke nicht wertvolle Zeit. Der Gedanke an Steven sollte dich jetzt erfüllen. Geh und binde meine Seele zurück an das Buch. Erlöse mich von der Schmach, für immer deinen Hass auf mir zu wissen. Rette Steven!« Sekunden später setzte Julia staksig und zitternd einen Fuß vor den anderen. Der Weg zur Tür kam ihr unsagbar weit vor. Das Buch, der Seelentrog von Ilya Duvent, wog mit einem Mal doppelt so schwer in ihren Armen. Kurz bevor sie den Raum verließ, drehte sie sich noch einmal um. Sah Akabott unverändert am Boden liegen und bekam gerade noch mit, wie Ilya Duvent wieder in einer Nebelwolke zerfloss. Ein seichter Windhauch strich zärtlich an ihr vorbei und sie vernahm gerade noch die Worte: »Zögere nicht! Dir läuft die Zeit davon. Rette Steven!«

## ... aber warum bist du nicht hier.

*(Rainer Maria Rilke (1875-1926), eigentlich*
*René Karl Wilhelm Johann Josef Maria,*
*österreichischer Erzähler und Lyriker)*

Ehrfürchtig stand Julia außer Atem vor dem Keller-abgang. Genau dort waren sie am frühen Nachmittag zu dritt hinabgestiegen. Sie war jetzt im Vorteil, musste nicht erst den Weg suchen. Die Dose mit den Schlüsseln hielt sie schon in den Händen. Die Kette mit dem ovalen Anhänger hing schwer auf ihrer Brust. Noch immer klebte das Blut von Sheila You-rigca an den Edelsteinen. Ihr fiel der Ring ein, den sie von dem Metallständer genommen hatte, kurz bevor Steven verschwand. Hastig fasste sie in ihre Hosen-tasche, in die sie den Ring in der Eile hatte verschwin-den lassen. Erleichtert stellte sie fest, dass er noch da war, holte ihn raus und steckte ihn sich an den Finger. Nach wenigen Minuten befand sie sich in den Tiefen der Kasematten. Es war kalt hier unten. Seltsame Geräusche, vermutlich von der Kanalisation, drangen zu ihr. Ihr Herz klopfte zum Zerspringen. Die Platzwunde an der Stirn begann erneut, zu bluten, der Kopf schmerzte und hämmerte. Mittlerweile hatte sie ihre blutverschmierten Handrücken gesehen, es aber geflissentlich ignoriert. Darum konnte sie sich später kümmern. Zum wiederholten Male wischte sie sich über die Stirn. Endlich stand sie vor dem Durchgang. Steckte den Schlüssel in das Loch und wie am Nachmittag, öffnete sich der Durchgang. Julia schlüpfte hinein. Den leicht modrigen Geruch, der sie sofort umfing, bemerkte sie kaum. Mit einem der Feuerzeuge, die sie zu Hause in den Rucksack gesteckt hatte, zündete sie rundherum alle Kerzen an, die sie finden konnte. Sie konnte ihren Atem sehen, der aufgeregt kleine Wölkchen in die Luft blies. Mit einem schweren dumpfen Aufprall ließ sie den Seelentrog des Ilya Duvent auf den Tisch krachen. Staub wirbelte auf. Sie benötigte die kleinen Schlüssel, die sich im Anhänger befanden, um das Buch mit den Bannsprüchen aus dem Schrank zu holen. Endlich ... alles lag schön angeordnet vor ihr auf dem Tisch. Sachte blätterte sie in dem Buch der Sprüche. Zwang sich, ruhig und besonnen zu handeln. Es durfte kein Fehler passieren. Sie überflog vorsichtshalber die Seiten, um nichts zu vergessen. Erstaunt blieb sie an einem Abschnitt hängen, der ihr offenbarte, dass mit der Verbannung des Dämons auch Bedingungen an seine erneute Befreiung geknüpft werden konnten. Sie konnte die Befreiung an eine bestimmte Person knüpfen, indem das Blut dieser Person auf die Seiten geträufelt würde. Julia dachte kurz nach. Das war also der Grund, warum nur ich den Dämon herauslesen konnte. Wenn demzufolge mein Blut den Seelentrog benetzen würde, dann könnte nur ich allein den Dämon wieder befreien. Aber was ist, wenn ich einmal sterbe? Bleibt er dann für immer darin verschlossen? Oder geht dieses Los auf meine Nachkommen über? Es half alles nichts. Sie musste handeln. Hinterher konnte sie sich detaillierter damit befassen und überlegen, wie sie das alles regeln könnte. Julia zögerte nicht mehr länger. Hastig suchte sie nach einem Gegenstand, mit dem sie sich den Finger ritzen konnte. Selbst mit einem Messer hätte sie es gewagt. Aufgewühlt riss sie die Schränke auf, schaute in die Schubladen, doch sie fand nichts Geeignetes. Hilflos stand sie für einen Moment da. In Gedanken wischte sie sich abermals über die Stirn. Plötzlich fuhr sie mit einem Ruck herum, sah auf den Handrücken, der von ihrem Blut glänzte. Das war es! Hastig schlug sie den Seelentrog auf und rieb ihre Hand über die vergilbte Papieroberfläche. Deutlich hinterließ sie blutige Spuren. Sie beobachtete, wie das Blut nach und nach von den Seiten aufgesogen wurde. Jetzt kam es auf jede Sekunde an. Fieberhaft blätterte sie im Buch der Sprüche, bis sie zum Bannspruch gelangte, zündete unverzüglich alle Kerzen auf dem Tisch an, immer mit dem Bild von Ilya Duvent vor ihrem geistigen

Auge. Zuletzt legte sie ihre Hände auf die kalten Seiten des Seelentroges und begann zu lesen:

>*König der Winde, König der Kraft,*
*oh König der Könige du!*
*Komm herbei, oh Meister des Sturmes!*
*Komm herbei, oh Gönner aller Orkane dieser Welt!*
*Komm herbei du Macher der Fluten der Meere!*
*Ich beherberge dein Haus, deinen Trog, dein Gefäß!*
*Geh hinein in deine Unterkunft!*
*Geh hinein in deine Herberge!*
*Geh hinein, wohin ich auch immer dich befehlige!*
*Ich habe deinen Seelentrog, der dich trägt,*
*schützt und bannt!*
*Fahre hinein in deinen Seelentrog und lasse ab*
*von dem irdischen Dasein.*
*Lasse ab von den Menschen,*
*von den Geschöpfen des Himmels.*
*Geh fort, verlasse dieses Dasein,*
*bis ein gut Geschöpf Mitleid mit dir hat.*«

Mit einem Mal wehte ein zartes Lüftchen um sie herum. Lose herumliegende Blätter wirbelten plötzlich durch die Luft. Dann brauste es laut auf und stürmte durch die Kammer, fast wie bei einem Orkan. Die Kerzen erloschen und Julia stand im Dunkeln. Sie traute sich kaum, zu atmen. Etwas streichelte sie an der Wange. Schließlich war es still.

Wenige Sekunden harrte Julia atemlos aus. Holte schnell mit flatterndem Herzen das Feuerzeug aus ihrer Hosentasche und zündete mit zitternden Händen einige Kerzen an. In deren Schein sah sie die Unordnung, die der Windstoß im Raum angerichtet hatte. Ihr Kopf konnte die Wahrnehmung gar nicht registrieren, die Aufregung der letzten Minuten ließen keinen anderen Gedanken als den an ihren Freund zu. Schweiß glänzte auf ihrer Haut. Ihr Atem rasselte stoßweise aus ihrem Mund wie bei einem verletzten Vögelchen. »Steven!«, hauchte sie mehr, als dass sie flüsterte ...

## Das Innerste ist keine Festung, die man im Sturm oder mit Gewalt einnehmen kann, sondern ein Reich des Friedens, das nur durch Liebe gewonnen werden kann.

*(Madame Jeanne-Marie Guyon du Chesnoy*
*1648 1717, geborene Bouvier de La Motte,*
*genannt Madame Guyon, französische*
*Mystikerin.)*

### Rastatt, 1848

Der vierte Tag, seit Isabelle ihren Mann verlassen hatte, brach an. Es war Sonntag in aller Frühe. Magdalena und sie hatten ausgemacht, zusammen in die St. Bernhardus Kirche zu gehen. Magdalenas älterer Bruder diente dort als angehender Geistlicher. In einer Nachricht hatte er seiner Schwester zukommen lassen, dass er vermutlich eine Lösung wüsste, wie Isabelle so schnell als möglich Rastatt verlassen könnte. So kam es, dass die Freundinnen im Anschluss an den Gottesdienst betend vor dem Marienaltar verweilten und darauf warteten, dass Konrad, so hieß Magdalenas Bruder, zu ihnen kam. »Sind Sie Isabelle?« Hörten die zwei jungen Frauen plötzlich eine tiefe fremde Stimme von hinten. Isabelles Herz schlug sofort schneller. Dennoch zwang sie sich, langsam und ohne Hast ihr Gebet zu beenden. Durch die Aufregung färbten sich ihre Wangen zartrosa. Endlich erhob sie sich und drehte sich herum. Der Mann, der geduldig gewartet hatte, war ungefähr im Alter von Gustave. Er stand etwas verloren vor ihr und drehte unruhig seinen Hut in den Händen. Immer wieder schaute er sich um. »Ich bin Isabelle. Woher kennen Sie meinen Namen?« Langsam, stammelnd und unter mehrfachem Räuspern brachte der junge Mann endlich sein Anliegen hervor. »Ich bin ein Freund von Gustave ... auch von Konrad. Durch ihn habe ich von Ihnen erfahren ... ... Und dass sie mir sagen können, was mit Gustave geschehen ist.« Isabelle blickte irritiert zu ihrer Freundin, bemerkte jedoch, dass Magdalena den jungen Mann anstrahlte und ihm die Hand reichte. »Keine Sorge, Isabelle. Das ist Karl-Otto. Er besuchte mit Konrad die Schule. Daher kennen wir uns. Er ist in Ordnung.« Und zu Karl-Otto gewandt: »Ich wusste nicht, dass Sie heute hier sind, Karl.« »Konrad sollte niemandem sagen, dass ich hierherkomme«, gab er zur Antwort. Isabelle fiel auf, dass seine Augen unsagbar traurig blickten, und dass er vor Nervosität seine Hände kaum stillhalten konnte. Sie legte ihre Hand auf die seinen, doch er hielt sich immer noch krampfhaft an der Hutkrempe fest. »Alles ist gut. Hier wird Ihnen nichts geschehen. Sie wollen wissen, was mit Gustave geschehen ist?« Er presste die Lippen fest aufeinander und nickte nur. »Darf ich wissen, weshalb Sie daran interessiert sind?« Isabelle erschrak, weil er sie geradewegs zu einer Bank zog und sie bat, sich zu setzen. »Gustave, ich und noch viele andere, wir sind Mitglieder einer Gruppe, die man als die Freischärler kennt. Wir unterstehen nicht dem Militär, aber wir stehen und kämpfen für unsere Freiheit, teilweise auch aus dem Untergrund heraus. Wenn man uns erkennt und der Feind uns in die Hände bekommt, kann man uns ohne weitere Gerichtsbarkeit erschießen.« Isabelle verstand sofort, was Karl-Otto damit sagen wollte. Wieder legte sie beruhigend ihre Hände auf die seinen. »Mein lieber Karl-Otto, ich kann Ihnen versichern, dass Gustave nicht Opfer Ihrer Verfolger wurde. Ich glaube, dass ich Schuld an seinem Tod habe. Ich habe mich in ihn verliebt, wollte mit ihm weg von hier. Doch mein rachsüchtiger Mann hat jemanden dafür bezahlt, der uns töten sollte. Ich hatte Glück. Doch Gustave leider nicht.« Tränen rannen ihr bei diesen Worten über die Wangen. »Deswegen muss ich auch fort von hier. Aus Rastatt fliehen! Mein Gatte wird keine Ruhe geben, bis auch ich den Tod gefunden habe.« Magdalena setzte sich neben Isabelle und nahm sie tröstend in den Arm. In diesem Moment gesellte sich Magdalenas Bruder Konrad zu ihnen. Die beiden Männer begrüßten sich freundschaftlich, keineswegs so, wie man einen Geistlichen üblicherweise begrüßen würde. Nun mischte sich Konrad ins Gespräch ein. Er bemerkte sogleich, dass Isabelle weinte, und bat seine Schwester: »Geh Magdalena, hole ein Glas Wasser aus der Sakristei. ... Und nun zu Ihnen, Isabelle. Mein Freund hier kann Ihnen helfen. Er hat Gefährten, im hinteren Murgtal ... in Bermersbach. Dorthin kann er Sie bringen. Sie könnten dort zudem bei rechtschaffenen Menschen eine Anstellung finden, wenn Sie das möchten.« Unwillkürlich und mit einem winzigen Lächeln unter Tränen legte Isabella ihre Hände wie schützend auf ihren Bauch. Magdalena kehrte zurück. Dankbar nahm ihr Isabelle das Glas Wasser ab. Beschützend legte sie erneut ihren Arm um die Freundin. »Isabelle darf sich nicht aufregen, müsst Ihr wissen. Sie ist guter Hoffnung. Ein Vermächtnis von Gustave, Gott habe ihn selig.« Konrad und Karl-Otto beglückwünschten Isabelle erfreut. Konrad, in diesem Moment mehr Freund als Kirchendiener, nahm ihre Hände. »Ich denke, dass dieser Umstand umso mehr zur Eile drängt. Nun gilt es erst recht, zu verhindern, dass Ihr Mann seinen Racheplan noch umsetzen kann.« Magdalena heiterte die ernste Stimmung etwas auf, indem sie sich empört zu Wort meldete: »Und wie habt ihr Euch das vorgestellt? Ich hoffe doch nicht, dass sie sich in ein Fass zwängen muss und ihr sie so aus der Stadt schmuggeln wollt?« Die Männer lachten. Karl-Otto erklärte den jungen Leuten, wie er sich das Vorhaben vorstellte und wo Isabelle unterkommen würde. Er kannte die guten Leute und war sich sicher, dass die Frau des Hauses sich ganz bestimmt sehr darüber freuen würde, wenn bei ihr ein paar Monate später ein kleines Wesen das Licht der Welt erblicken würde.

So kam es, dass Isabelle mit gepackten Taschen und Koffern schon vier Tage später in den frühen Morgenstunden auf der Straße stand und auf ein Fuhrwerk wartete, dass sie endlich aus der Stadt in Sicherheit bringen würde. In den letzten Tagen hatten sie ihre Freunde großzügig dabei unterstützt, eine kleine Aussteuer zusammenzutragen. Da es für sie unmöglich geworden war, noch einmal die eheliche Wohnung zu betreten, sorgten Magdalena und ihre Mutter dafür, dass auch ein paar Kleidungsstücke ihren Besitzer wechselten. Selbstverständlich hatten es sich die beiden Frauen nicht nehmen lassen, dafür zu sorgen, dass Isabelle mit den ersten Sachen für das Baby ausgestattet wurde. Isabelle musste nicht lange warten. Von zwei braunen Wallachen gezogen, fuhr ein großer Wagen vor Magdalenas Elternhaus. Isabelle staunte nicht schlecht, als sie den Kutscher erkannte. Ludwig, ein sehr lieber Freund aus längst vergangenen Kindertagen. Ihn hatte sie schon lange nicht mehr gesehen. »Die Dame hat eine Kutsche bestellt und möchte auf Reisen gehen?«, witzelte er auf charmante Art, sprang leichtfüßig vom Kutschbock und begrüßte Isabelle herzlich umarmend. »Ludwig, dass du derjenige bist, der mich von hier wegbringt, das hat man mir verschwiegen. Oh, was bin ich froh. Seit wann und warum bist du wieder in Rastatt?« »Ich hatte gerade die Jurisprudenz beendet. Ich habe mich in Preußen, genauer gesagt in Bonn, diesem Studium gewidmet. Da waren plötzlich die Unruhen überall. Die Kanzlei, bei der ich dort untergekommen war, wurde aufgelöst. Mein Vorgesetzter hatte mir gerade noch rechtzeitig eine Nachricht zukommen lassen, dass ich fortgehen sollte. Alle, die dort waren, wurden festgenommen, wegen der Resistenz. Ich konnte fliehen. Viele von uns halten sich inzwischen in Forbach auf. Weißt du Isabelle, wir halten zusammen. Wir sind eine große Familie. In diesen unruhigen Zeiten brauchen wir uns alle ganz besonders.« Nebenbei verstaute er die Taschen und Koffer auf den Wagen. »Mädchen, was hast du alles eingepackt? Etwa Backsteine? Willst du dir dort selbst ein Haus bauen?« Sie kicherten leise. Gleich, nachdem sich der Wagen in Bewegung gesetzt hatte, kramte Ludwig rasch Papiere hervor, die er Isabelle in die Hand drückte. »Zerknautsch die ein wenig und steck sie in deine Tasche. Du heißt ab sofort Maria Maier. Du gehst in Anstellung nach Bermersbach, zum Sternenwirt. Eines der Schreiben ist ein beglaubigtes Dokument, das darüber keine Zweifel lassen wird.« »Maria Maier? Das ist doch das Mädel, das in dem Gebäude wohnt, wo sich gegenüber der Laden meines Mannes befindet.«

Die Miene von Ludwig verdunkelte sich für einen Moment. »Du hast recht. Mit Maria wollte ich eigentlich fliehen. Wir wollten heiraten, musst du wissen. Doch dann wurde sie plötzlich sehr krank. Wir haben alles versucht, leider starb sie in der vergangenen Woche an einer Lungenentzündung.« Sich ein wenig zur Seite neigend, wischte er einige Tränen weg. »Nun hat ihr Tod wenigstens einen Sinn. Wenn es uns gelingt, dich aus Rastatt heraus zu bekommen.« Er raffte sich auf und saß wieder aufrecht. »Oh mein Gott, Ludwig. Das tut mir sehr leid.« Isabelles Hände zitterten und trotz der kühlen Morgenluft standen ihr ein paar Schweißperlen auf der Stirn. Die Aufregung und die ersten Anzeichen der frühen Schwangerschaft sorgten dafür, dass ihr Blut leicht in reichlich Wallung geriet. »Ich kannte Maria gut. Als kleine Mädchen waren wir ein paar Mal gemeinsam beim Musikunterricht. Sie war sehr begabt und spielte damals schon hervorragend Klavier. Noch lieber hörte ich sie singen, sie hatte eine wunderschöne Stimme.« Ludwig drückte Isabelles Hände. »Danke! Es tut gut, dich so lieb von meiner verstorbenen Braut reden zu hören.« Inzwischen waren sie am Karlsruher Tor angelangt. Hier wimmelte es von Soldaten, Gendarmerie und Marktleuten, die das Tor in alle Richtungen passieren wollten. Ludwig sprach jetzt ganz leise. »Ich hoffe, dass keiner dabei ist, der Maria kannte.«

Isabelle schaute jetzt doch ein wenig beunruhigt. Sie schob die losen Zettel, die ihre Identität nachweisen sollten, in ihre Tasche. Mit großem Entsetzen

214

beobachteten die beiden, wie einige Soldaten vor ihnen einen Wagen durchsuchten. Sie stachen mit den Bajonetten mitten zwischen die Tücher und Jutesäcke. Als sie nichts entdeckten, was auffällig gewesen wäre, durfte der Wagen weiterfahren. Als Nächster wurde der Wagen unmittelbar vor ihnen untersucht. Mehrere dicke Holzfässer standen auf dem alten, maroden Wagen. Die zwei vorgespannten Zugpferde tänzelten nervös auf der Stelle. Der Mann, der sie lenkte, hatte mächtig zu tun, um sie zu beruhigen. Immer wieder schaute er sichtlich beunruhigt nach hinten. Zwischen den Fässern, die offensichtlich mit Kraut, Gurken und anderen Dingen gefüllt waren, trieben zwei Soldaten mit ihren Bajonetten groben Unfug und hinderten den Kutscher an der Weiterfahrt. Isabelle erschrak, als ein junger Soldat sich ihrem Wagen näherte, an ihm rüttelte und einen Blick auf die Ladefläche werfen wollte. »Wohin des Weges? Was befindet sich in den Koffern und Taschen?« »Meine Aussteuer«, rief Isabelle aufgeregt. Ludwig drehte sich kurz um. Plötzlich zuckte er zusammen. Der Soldat, der sich gerade an dem Wagen hinter ihm zu schaffen machte, war der Sohn von Marias Nachbarn. Schnell drehte Ludwig sich wieder nach vorn und tat, als müsse er die Pferde in Schach halten. »Könnt ihr euch ausweisen?«, rief eine Stimme von unten. Ein älterer Soldat war seitlich an den Wagen herangetreten. Isabelle zog die eben verstauten Papiere hervor und reichte sie ihm. Er besah sie sich genau und reichte sie dann an den Jüngeren weiter, der auf der Ladefläche stand.

Dieser las, schaute auf und starrte Isabelle ungläubig an. »So, so ... Maria Maier?« Vorsichtig nickte Isabelle, die Lippen aufeinandergepresst. Ihr Herz schlug so sehr, dass sie vermeinte, es am ganzen Körper zu spüren. Zum Glück brach in diesem Moment vor ihnen ein Tumult aus. Gerade warfen die Soldaten eines der Fässer von dem alten Wagen, der noch vor ihnen stand. Mit einem mächtigen Krachen knallte es auf den Boden und zerbrach in seine Einzelteile. Hervor quoll ein seltsames Gewirr aus zerkleinertem Kraut und ein junger Kerl, vielleicht gerade mal 18 oder 20 Jahre alt. Im allgemeinen Chaos hallten die Rufe der Soldaten, die zur Klärung herbeieilten, laut umher. Der, der gerade vor Isabelle stand, trat ganz nah an sie heran, drückte ihr schnell die Papiere in den Schoß und zischte ihr zu: »Ich war vor ein paar Tagen dabei, ich habe gesehen, was passiert ist. Ich könnte schwören, dass es Ihr Gatte war, nur leider hatte er ja ein Alibi. Ich wünsche Ihnen, dass sie woanders glücklicher werden.« Dann sprang er herunter und stürmte ebenfalls zu der Stelle, wo der arme Sünder, über und über mit Kraut bedeckt, stand und auf sein Urteil wartete. Ein anderer Soldat winkte dem Gefährt der jungen Leute heftig. »Ihr dürft weiterfahren!« Das ließ sich Ludwig nicht zweimal sagen. Mit Bedacht, um kein erneutes Aufsehen zu erregen, trieb er die Pferde vorsichtig an. Der Moment, als sie durch das Festungstor rollten, war beeindruckend und befreiend. Kurz darauf hörten sie zwei Gewehrschüsse. Beide sprachen kein Wort. Erst als sie mehrere Kilometer hinter sich gelassen hatten, atmeten sie erleichtert auf. »Oh mein Gott«, stöhnte Ludwig, »als ich den Soldaten sah, dachte ich schon, es ist alles aus.« »Kanntest du ihn denn?« »Ja! Er wohnte in der Nachbarschaft von Maria. Du müsstest ihn auch gekannt haben.« Isabelle dachte nach. »Möglich! Er hat sich allerdings an mich erinnert. An die Nacht, in der Gustave gestorben ist. Dieser junge Soldat war einer derjenigen, die mich auf die Wache begleitet hatten.« »Dann war ihm vollkommen klar, dass du nicht Maria bist.« Wieder waren beide still. Der Karren rollte die Straße entlang seinem Ziel entgegen, gleichmäßig begleitet vom Schnauben der Pferde und dem dumpfen Geräusch der Hufe. Dampf stieg von den Pferdekörpern auf, in der kühlen Morgenluft. So fuhren Isabelle und Ludwig dem neuen, noch unbekannten Tag entgegen. Man konnte ihnen die Freude ansehen, dass sie von so viel Glück gesegnet waren und ohne Zwischenfall die Stadt Rastatt verlassen hatten.

Ludwig erfuhr viele Jahre später, dass eben dieser junge Soldat einen recht originellen Lebensweg eingeschlagen hatte. Er war Mitte des 19. Jahrhunderts maßgeblich im Badischen an der Gründung der christlichen Vereinigung junger Männer (CVJM) beteiligt, aus der später die größte christliche Jugendorganisation der Welt entstand. Ludwig arbeitete damals am ersten Leitbild der CVJM-Arbeit mit, welches bekannt wurde als »Pariser Basis«.

# Nur Beharrung führt zum Ziel, nur die Fülle führt zur Klarheit und im Abgrund wohnt die Wahrheit.

*(Johann Christoph Friedrich von Schiller (1759-1805), deutscher Dichter und Dramatiker, Quelle: Sprüche des Konfuzius.)*

Algäsius Akabott schäumte unterdessen vor Wut, als ihn die Mitteilung ereilte, dass seine Frau Isabelle nicht auffindbar sei. Selbst eine direkte Nachfrage bei Magdalenas Eltern führte nur ins Leere. Isabelles Vater hatte ihn sogar hinausgeworfen und lag hernach zwei Wochen im Bett, weil er durch die Aufregung erneut mit dem Herzen Probleme zeigte. Natürlich teilten sie ihm nicht mit, was mit ihrer Tochter geschehen war und wo sie sich aufhielt. Die Mutter las bald jeden Abend den herzlichen und wehmütigen Brief ihrer Tochter, den Magdalena vorbeigebracht hatte, nachdem Isabelle fort war. So beschloss Akabott, eine Reise zu machen. Eine Reise, um vordergründig nach Antiquitäten Ausschau zu halten, die er angeblich in seinem Laden anbieten wollte. Jedoch war es eine Exkursion, die der Forschung der Mysterien galt. Sein einziges Interesse war, herauszufinden, wie er seinen Kampf weiterführen könnte. Schließlich hatte ihm Isabelle das Buch gestohlen und damit den Dämon Ilya Duvent.

Lange schon hatte er festgestellt, dass alte Dinge Geschichten erzählen konnten, und die Energien, die sie jahrelang von ihren Besitzern gespeichert hielten, verstand er freizusetzen und für sich einzusetzen. So erfuhr er manches aus weit zurückliegender Vergangenheit. Also verschwand er zunächst für einige Jahre und keiner vermochte, zu sagen, wohin er gegangen war, oder wann er zurückkehren würde. Der Verwalter seines Anwesens konnte keinerlei Auskunft darüber erteilen. Alles, was er mit sich nahm, waren ein Koffer und der unbeschreibliche Hass und Groll. Sie verhinderten, dass er seine eigenen Fehler und Missetaten auch nur annähernd erkennen konnte.

*Was in den folgenden Jahren geschah ...* Isabelle lebte unterdessen glücklich dort oben in Bermersbach. Sie war fleißig, lernwillig und schon bald eine große Stütze im Gasthaus, gleich an welcher Stelle. Sie brachte einen gesunden Jungen zur Welt und als man sie fragte, welcher Name auf der Geburtsurkunde eingetragen werden solle, gab sie zur Antwort: Gustave, Karl Otto, Ludwig Ventus. Fortan trug sie auch selbst wieder ihren Mädchennamen. Endgültig ließ sie diese unschöne Vergangenheit, mit diesen schrecklichen Erinnerungen hinter sich und schaute in die Zukunft. Das Buch, den Seelentrog von Ilya Duvent, versteckte sie in einer Wandspalte in ihrer Kammer, die sie unter dem Dach des Gasthauses bewohnte. Dort geriet es in Vergessenheit für viele, viele Jahre. Ihr Sohn war gerade Elf geworden, als sie wieder nach Rastatt zurückkehrte, weil ihr Vater nach einem erneuten Herzanfall von nun an bettlägerig war.

Die Mutter litt inzwischen an schwerer Gicht und sah sich nicht imstande, den Vater allein zu pflegen. In der Eile der Reise vergaß sie das kostbare Buch und es blieb in dieser Spalte zurück. Schon nach recht kurzer Zeit machte der Sohn einer befreundeten Familie ihr den Hof. Sie heirateten zwar nicht, aber lebten zusammen wie in einer Ehe. Isabelle gebar noch weitere drei Kinder in relativ kurzen Abständen. Erst einen Jungen und dann zwei Mädchen.

Doch was geschah inzwischen mit dem Seelentrog? Jahre Später, es muss kurz nach Beendigung des Zweiten Weltkrieges gewesen sein, passierte es. Ein Brand im Gebälk des Gasthauses, ausgelöst durch einen Blitz während eines mächtigen Gewitters, sorgte dafür, dass das Gebäude einen neuen Dachstuhl benötigte. Unten auf der Straße lagerte der teilweise verkohlte Haufen von morschem Holz und Dachgebälk. Dazwischen alte Koffer, Kinderwagen, Möbel und allerhand verbrauchtem Material. Gerade, als ein befreundeter Unternehmer mit einem alten Lkw kam, um den Schutt zu holen, stocherte ein Junge, vielleicht 10 oder 11 Jahre alt, in dem Haufen herum, um nach etwas Brauchbaren zu suchen. Er hatte einen großen Bollerwagen dabei, in dem sich schon allerhand Kleinkram befand. Da sah er zwischen den Balken ein großes ledergebundenes Buch liegen. Verschlossen mit drei goldenen Schnallen und oben auf dem abgegriffenen Umschlag stand in goldfarbenen Lettern Ilya Duvent. Es war bemerkenswert gut erhalten, das Buch, dafür, dass es in dem Gasthaus gebrannt hatte und diese Sachen nicht gerade vorsichtig auf einen Haufen geworfen worden waren. Gotthard, so hieß der kleine Junge, zerrte es unter den Balken hervor und betrachtete es genauer. Allein die Schnallen wären sicherlich ein Vermögen wert. Verstohlen sah er sich um, wickelte es dann in einen Lumpen und steckte es im Bollerwagen zwischen die anderen Sachen. Zu Hause verstaute er die Dinge in alte Holzkisten, die er im Schuppen hinter dem Haus versteckte. Gotthard wurde älter und die Dinge im Schuppen vermehrten sich. Alte ausrangierte Sachen, die der modernen Zeit Platz machen mussten. Über Jahre hinweg sammelte er alles, was die Menschen um ihn herum nicht mehr benötigten. Bald wurde seine Sammelleidenschaft über die Dorfgrenzen hinweg bekannt, sodass ihm auch von weit her alte Dinge angeboten wurden. Seine Beharrlichkeit und Sammelleidenschaft sorgten letztendlich dafür, dass er, der kleine Gotthard von einst, im Jahre 1986 im ehemaligen Schulgebäude von Bermersbach ein Heimatmuseum eröffnete. Viele Szenerien wurden aufgebaut und dargestellt. Ein jeder konnte nun sehen, welche Gerätschaften zum Beispiel eine Hebamme in ihrem Koffer herumtrug, oder wie ein Friseur früher gearbeitet hatte. Der Seelentrog von Ilya Duvent lag auf dem Tisch eines altertümlich eingerichteten Wohnzimmers und es wirkte alles gerade so, als wären die Besitzer eben mal schnell über die Straße gelaufen zum Krämerladen. Die alten Schränke und Kommoden, Gläser und Sesseldeckchen, alles, was

Gotthard im Laufe der Zeit, für wertvoll erachtete, für die Nachwelt zu erhalten. Da lag es also, mittendrin, das Buch und keiner ahnte auch nur im Geringsten, was es beinhaltete.

Wann Akabott wieder zurückgekehrt war, konnte keiner wirklich sagen. Manche behaupteten sogar, dass er gar nicht weg gewesen sei. Doch nehmen wir mal an, es stimmt. Was er getan hatte, wo er gewesen war, wird wohl für alle Zeiten ein Geheimnis bleiben. Er trat immer dann in Erscheinung, wenn aus der Ahnenreihe seiner Isabelle ein Mädchen geboren wurde. Dass sich an diesem Punkt keiner Gedanken machte, war schon sonderbar. Denn, wenn man bedachte, dass sich Akabott 1848 immerhin 36 Jahre alt zeichnete, so schien es durchaus nicht mit rechten Dingen zuzugehen, dass er bei der Geburt von Julias Urgroßmutter 1862, bei ihrer Großmutter 1906 und bei der Geburt ihrer Mutter 1946 anwesend schien. Infolge all dieser Abläufe und Vorgänge wurde jetzt auch klar, wie Günter Gronauer dazu kam, bei Akabott zu arbeiten. Da Akabott viel unterwegs zu sein schien, brauchte er einen verlässlichen jungen Mann, der sich in diesen Zeiten um sein Geschäft kümmerte. Der junge Gronauer bot sich an, liebte er doch Antiquitäten und im Speziellen alte Bücher. So erledigte er schon als Zehnjähriger für den Verwalter diverse Laufarbeiten, um dann später, um 1962 herum, von Akabott ins Vertrauen gezogen zu werden, um bei dessen Abwesenheit, den Laden zu hüten. Gronauer wollte den Beruf des Bibliothekars erlernen, doch Akabott nahm keine Lehrbuben bei sich an. So verließ Gronauer nach zwei Jahren Akabotts Laden und Rastatt für eine Weile, um eine Lehrstelle in Karlsruhe anzutreten. Wohnen konnte er dort bei einer Tante. Ein Handelsmann wurde beauftragt, das Akabott Anwesen in der Stadt zu verkaufen. Es gestaltete sich schwierig zu dieser Zeit, dennoch fand sich ein Käufer und alles, was sich in diesem Anwesen befand, wurde von einer Transportfirma auf die andere Seite der Murg gebracht. Der Handelsmann hatte als Zwischenhändler fungiert und das ehemalige Brunnenhaus erworben. Wie sich hernach herausstellen sollte, eröffnete dort ein älterer Herr ein Antiquitätengeschäft. Sein Name lautete Algäsius Akabott. Viermal fuhr ein Kleinlaster vor das Haus. Bullige Männer luden allerhand antikes Mobiliar und unzählige Kisten mit alten Büchern aus. Dann, nach zwei Tagen geschäftigen Treibens, kehrte Ruhe ein. Wochenlang passierte nichts und schließlich sah man immer wieder einmal die ein oder andere Person durch die wunderschön gearbeitete Eingangstür gehen. Manchmal wurde durch eine Lieferfirma etwas abgeholt, manchmal aber auch etwas gebracht. Mit der Zeit war in einschlägigen Kreisen bekannt, dass dort exquisite antike Möbel zu finden seien und zudem eine auserlesene Sammlung alter Bücher. So arbeitete Akabott quasi fast im Verborgenen jahrein und jahraus, bis sein innigster Wunsch in Erfüllung gehen sollte. Endlich, nach weiteren zwanzig Jahren, ereignete sich 1986 der lang ersehnte Tag:

Julias Geburt. Am gleichen Datum, zur gleichen Stunde, wie die Geburt ihrer Vorfahrin. Dieser Umstand sorgte für Bewegung im ehemaligen Brunnenhaus. Er engagierte Detektive und Ahnenforscher, benutzte andere Namen, nur um endlich auf eine Spur zu gelangen, die ihn zu dem Buch führen konnte, zum Seelentrog von Ilya Duvent. Jegliche Hinweise schienen ins Leere zu laufen. Nicht eine Spur führte ihn in die richtige Richtung. Irgendwann erwähnte einer seiner Beauftragten, er könne doch mal die Heimatmuseen im Umkreis besuchen. Dort fänden sich unter Umständen alte Ortsbücher, in denen möglicherweise Hinweise zu finden seien. Das war ein Vorschlag, den er so bisher noch nicht in Betracht gezogen hatte. So kam es also, dass sich an dieser Stelle einige Wege wieder kreuzten. Akabott reiste herum und stattete einem Heimatmuseum nach dem anderen einen Besuch ab. Sein Hass, seine Rachegefühle trieben ihn blind und stur immer weiter voran. Es dauerte noch mal über zehn Jahre, bis er endlich nach Bermersbach gelangte und dort das Murgtalmuseum besuchte. Siehe da, zu seiner übergroßen Freude fand er endlich das langgesuchte Buch. Zwischen den vielen alten Möbeln und Gerätschaften lag es auf dem Tisch einer wunderschön aufgebauten Wohnzimmerszenerie.

Zunächst traute er seinen Augen kaum. Besah es sich genauer, war sich dann aber absolut sicher. Ein solches Buch, mit drei goldenen Schnallen und der Aufschrift Ilya Duvent, gab es kein zweites Mal. Um kein Aufsehen zu erregen, heckte er einen einfachen

Plan aus. Er nahm vier seiner exquisiten alten Bücher und fand sich einige Tage später wieder in Bermersbach im Heimatmuseum ein. Erklärte freundlich, dass er in seiner Tätigkeit als Antiquitätenhändler für einen Kunden auf der Suche nach einem ebensolchen Buch sei. Er bot ihnen zum Tausch seine Exemplare an, die von Gotthard nur allzu gern angenommen wurden. Gotthard ahnte ja schließlich nicht im Geringsten, was er da die ganzen Jahre beherbergt hatte.

Endlich war er am Ziel, Akabott hatte den Seelentrog gefunden. Durch die Hexe von damals wusste er, dass ausschließlich eine Nachfahrin von Isabelle den Dämon wieder herauslesen konnte. Mit dieser Situation galt es, die Neugierde der jungen Frau zu wecken, die er schon lange beobachtete. Dies sollte seine leichteste Übung werden, arbeitete sie schließlich bei seinem ehemaligen Laufburschen, Günter Gronauer. Der hatte inzwischen einen schicken Buchladen in Rastatt eröffnet, in dem man nicht nur die neuesten Exemplare bekam. Er hielt auch allerhand sehr alte, antiquarische Werke vor, die das ein oder andere Mal von ihm, Akabott, stammten. In diesem Laden also arbeitete Julia Brunner. Eine Nachfahrin von seiner Isabelle, geboren an einem 18. Mai zur 18. Stunde. Weil er die letzten Jahrzehnte damit verbracht hatte, Ahnenforschung zu betreiben, war er sich seiner absolut sicher, dass sie diejenige war, die den Dämon zurückholen konnte.

# Nicht den Tod fürchten wir, sondern die Vorstellung des Todes. Non mortem timemus, sed cogitationem mortis.

*(Lucius Annaeus Seneca ca. 4 v. Chr 65 n. Chr., römischer Politiker, Rhetor, Philosoph und Schriftsteller)*

## Rastatt, 2004

Steven war das Einzige, was Julias Gedanken beherrschte, während sie den Weg zurück zu Akabotts unheimlicher Residenz hetzte. Völlig außer Atem kam sie bei der Treppe an, die hinauf in den Laden führte. Ob sie wollte oder nicht, sie musste verschnaufen. Ihre Beine zitterten, ihr Mund war trocken und ihre Lungen brannten fürchterlich. Sie erinnerte sich daran, dass sich in ihrem Rucksack noch eine kleine Flasche Wasser befand. Sie behielt recht und gierig zog sie einige Schlucke in sich hinein. Die Vögel zwitscherten schon, bald würde es hell werden. Schwerfällig zog sie sich mithilfe des Geländers empor. Ihre rechte Seite schmerzte und der Kopf tat weh. Für einen kleinen Moment ging ein leichter Schwindel durch ihre Sinne, den sie geflissentlich ignorierte. Sie verstaute die Flasche, bewaffnete sich mit der Taschenlampe und begab sich zum wiederholten Male in die Höhle ihres Widersachers. Ob er tot war? Sollte sie einen Notarzt rufen? Doch worüber machte sie sich Gedanken? Es zählte, Steven zu finden und zu befreien. Sicherlich wartete er schon sehnlichst. Sie bugsierte sich zwischen den Antiquitäten hindurch in den hinteren Flur. Schnell erreichte sie die schwere Holztür, durch die sie zuvor nach oben gegangen war. Mit aller Kraft wuchtete Julia diese jetzt auf. »STEVEN!« Sie hielt den Atem an, um ja keinen Laut zu verpassen. Keine Antwort! »Steeeveeen!«, rief sie erneut. Zuerst leuchtete sie nach oben, doch dort war sie gewesen. Ihr Gefühl trieb sie schließlich eine schmale Holztreppe hinab. Die haben ihn sicherlich in den Keller gebracht, nahm sie an und schlich vorsichtig hinunter. Die Stufen knarrten und ächzten beachtlich. Überall lag zentimeterdick der Staub durchzogen von frischen, deutlichen Spuren. Julia sah sich bestätigt. Sie hoffte inständig, recht zu behalten. Je tiefer sie gelangte, umso kühler wurde es. Es roch modrig und feucht. Bildete sie sich das ein oder war es hier unten tatsächlich so kalt, dass sie ihren Atem in der Luft sah. Eine Gänsehaut breitete sich unmerklich über ihren Körper aus. Was, wenn Akabott noch lebte? War da ein Geräusch? Ihre Wahrnehmung spielte ihr Streiche. Da bewegt sich doch etwas? Die immer schmaler werdende Treppe führte schier endlos in die Tiefe. Endlich kam sie unten an. Aufmerksam leuchtete sie jeden Winkel aus. Die Spuren im Staub, da war sie sich jetzt sicher, würden sie ohne Zweifel zu dem Ort, an dem Steven vermutlich festgehalten wurde, führen. »Steeeveeen!« Nach wie vor kein Laut, kein Stöhnen oder gar ein Klopfen. Nur vereinzelt glaubte Isabelle, tropfendes Wasser zu hören. Ansonsten herrschte, außer der Geräusche ihres aufgeregten Atmens, absolute Stille. Hier unten war alles roh und rau belassen. Teilweise wirkten die Wände wie einfach nur in den Boden gegraben. Das Patschen ihrer Füße ließ sie plötzlich vor Schreck einen Satz rückwärts machen, wobei sie feststellen musste, dass hier an mehreren Stellen das Wasser stand. Wohin jetzt? So kann ich keinen Spuren mehr folgen. Die Sinne auf das Äußerste geschärft schloss sie für wenige Momente die Augen und fühlte in ihr Innerstes. Als ob ein Geist sie führte, tapste sie weiter durch die Wasseransammlungen hindurch, immer tiefer in das Gewölbe hinein. Es war ihr egal, dass das Wasser sich unaufhörlich seinen Weg in ihre Schuhe suchte. Der Flur verlief leicht abschüssig, dadurch reichte ihr das Wasser teilweise bis zu den Knöcheln. Was war das für ein Schimmer? War da etwa Licht? Das Wasser spritzte wild zur Seite, als sie voller Hoffnung losstürzte. Sie hatte sich nicht geirrt. Am Ende des Ganges befand sich ein Raum ohne Tür. Wegen seiner leicht erhöhten Lage stand der lehmige Boden hier nicht unter Wasser. Im Licht der einzigen großen Kerze, die darin brannte, sah man, dass die Wände glänzten. »STEVEN!«, schrie sie auf, als sie ihn zusammengesackt an der Wand angelehnt sitzend erblickte. Ein Arm leicht nach oben gestellt, weil er an der Kette, die aus der Wand herausschaute, befestigt war. Er rührte sich nicht. Schon kniete Julia neben ihm. Hielt seinen Kopf zwischen ihren Händen. Die Taschenlampe hatte sie neben sich abgelegt.

Er fühlte sich kalt an. Seine Haut wirkte in diesem fahlen Licht kreidebleich, die Lippen bläulich. »Steven, ich bin es, Julia!« Wieder keine Reaktion. Julias Herz krampfte sich zusammen. »Nein ... nein ... nein ... tue mir das nicht an! Steven, bitte ...!« Hastig leuchtete sie alles an ihm ab ... Da war nirgends Blut zu sehen. Zitternd suchte sie an seinem Handgelenk einen Puls. Ihre Finger waren so kalt, dass sie glaubte, dies war der Grund, dass sie nichts fühlte. »Steven, komm zu dir! Los, ich bring dich hier raus.« Jetzt fühlte sie an seinem Hals. Allerdings fand sie auch dort keinen Puls, der darauf hindeuten könnte, dass er noch lebte. Das Adrenalin putschte sie inzwischen so dermaßen auf, dass sie kaum klar denken konnte. Sie wollte nicht begreifen, dass Steven leblos vor ihr lehnte. Sie legte beide Hände an seine Brust und beobachtete genau, ob sich eine Bewegung abzeichnete. Weil sie selbst so aufgekratzt und aufgewühlt war und ihr eigenes Herz so sehr schlug, dass sie dies Steven zuschrieb, verdrängte sie im Moment jeglichen Gedanken daran, dass sie zu spät gekommen sein könnte. »Bitte ... Bitte ... Bitte ...! Steven, ich bin hier. Der Dämon ist weg. Ich habe es geschafft.« Vorsichtig schob sie eines seiner Augenlider nach oben und als sie das trübe, blutunterlaufene Auge im Lichtschein der Taschenlampe sah, erschrak sie so sehr, dass sie einen Schreianfall bekam. Augenblicklich schlug sie wie wild auf Stevens Brust. »Atme, Steven! Atme! Lass mich nicht allein! Steven! Nicht nach alldem! Bitte!« Minutenlang rüttelte sie an Steven und wieder und wieder trommelte sie auf seinen Körper. Sie bekam kaum noch Luft, so zog sich ihr Innerstes zusammen, weil sich mehr und mehr in ihrem Bewusstsein die Tatsache in den Vordergrund drängte, dass Steven nicht mehr am Leben war. Er ist tot! Alles an ihr schien zu schmerzen. Beinahe glaubte sie, zu ersticken. Endlich, nach ewig andauernden Minuten hallten ihre heißeren leidenden Schreie durch das düstere nasskalte Kellergewölbe.

## Nichts ist gewisser als der Tod, nichts ist ungewisser als seine Stunde. Mors certa, hora incerta

*(Anselm von Canterbury 1033-1109, englischer Kirchenlehrer, Erzbischof von Canterbury, eröffnete die Scholastik und verfocht die Rechte der Kirche.)*

»Julia? Julia ... komm zu dir! Du musst etwas essen!« Eine angenehme, ihr allzu bekannte Stimme holte sie aus dem Schlaf, der einer Bewusstlosigkeit gleichgekommen war. Ihr Kopf schmerzte, ihre rechte Seite fühlte sich an, als sei sie gegen ein Eisentor gelaufen. Erschrocken stellte sie fest, dass in ihrer rechten Hand eine Nadel steckte, an der ein dünner Schlauch hing. Julia spürte eine warme Berührung in ihrem Gesicht. »Da bist du ja. Hallo mein Schatz.« »Mama?« Kaum hatte sie erblickt, wer da mit Sorgenfalten auf der Stirn an ihrem Bett saß, sprangen Tränen aus ihren Augen und alles Erlebte brach wie eine riesengroße

Welle über sie herein. Sie weinte und konnte sich gar nicht mehr beruhigen. Eine Schwester eilte herein und spritzte zu der Infusion ein Beruhigungsmittel. Es dauerte einige Minuten bis Julia entkrampfte und die salzigen Rinnsale versiegten. Zufrieden lächelte die Schwester Julias Mutter an, nickte und huschte wieder aus dem Zimmer hinaus. Tapsig fasste sich Julia an den Kopf, der leicht verbunden war. »Wie komme ich hierher?«, hauchte sie mit heiserer Stimme. »Mein armer Schatz. Was hast du nur durchgemacht? Wir sind ein paar Tage früher zurückgekommen, weil dein Vater sich eine mächtige Erkältung eingefangen hat. Dein Onkel und Tante Melli sind noch auf Kreta geblieben«, sie kämpfte mit den Tränen, so nahm sie der Zustand ihrer Tochter mit. »Ich habe dich angerufen und wollte dir sagen, dass wir daheim sind und dass ich bei dir im Laden vorbeikomme. Du hast am Telefon wirres Zeug geredet. Du hast geschrien und geweint. Ich habe ewig gebraucht, um aus dir herauszubekommen, wo du bist. Ich bin dann gleich mit deinem Vater los. Als wir dich gefunden hatten, haben wir sofort Hilfe geholt.« In dieser Sekunde konnte sie sich nicht mehr zurückhalten, zog ein Taschentuch aus der Handtasche und schnäuzte erst einmal. Schniefend und schluchzend berichtete sie weiter. »Die haben dich am Kopf genäht. Du hattest da eine Platzwunde und überall am Körper hast du wohl blaue Flecken und Schürfwunden. Oh meine Kleine, was ist denn nur passiert?« »Steven? Was ist mit Steven?«, krächzte Julia leise. Ihre Mutter nahm, so gut es ging, Julias Hände in die eigenen und drückte sie ganz fest. Sie schluckte ein paar Mal, brachte aber keinen Ton heraus, so sehr sie sich auch darum bemühte. Wiederholt setzte sie an, doch der Kloß im Hals verhinderte jeglichen Ton. Julia kannte ihre Mutter zu gut. Der fassungslose Blick, die großen verwässerten, traurigen Augen, das war ihr Antwort genug. Sie umarmten sich beide und weinten gemeinsam. Die Wärme und der Druck der Umarmung gaben Julia ein kleines bisschen vertraute Sicherheit und Geborgenheit zurück. Dennoch nahmen sie ihr nicht das Leid, das sie fühlte.

Steven!

## Glaube nicht, dass jeder, der lacht, sich auch freut; Wahre Freude ist eine ernste Sache.

*(Lucius Annaeus Seneca ca. 4 v. Chr 65 n. Chr., römischer Politiker, Rhetor, Philosoph und Schriftsteller)*

Einige Wochen später: Die Angehörigen von Herrn Gronauer zeigten sich entsetzt und betroffen zugleich, als sie erfuhren, was alles geschehen war. Das Haus ging mitsamt dem Laden in die familiäre Erbengemeinschaft seiner Nachkommen über. Diese baten Julia, den Laden weiterzuführen, was Julia, ohne zweimal zu überlegen, gern annahm. Sie durfte sogar die Wohnung von Herrn Gronauer beziehen. Das

Dachgeschoss blieb vermietet. Einige Male noch musste sie bei der Polizei erscheinen, um immer wieder Aussagen zu den unterschiedlichsten Vorfällen zu machen, die mit der ganzen Angelegenheit zusammenhingen. Da Akabott nirgendwo aufzufinden war, war es für Julia ein Leichtes, die Sache so dastehen zu lassen, als wäre Algäsius Akabott der Mörder, was er ja indirekt auch war. Doch sie unterließ es, den Polizisten zu erklären, dass sie selbst einen Dämon befreit hatte, der von Akabott befehligt wurde, alle umzubringen, die aus ihrem Familienzweig abstammten. Julia befürchtete, man würde sie für irre halten und in eine Psychiatrie einweisen.

Ihre Trauer um Steven war unbändig groß. Selbst die schöne Nachricht, nach den vielen Untersuchungen im Krankenhaus, dass sie ein Kind von Steven erwartete, konnte ihren Schmerz zunächst nicht wirklich mildern. Jeden Tag besuchte sie Stevens Grab, redete mit ihm, als stände er neben ihr. Versprach, dass sie, sollte das Kind ein Junge werden, ihn Steven taufen würde. Aus irgendwelchen unerfindlichen Gründen trieb sie die Überzeugung um, dass dieses Kind in jedem Fall ein Junge würde, sodass sie nicht einen Gedanken daran vergab, sich einen Mädchennamen auszusuchen.

Es dauerte eine ganze Weile, bis sie wieder durchschlafen konnte. Die ersten paar Tage hatte sie wohl bei ihren Eltern verbracht, aber so liebevoll sich diese auch um sie kümmerten, sie wollte lieber allein mit ihrer Trauer sein. Irgendwann in dieser Zeit stellte ihre Mutter fest, dass der Ring, den Julia bei Akabott mitgenommen hatte, einst der Ring ihrer Vorfahrin Isabelle gewesen sein musste. Auf einem uralten Gemälde, welches Akabott damals von seiner Frau hatte zeichnen lassen, konnte man deutlich diesen Ring erkennen. Es hing zwischenzeitlich im Wohnzimmer von Julias Eltern. Ihre Mutter bestand darauf, dass sie den Ring behielt. Er habe zwar einen seltsamen Weg genommen, um zu ihr zu gelangen, dennoch habe sie ihn gefunden. Julia trug ihn ab diesem Zeitpunkt, ohne ihn noch mal abzulegen.

Den Selentrog des Ilya Duvent verwahrte Julia zunächst gut und sicher in dem Gewölbe, unten bei den Kasematten. Sie bewahrte die Schlüssel in Gronauers altem Safe im Laden auf und trug zudem ständig das Amulett von Sheila Yourigca. So wollte sie das Andenken an die liebenswerte Dame erhalten und das Vermächtnis vor unbefugten Zugriffen schützen. In regelmäßigen Abständen besuchte sie die Kasemattenführungen und konnte sich dadurch überzeugen, dass dieser Durchgang unentdeckt blieb.

Seltsam war noch diese eine Sache. Inzwischen waren schon über drei Monate vergangen. Manches geriet in Vergessenheit, manches drängte sich in regelmäßigen Abständen in den Vordergrund. Julia hatte immer wieder kleine Phasen, in denen sie durch nichts aufzumuntern war. Diese Phasen wurden weniger und die Abstände zwischen ihnen länger. Schließlich, eines morgens, sie hatte gerade den Laden geöffnet, trat ein großgewachsener Mann herein. Er hatte einen Vollbart und wirkte, als könnte er erzählen, was vor 150 Jahren geschehen war. »Einen herzlichen guten Tag, wünsche ich. Bin ich hier richtig? Ich suche Julia Brunner. Julia Isabelle Brunner! Können Sie mir sagen, wo ich diese Dame finde?« »Sie steht direkt vor Ihnen. Darf ich fragen, wer Sie sind, dass Sie nach mir fragen?« »Verzeihen Sie mir, wenn ich Ihnen Umstände machen muss, aber ich müsste mich vergewissern, dass Sie wirklich Frau Brunner sind. Ich müsste also irgendein Dokument oder einen Ausweis sehen, aus dem das eindeutig hervorgeht.« Die Art und Weise, wie er sprach und auch sein Erscheinungsbild wirkten sehr verwunderlich und dennoch äußerst seriös. Julia verschwand hinter dem Tresen. Dort fühlte sie sich zum einen etwas sicherer und zudem verwahrte sie dort ihre Tasche. Nachdem sich der geheimnisvolle Herr davon überzeugt hatte, dass er der richtigen Person gegenüberstand, wurde er etwas lockerer. »Können wir uns hier irgendwo setzen? Eine kleine Ecke, in der wir ungestört sind?« »Aber sicher, Herr ... wie war doch gleich Ihr Name?« »Oh, junge Dame, Sie müssen verzeihen, ich habe mich ja noch gar nicht vorgestellt. Mein Name ist Jäger. Karl Jäger! Ich bin Nachlassverwalter, Anwalt und auch sonst stehe ich in allen Lebenslagen gern beratend zur Seite.« »Na dann kommen Sie mal mit nach hinten, Herr Jäger. Dort steht ein Tisch. Kann ich Ihnen einen Tee anbieten oder einen Kaffee?« »Keines von beidem, danke. Wenn, dann bitte nur ein Glas Wasser.«

Hurtig stellte Julia zwei Gläser sowie eine Flasche Wasser auf ein Tablett und nahm es mit. Umständlich setzte sich Herr Jäger an den kleinen Bistrotisch, der in der Leseecke stand. Hievte seine schwarze Ledertasche auf den Schoß und holte nacheinander mehrere Dokumente heraus. Um sie alle auszubreiten, hätte der Tisch gar nicht ausgereicht. Geflissentlich beäugte der Anwalt die Dokumente, sortierte einige um und legte den Stapel dann fein säuberlich vor sich nieder. Er verlieh der Angelegenheit ein wenig Nachdruck, indem er zum Abschluss sachte über das oberste Blatt strich. Im Anschluss daran begann er beinahe schon feierlich: »Meine Liebe, ich habe die Ehre, Ihnen heute eine für Sie sicherlich überraschende und gleichzeitig positive Nachricht zu überbringen. Wie Sie sicherlich wissen, hat sich Herr Akabott für eine Weile zurückgezogen.« Julia hob erstaunt ihre Augenbrauen. »Nein, das wusste ich nicht. Meines Wissens ist er nach den Vorfällen vor einiger Zeit einfach verschwunden. Immerhin sucht die Polizei nach ihm.« Herr Jäger räusperte sich geflissentlich. »Ja, ja, so etwas kam mir schon zu Ohren. Nun, ich wurde schon vor einigen Jahren von ihm beauftragt, mich um sein Hab und Gut zu kümmern. Vor nicht allzu langer Zeit erhielt ich einen Brief von ihm. Leider ohne Hinweis darauf, wo er sich gerade aufhält.« »Und was hat das alles mit mir zu tun?« Julia rutschte unruhig auf ihrem Stuhl hin und her. Trotz aller schlimmen Erinnerungen überwog ihre Neugierde. »Es ist so, Frau Brunner, ich habe die Ehre, Ihnen heute mit diesen Dokumenten den gesamten Besitz von Algäsius Akabott zu überreichen. Sie müssten nur ...«, er konnte nicht zu Ende reden. »WAAAS? Ich soll alles von ihm bekommen?« »Es war sein Wunsch! Schließlich sind Sie eine direkte Nachfahrin von seiner Frau, wenn mich nicht alles täuscht.« Jetzt blätterte er das oberste Dokument auf und reichte es Julia mit einem Füller weiter und deutete genau auf die Stelle, die sie unterschreiben sollte. »Was passiert, wenn ich das unterschreibe?« »Dies ist eine Bestätigung, dass ich Ihnen die Besitzurkunden ausgehändigt habe. Ich erkläre Ihnen dann, um was es sich alles handelt.« Zunächst legte Julia allerdings den Füller zur Seite und begann zu lesen. »Ähm ... lassen Sie sich ruhig Zeit. Es hat keine Eile.« Vornehm lehnte er sich zurück und nippte an seinem Glas. In der Tat, Herr Jäger hatte recht. Dieses Dokument galt als Bestätigung, das Akabott seine Bankkonten, sein Haus und den daran angeschlossenen Laden sowie einige besonders erwähnte, wertvolle Antiquitäten in den Besitz von Julia Isabelle Brunner übergab. »Ach, bevor ich es vergesse«, merkte Herr Jäger noch an, »die daraus anfallenden Steuern sind schon beglichen. Die Zahlen, die Sie aus den Unterlagen entnehmen werden, entsprechen der zum jetzigen Zeitpunkt festgestellten übrigen Werte.« Perplex saß sie da. Konnte nicht einordnen, was ihr da zuteilwerden sollte. Natürlich fragte sie sich, warum Akabott das tat. Hatte er am Ende ein schlechtes Gewissen? Sicher nicht, überlegte Julia, dafür war er zu skrupellos gewesen.

»Und Sie wissen sicher nicht, wo er ist?« »Nein, Frau Brunner! Das entzieht sich komplett meiner Kenntnis. Ich kommuniziere mit ihm nur per Fax, Telefon oder Mail, oder er schickt mir per Post etwas. Eine Absenderadresse im herkömmlichen Sinne habe ich dann allerdings leider nicht. Wenn Sie sich also bei ihm bedanken möchten, dann sind Sie wohl darauf angewiesen, dass er sich irgendwann einmal bei Ihnen meldet.« Ein leichtes Schmunzeln umschmeichelte Julias Lippen. Herr Jäger deutete dies als verhaltene Freude, doch Julias Überlegungen drängten in eine andere Richtung. Der Anwalt glaubt doch nicht im Ernst, dass sich Akabott bei mir meldet. Jetzt, nachdem er mein Leben durcheinandergebracht und beinahe zerstört hat. Also was steckt dahinter? Und bedanken? Dafür soll ich mich bedanken wollen? Akabott kann das mit noch so viel Geld der Welt nicht wieder gutmachen. Nichts wird mir Steven wieder zurückbringen. Unscheinbar rieb sie sich über ihren Bauch. Mit einem Mal gab sie sich einen Ruck. Unterschrieb das Dokument und reichte es Herrn Jäger über den Tisch. Wenn nicht für mich selbst, dann für mein Kind ... Stevens Kind waren die Gedanken dabei, als sie daraufhin mit höflichem Lächeln die Besitzurkunden in Empfang nahm. Und wie wahr. Nach genauerem Durchsehen wurde ihr erst bewusst, dass ihr ein gutes Leben bevorstand.

Herr Jäger überreichte ihr mehrere Schlüssel, die zum Haus und Laden gehörten. Machte sich bereit, zu gehen, verabschiedete sich förmlich und hielt dann plötzlich inne. »Ach, da fällt mir ein, sollten Sie nicht wissen, was Sie mit diesem Gebäude anstellen sollen, dann melden Sie sich bei mir. Es gäbe da Interessenten. Unter anderem eine Interessengruppe, die dorthinein ein Altenpflegeheim machen möchte«, er fixierte Julia genau. »Überlegen Sie es sich. Ich hielte das für eine tolle Sache.«

Nach diesen Worten verließ er den Laden. Julia blieb zurück. Verwundert, irritiert und vor allem sprachlos. Sie brauchte eine ganze Weile, bis sie imstande war, ihre Mutter anzurufen und ihr davon zu erzählen.

Nach etlichen Wochen Kisten packen, hin und her fahren, hatte Julia alles zu sich geschafft. Sie bewohnte mittlerweile die zwei Stockwerke über dem Laden im Gronauer-Haus, das sie nun gekauft hatte. Die untere Etage zeigte sich vollgestopft mit Kisten voller Bücher, Antiquitäten und allerhand seltsamer Dinge, über die sie sich erst einmal ein Bild machen musste. In ihrer eigentlichen Wohnung war alles kunstvoll bestückt mit bis zur Decke reichenden Bücherregalen, alten Möbeln und Bildern. Im Kinderzimmer überwog die Farbe Blau, obwohl sie immer noch nicht wusste, ob es wirklich ein Junge werden würde. Julia hatte inzwischen einen jungen Mann eingestellt. Immerhin musste sie daran denken, dass der Bauch immer größer wird und sie sicherlich eine kleine Ausfallzeit haben würde. Das Dachgeschoss stand jetzt leer. Sie überlegte ständig, ob sie ihrem Mitarbeiter diese kleine Wohnung anbieten sollte, zögerte allerdings nach wie vor.

Das ehemalige Brunnenhaus hatte Julia über diesen Anwalt, Herrn Jäger, verkaufen lassen. Tatsächlich an diese Institution, die dort ein Altenwohnheim aufbauen möchte. Eines abends, Julias Bauch zeigte schon eine erhebliche Wölbung, läutete es an allen Stockwerken. Sie selbst befand sich gerade mitten im Chaos der unteren Wohnung. Die Woche zuvor hatte sie unzählige Regale einziehen lassen und war jetzt dabei, eine Kiste nach der anderen von dem Akabott-Besitz zu leeren. Seltsame Bücher kamen zum Vorschein, über unterschiedliche Rieten, schwarze Magie, Religionen, Geschichtliches und vieles mehr. Alles musste katalogisiert und genau auf den Zustand überprüft werden. Sie begab sich zur Sprechanlage. »Ja, bitte!« Eine Frauenstimme meldete sich. »Hallo, ich bin Eva Yourigca. Dürfte ich Sie mal sprechen?« Für Momente zog sich in Julia alles zusammen. Ein leichtes Gefühl von Übelkeit schob sich an ihr vorbei. Gerade hatte sie geglaubt, dass sich alles beruhigt hat, dass sie endlich ihr Leben leben kann. Da hörte sie diesen Namen, der sofort grässliche Bilder vor ihr geistiges Auge rief. »Ja, gern«, gab sie eher widerwillig durch, »kommen sie hoch!« Julia stellte sich an die Tür und wartete. Überrascht, weil eine junge Frau, im etwa gleichen Alter wie sie selbst, die Treppe herauf kam, bat sie diese dann doch herein. »Sie müssen entschuldigen, hier ist alles etwas chaotisch«, versuchte sie, sich zu rechtfertigen, »ich möchte hier ein zusätzliches Geschäft einrichten für Antiquitäten und besonders alte Bücher.« Die junge Dame schaute

sich ehrfürchtig um. »Das wird sicherlich schön.«
Weiter eine Kiste auspackend und die Bücher neben
sich auf den Boden legend, wollte Julia natürlich
wissen, aus welchem Grund sie zu ihr gekommen
war. »Ich möchte mich zunächst bei Ihnen bedanken,
dass ich hereinkommen durfte. Mir ist klar, dass Sie
viel durchgemacht haben. Ich wäre ja auch schon viel
früher gekommen ...«. Julia sah dann trotzdem ent-
nervt auf. »Ich glaube nicht, die Sie auch nur im
Geringsten ermessen können, was ich durchgemacht
habe und immer noch durchmache. Also, sagen Sie
mir, was Sie wollen und dann ...!« »Es tut mir leid, so
habe ich das nicht gemeint«, fiel ihr die junge Dame
ins Wort. »Es ist so, ich habe das Haus meiner Tante
jetzt leer geräumt. Da ich mit den ganzen Büchern
und seltsamen Dingen nichts am Hut habe, kam mir
der Gedanke, ob Sie vielleicht Interesse daran haben
könnten. Wo Sie doch einen Bücherladen haben.«
Erwartungsvoll und nervös trippelte sie auf der Stelle.
Julia hielt inne, saß auf ihren Knien, schloss ihre
Augen und atmete tief durch. »Na gut! Sie haben
mich! Ich hätte sehr wohl Interesse an den Sachen. Ich
bezahle Sie selbstverständlich auch dafür.« Man sah
Eva die Erleichterung deutlich an. »Nein, nein, Geld
möchte ich dafür keines. Ich glaube, es wäre im Sinne
meiner Tante, dass Sie diese Dinge bekommen.« Stille
umhüllte beide, eine Stille, die beinahe peinlich zu
werden schien. Julia durchbrach letzten Endes die
Wortlosigkeit. Ein Termin für den übernächsten Tag
wurde vereinbart. Ein Kleinlaster mit den ganzen

Sachen würde kommen. Julia zeigte ihr noch den Schuppen im Hinterhof, wo sie das Hab und Gut von Sheila Yourigca vorerst unterbringen musste. Nach weiteren oberflächlichen Floskeln ging Eva fort. Julia sah sie nie wieder. Da stand sie, ihren Bauch reibend, den Kopf schüttelnd, im Ungewissen darüber, was ihr die Zukunft bringen wollte. Ein Lächeln breitete sich in ihren Augen aus, immer weiter über ihr Gesicht schleichend. Sie machte sich auf ins Haus, in ihre Wohnung: »Jetzt rufe ich Mama an und erzähle ihr das. Sie glaubt mir sicher nicht.«

## Ende

**Tipp:**
Die Inspiration zu diesem Thema erhielt ich durch den Besuch der Kasematten in Rastatt. In den Blogs auf meiner Website erzähle ich mehr darüber, schaut einfach mal rein.
www.manuela-maer.de
Die Rastatter Kasematten sind immer einen Besuch wert.

**Weitere Bücher dieser Reihe:**

| | |
|---|---|
| Ilya Duvent – Wenn Sturm Tränen trocknet | Teil 2 |
| Ilya Duvent – Seelenqualen | Teil 3 |
| Ilya Duvent – Düstere Offenbarungen | Teil 4 |

**Dienstleistung:** Lektorat, Buchsatz, Umschlaggestaltung, Werbung und Marketing durch

www.vosanta-media.com